古代登临诗词三百首

中华好诗词主题阅读

萧少卿 编著

中国国际广播出版社

序 言

　　中国古代文学中有相当一部分诗词产生于作者登高望远之际。诗人们或远上寒山，或伫立危楼，于登临送目之际，他们无不慷慨多思百感交怀，并因此振臂奋笔激扬文字。从而为后人留下了一篇篇荡气回肠、传诵千古的华章佳构。

　　宋人韩元吉《虞美人·怀金华九日寄叶丞相》词云："登临自古骚人事，"道出了中国古代文人大都喜欢登山临水、登高临远。阮籍"或闭户视书，累月不出；或登临山水，经日忘归"（《晋书·阮籍传》）；陶渊明归田后醉心于"登东皋以舒啸，临清流而赋诗"（《归去来兮辞》）的生活；高适也曾自得于"始临泛而写烦，俄登陟以寄傲"（《陪窦侍御灵云南亭宴诗得雷字序》）的日子；白居易则说："筋力不将诸处用，登山临水咏诗行。"（《龙门下作》）这种爱好所带来的结果是中国文学史上产生了众多的登临佳作。

　　曹操"东临碣石，以观沧海"，便有著名的《步出夏门行·观沧海》诗；陈子昂登临远眺，"前不见古人，后不见来者"，于是"念天地之悠悠，独怆然而涕下"，吟成了千古绝唱《登幽州台歌》。此外，王之涣《登鹳雀楼》、杜甫《登高》、柳宗元《登柳州城楼寄漳汀封连四州刺史》、王安石《登飞来峰》、黄庭坚《登快阁》、辛弃疾《水龙吟·登建康赏心亭》、高启《登金陵雨花台望大江》等抒写登临感受的作品，脍炙人口、传诵不衰。

柳永《曲玉管》词云："每登山临水，惹起平生心事。"辛弃疾曾感叹："把吴钩看了，阑干拍遍，无人会，登临意。"（《水龙吟·登建康赏心亭》）登山临水、登高临远，会"惹起"古人什么样的"心事"？古代登临作品所表达之"意"为何？作者的"心事"和作品之"意"往往因人、因时、因地而异，加以归纳，可大致分为以下两种类型：

一为言志抒怀。白居易《登城东古台》诗云："凭高视听旷，向远胸襟开。"可见高瞻远瞩可以使人眼界开阔，心胸宽广。杜甫诗曰："会当凌绝顶，一览众山小。"（《望岳》）虽然他还未登上泰山"绝顶"，就已神往着"小天下"的境界了。借登高抒发豪情壮志，是古代作品中常见的一种手法。王之涣的名句"欲穷千里目，更上一层楼"（《登鹳雀楼》），阐述的是只有站得高才能望得远的朴素真理，同时表现出了一种不断追求、奋发向上的精神。王安石则以"不畏浮云遮望眼，只缘身在最高层"（《登飞来峰》）的诗句表达了自己立志革新变法的坚定信念。李白诗云："登高壮观天地间，大江茫茫去不还。黄云万里动风色，白波九道流雪山。"（《庐山谣寄卢侍御虚舟》）不仅写出了"登高"之"壮观"，也体现了他的博大胸襟。

二为送别、怀乡、怀古。古人旅行，借助的只有水陆交通，送别时就免不了登山临水。因此，王维有"相送临高台，川原杳何极。日暮飞鸟还，行人去不息"（《临高台送黎拾遗》）的吟咏，孟浩然于"岘山南郭外，送别每登临"，感慨"蹉跎游子意，眷恋故人心"（《岘山送张去非游巴东》）。登高眺望，思念远方的故乡和亲友，这种描写方式在古代作品中屡见不鲜。作者由登临时所见景色而联想到自己的故乡，思念之情油然而生。孟浩然《秋登万山寄张五》："相望始登高，心随雁飞灭。"南朝乐府《西洲曲》："鸿飞满西洲，望郎上青楼。楼高望不见，尽日栏干头。"沈约《临高台》诗："高台不可望，望远使人愁。连山无断绝，河水复悠悠。所思竟何在？洛阳南陌头。可望不可至，何用解人忧！"中国好些地方都有望乡台、望夫山、望夫石的传说，正是这种登高远望怀乡思亲心理的体现。因为登临之处往往为历史名胜，"古迹使人感"（高适《同群公秋登琴台》），作者很容易产生古今盛衰、人世沧桑的感慨。王安石于金陵"登临送目"，想到在此建都的六朝因"竞逐繁华"而相继灭亡，感慨万千，写下了"千古凭高，对此谩嗟荣辱"的词句（《桂枝香·金陵怀古》），明人高启也在此地写下了"坐觉苍茫万古意，远自荒烟落日之中来"（《登金陵雨花台望大江》）的诗句。清人沈德潜说："余于登高时，每有今古茫茫之感，古人先已言之。"（《唐诗别裁集》卷五）这其实是一种很普遍的现象。

以上所述的两类登临作品中，第一种抒发的是豪壮之情，第二种抒发的是悲愁之情。第二种是登临之作中最常见的感情。宋玉说："登高远望，使人心瘁。"（《高唐赋》）李白说："试登高而望远，咸痛骨而伤心。"（《愁阳春赋》）刘禹锡说："年年上高处，未省不伤心。"（《九日登高》）王昌龄《闺怨》诗："闺中少妇不知愁，春日凝妆上翠楼。忽见陌头杨柳色，悔教夫婿觅封侯。"诗中的"少妇"本"不知愁"，但一上"翠楼"赏春，便触景生愁，悔之莫及。辛弃疾《丑奴儿》词："少年不识愁滋味，爱上层楼。爱上层楼，为赋新词强说愁。"

古代登临作品通常是在睹物兴情时写成的，多属"为情而造文"，所以这些作品往往显得真实、亲切、感人。而登临时作者心中所涌起的时空感和历史感、生命意识，使作品往往具有较为丰富的内涵和深刻的哲理性，可以引起读者的深思和共鸣。宋人方回编撰《瀛奎律髓》，首列"登览类"，并"以为诸诗之冠"。因此，众多的登临之作成为中国文学史上的名篇而被历代传诵也就不难理解了。

本书的编选，以《诗经》中的登临诗为起点，延续至晚清的登临诗词。选录的过程中，本着兼顾题材内容的丰富性和风格的新颖性以及不同时代、不同诗人作品兼收并蓄的原则，对自《诗经》以来历朝历代重要的诗人、经典的诗作做了重点选录，其中尤其突出选录了唐代宋代的登临诗词，作品达二百余首，占全书二分之一强。在唐宋诗人中，又重点选录了王维、李白、杜甫、苏轼、柳永、辛弃疾等人的经典诗作。入选的作品既有大家之作，也有无名氏乃至民间的创作，目的是尽量丰富地展现登临诗词的不同风貌。在编写体例上，本书采用以作者时代先后为序，诗词间杂的形式，目的在于方便读者了解同一时代环境下诗人创作的风格差异。但是，由于时间和学力的限制，虽穷心竭力，但挂一漏万之处在所难免，不当之处，敬请方家正之。编写的过程中，诸多优秀的登临诗词选本及研究著作使我受益良多，在此深表感谢！

萧少卿

2014 年 2 月 28 日

目 录

目 录

目 录

目 录

目 录

目　录

目　录

目 录

目 录

目录

目 录

目录

目 录

目 录

卷 耳

《诗经·周南》

采采卷耳①，不盈顷筐②。
嗟我怀人③，寘彼周行④。
陟彼崔嵬⑤，我马虺隤⑥。
我姑酌彼金罍⑦，维以不永怀⑧。
陟彼高冈，我马玄黄⑨。
我姑酌彼兕觥⑩，维以不永伤⑪。
陟彼砠矣⑫，我马瘏矣⑬。
我仆痡矣⑭，云何吁矣⑮！

【题 解】

　　《卷耳》是一篇抒写怀人情感的名作。旅途的艰难是通过对山的险阻的描摹直接反映出来的：诗人用了"崔嵬"、"高冈"、"砠"等词语。而描摹山、刻画马都意在衬托出行者怀人思归的惆怅。"我姑酌彼金罍"、"我姑酌彼兕觥"，以酒浇愁，便是正面对这种悲愁的心态提示。怀人是世间永恒的情感主题，这一主题跨越了具体的人和事，它本身成了历代诗人吟咏的好题目。

【注 释】

　　①采采：毛传作采摘解，而马瑞辰《毛诗传笺通释》则认为是状野草"盛多之貌"。卷耳：石竹科一年生草本植物，嫩苗可食。
　　②顷筐：浅而容易装满的竹筐。一说斜口筐。
　　③嗟：语助词，或谓叹息声。
　　④寘（zhì）：搁置。周行（háng）：环绕的道路，特指大道。

⑤陟：升；登。彼：指示代名词。崔嵬（wéi）：山高不平。

⑥虺隤（huǐ tuí）：疲极而病。

⑦姑：姑且。罍（léi）：器名，青铜制，用以盛酒和水。

⑧永怀：长久思念。

⑨玄黄：黑色毛与黄色毛相掺杂的颜色。

⑩兕觥（sì gōng）：一说野牛角制的酒杯。

⑪永伤：长久思念。

⑫砠（jū）：有土的石山，或谓山中险阻之地。

⑬瘏（tú）：因劳致病，马疲病不能前行。

⑭痡（pū）：因劳致病，人过劳不能走路。

⑮云：语助词。云何：奈何，奈之何。

步出夏门行①·观沧海②

东汉·曹操

东临碣石③，以观沧海。
水何澹澹④，山岛竦峙⑤。
树木丛生，百草丰茂。
秋风萧瑟⑥，洪波涌起⑦。
日月之行，若出其中。
星汉灿烂⑧，若出其里。
幸甚至哉！歌以咏志⑨。

【题解】

《步出夏门行·观沧海》是建安十二年（207）曹操北征乌桓（辽

东半岛的少数民族），追歼袁绍残部，经过碣石山时登山观海后的纪游之作。诗人登山望海所见到的自然景物，用饱蘸浪漫主义激情的大笔，勾勒了大海吞吐日月、包蕴万千的壮丽景象；描绘了祖国河山的雄伟壮丽，表达了诗人以景托志、胸怀天下的进取精神，是建安时代以景托志的名篇。

【注释】

① 步出夏门行：一名《陇西行》，属汉乐府"相和歌·瑟调曲"。
② 沧海：大海，指渤海。
③ 碣石：山名，在今河北乐亭县滦河入渤海口附近，后陷入海中。一说指今河北昌黎县西北之碣石山。
④ 澹澹（dàn）：水波动荡貌。
⑤ 竦峙（sǒng zhì）：高高直立。竦，通"耸"。
⑥ 萧瑟：草木被秋风吹的声音。
⑦ 洪波：汹涌澎湃的波浪。
⑧ 星汉：银河。
⑨ "幸甚"二句：乐府本是用来配乐歌唱的，这二句是配乐时附加的，不属正文。意思是：好极了，让我用诗歌来咏唱自己的志向。幸甚：表示非常庆幸。

【名句】

日月之行，若出其中。
星汉灿烂，若出其里。

七 哀①

三国魏·曹植

明月照高楼，流光正徘徊。

上有愁思妇，悲叹有余哀。

借问叹者谁？言是宕子妻。

君行逾十年，孤妾常独栖。

君若清路尘②，妾若浊水泥③。

浮沉各异势，会合何时谐？

愿为西南风，长逝入君怀④。

君怀良不开，贱妾当何依？

【题解】

　　起句既写实景，又渲染出凄清冷寂的气氛，笼罩全诗。月照高楼之时，正是相思最切之际，那徘徊徜徉的月光勾起思妇的缕缕哀思——曹植所创造的"明月"、"高楼"、"思妇"这一组意象，被后代诗人反复运用来表达闺怨。诗歌结尾，思妇的思念就像那缕飘逝的轻风，"君怀良不开"，她到哪里去寻找归宿呢？结尾的这缕轻风与开首的那道月光共同构成了一种幽寂清冷的境界。

【注释】

①七哀：该篇是闺怨诗，也可能借此"讽君"。

②清路尘：形容路上飞起的轻尘。

③浊水泥：形容水中泥。

④逝：往。

杂诗 七首选一

三国魏·曹植

其 六

飞观百余尺^①，临牖御棂轩^②。

远望周千里，朝夕见平原。

烈士多悲心^③，小人偷自闲^④。

国仇亮不塞^⑤，甘心思丧元^⑥。

抚剑西南望^⑦，思欲赴太山。

弦急悲声发，聆我慷慨言^⑧。

【题 解】

这是曹植《杂诗》七首中的第六首。诗人登高远眺，以"烈士"与"小人"对比，借以明志，直言自己以身许国的打算。而大敌当前，国家多事，自己却被投闲置散，使英雄无用武之地，因此悲愤交加，慷慨陈词。篇幅虽短，却波澜迭起，气象万千。在曹植诗中，诚为异军突起的佳作。

【注 释】

① 飞观：凌空而起的望楼，指宫门两边的阙。阙也称观。

② 临牖：从窗口向下俯视。临，下视；牖，窗户。御棂轩：凭栏杆。御，凭；棂，栏杆；轩，这里指栏杆上的板。

③ 烈士：有功业心、胸怀激烈的人。悲心：忧国忧世之心和有才不被任用的愤慨。

④ 偷自闲：苟且地贪图安乐。偷，苟且；闲，安闲，安乐。

⑤ 亮：实在，果真。不塞：未弥补，未报偿。

⑥ 丧元：抛头颅。元，头颅。

⑦ 抚剑：按剑。这一句的意思是说自己愿意从军讨蜀。

⑧ 慷慨言：指此篇诗歌的慷慨言辞。

拟古 九首选一

东晋·陶渊明

其 四

迢迢百尺楼，分明望四荒①。

暮作归云宅，朝为飞鸟堂。

山河满目中，平原独茫茫。

古时功名士，慷慨争此场。

一旦百岁后，相与还北邙②。

松柏为人伐，高坟互低昂。

颓基无遗主③，游魂在何方？

荣华诚足贵，亦复可怜伤！

【题 解】

这首诗明言"拟古"，则登楼之事，未必实有，而只是虚构形象，借以抒发情怀。陶渊明在不少诗中都表达了"荣华难久居"的思想，否定功名富贵，就是对自己归田躬耕生活道路的肯定。这首诗前面写楼，已暗寓了废替之叹；后面怀古，生前、死后的对照，死后的悲哀，着墨甚多，境界高远，感慨遥深。

【注释】

① 四荒：四外极远之地。

② 北邙：山名，在洛阳城北，东汉以来君臣多葬于此。

③ 颓基：指建筑物废弃的地基。

始安郡还都与张湘州登巴陵城楼作①

南朝宋·颜延之

江汉分楚望②，衡巫奠南服③。

三湘沦洞庭④，七泽蔼荆牧⑤。

经途延旧轨，登阈访川陆⑥。

水国周地险，河山信重复。

却倚云梦林⑦，前瞻京台囿⑧。

清氛霁岳阳⑨，曾晖薄澜澳⑩。

凄矣自远风，伤哉千里目。

万古陈往还，百代劳起伏。

存没竟何人，炯介在明淑⑪。

请从上世人，归来艺桑竹。

【题解】

全诗结构严谨，气势开阔，境界雄浑，寄托遥深，对后世相关题材的文学有较大影响。此诗之所以有如此高古雄浑的境界，亦是由于延之胸中有这一点"真诚"在。这首诗由远景至近景，由景入情，层次非常明晰，既可见诗人笔力的雄劲，又可见其胸次的高朗。

【注 释】

① 张湘州：即张邵，字茂宗。宋永嘉时从荆州分立湘州，治长沙，以邵为湘州刺史。时作者为始安郡（今广西桂林）守。

② 江汉：湘江与汉水，均属楚国，分南北相望。

③ 衡巫：衡山在湘中，巫山在鄂西川东，均属南地。南服：周制以土地距离分为五服，南服即南方。

④ 三湘：此处泛指湘江流域洞庭湖南北一带。

⑤ 七泽：指古时楚地诸湖泊，其以云梦泽（今洞庭湖）最为著称。

⑥ 闉：城曲重门。

⑦ 云梦林：云梦泽中的树林。

⑧ 京台：京地。囿：花园。

⑨ 霁：雨过天晴称霁。

⑩ 澜澳：澜，波澜。澳，水边的地。

⑪ 炯介：光明正直，同"耿介"。

【名 句】

清氛霁岳阳，曾晖薄澜澳。

登庐山

南朝宋·鲍照 ①

悬装乱水区 ②，薄旅次山楹 ③。
千岩盛阻积 ④，万壑势回萦 ⑤。
宠崿高昔貌 ⑥，纷纭袭前名 ⑦。
洞涧窥地脉 ⑧，耸树隐天经 ⑨。

松磴上迷密^⑩，云窦下纵横^⑪。
阴冰实夏结^⑫，炎树信冬荣^⑬。
嘈嘈晨鹍思^⑭，叫啸夜猿清。
深崖伏化迹^⑮，穹岫阃长灵^⑯。
乘此乐山性^⑰，重以远游情。
方跻羽人途^⑱，永与烟霞并^⑲。

【题解】

本诗为鲍照早期山水诗的上乘之作，其结构为此类诗的典型模式。首两句叙行程；中间十四句，也是诗的主干部分，写庐山奇景秀色，"千岩"四句总写山貌，以下则分别细致地描写自然景观，均紧扣庐山的特异之处；末四句转为说理言志，表示作者将隐居深山，与山水烟霞为伴。此诗语言古朴厚重，笔势雄健豪迈。

【注释】

① 鲍照：字明远，东海（今江苏省涟水北）人。约生于晋安帝义熙十年（414），卒于宋明帝泰始二年（466），曾任前军参军，后世称为鲍参军。有《鲍参军集》。

② 悬装：携带行装。乱：横渡。水区：大江。

③ 薄旅：漫游在外。次：停留。山楹：山间房舍。

④ 盛：多。阻积：重重叠叠的样子。

⑤ 势：形势。回萦：回旋围绕。

⑥ "茏苁（lóng zōng）"句：茏苁，山势险峻的样子。这句说山势险峻超出昔日人们的描述。

⑦ "纷纯"句：袭，承袭。这句说群峰纷杂则承袭从前的名声。

⑧ "洞涧"句：地脉，地的脉络。这句说从深深的山涧仿佛可以窥见地的脉络。

⑨ "耸树"句：天经，天体的运行之道。这句说树木高耸，遮天蔽日。

⑩ 松磴：落满松针的登山石阶。迷密：密集的样子。

⑪ "云窦"句：云窦，生出白云的山洞。这句说云从山洞中生出，纵横缭绕。

⑫ "阴冰"句：阴冰，阴岩下的冰块。这句说阴岩之下夏天犹结冰未化。

⑬ 炎树：南方的树木。信：确实。冬荣：冬季更为荣茂。

⑭ 嘈嘈：山鸟鸣声。鹍（kūn）思：鹍鸡鸣叫中透露出的情思。

⑮ 伏：隐藏。化迹：隐居者或高僧的踪迹。

⑯ "穿岫"句：穿岫，穿庐般的山洞。阒，关闭。长灵，神灵，指神仙。这句与上句说此山深藏有道之人和隐逸之士，他们的事迹精神长存此山。

⑰ 乐山：语出《论语·雍也》："知者乐水，仁者乐山。"性：天性。

⑱ 跻：登。羽人：羽化飞举之人，指成仙。

⑲ "永与"句：并，相挨着。这句说永远隐居在这烟霞缥缈的庐山之中。

登江中孤屿

南朝宋·谢灵运

江南倦历览①，江北旷周旋。
怀新道转迥②，寻异景不延③。
乱流趋正绝④，孤屿媚中川⑤。
云日相辉映，空水共澄鲜⑥。
表灵物莫赏，蕴真谁为传⑦。
想象昆山姿，缅邈区中缘⑧。
始信安期术⑨，得尽养生年。

【题 解】

这首诗为谢灵运任永嘉太守时所作，主要描写诗人游览永嘉江中孤屿山时所见的秀美景色和对于仙境的向往，抒发了其游仙思想和飘然离世之情。其中"云日相辉映，空水共澄鲜"两句，意境清新，出语自然，历来传为名句。

【注 释】

①历览：遍游，游览已遍。

②迥：迂回。这句是说因为心里急于要欣赏奇景新境，所以反而觉得道路太远了。

③景：日光，指时间。延：长。这句是说因要找寻奇异的景物，所以更感到时间太短促。

④乱流：从江中截流横渡。趋：疾行。

⑤媚：优美悦人。

⑥空水：天空和江水。"云日"两句是说天上的彩云、丽日相互辉映，江水清澈，映在水中的蓝天也同样色彩鲜明。

⑦表灵：指孤屿山极其神奇的景象。表，明显。灵，灵秀、神奇。物：指世人。蕴真：蕴藏的仙人。真，真人、神仙。这两句是说孤屿山如此明显的美丽风光无人游赏，那么其中蕴藏神仙的事就更没有人去传述了。

⑧昆山姿：指神仙的姿容。昆山，昆仑山的简称，是古代传说中西王母的住处。缅邈：悠远。区中缘：人世间的相互关系。

⑨安期术：安期生长生不老的道术。安期，即安期生，是古代传说中的仙人。

云日相辉映，空水共澄鲜。

登池上楼①

南朝宋·谢灵运

潜虬媚幽姿②，飞鸿响远音③。
薄霄愧云浮④，栖川怍渊沉⑤。
进德智所拙⑥，退耕力不任。
徇禄及穷海⑦，卧疴对空林⑧。
衾枕昧节候⑨，褰开暂窥临⑩。
倾耳聆波澜，举目眺岖嵚⑪。
初景革绪风⑫，新阳改故阴⑬。
池塘生春草⑭，园柳变鸣禽。
祁祁伤豳歌⑮，萋萋感楚吟⑯。
索居易永久⑰，离群难处心⑱。
持操岂独古⑲，无闷征在今⑳。

【题 解】

这首诗是谢灵运在永嘉郡守任所病起登楼之作，这里有孤芳自赏的情调，政治失意的牢骚，归隐的志趣等，真实地表现了内心活动的过程。当时，谢灵运由于被当权者排斥，从京都外放荒僻的永嘉，心情颇感失意，诗中通过写池畔景物变换，感物怀归，折射出诗人进退维谷的矛盾心理。

【注 释】

① 池：谢灵运居所的园池。

② 潜虬（qiú）媚幽姿：潜游的虬龙怜惜美好的姿态。

③ 响：发出。远音：悠远的鸣声。

④ 薄：迫近，靠近。愧：惭愧。

⑤ 栖川：指深渊中的潜龙。怍（zuò）：内心不安，惭愧。

⑥ 进德：增进道德，这里指仕途上的进取。

⑦ 徇禄：追求禄位。

⑧ 疴：病。

⑨ 这句意指卧病衾枕之间分不清季节变化。衾，大被。昧，昏暗。

⑩ 褰（qiān）开：揭开，打开。

⑪ 岖嵚（qīn）：山势险峻的样子。

⑫ 这句意指初春的阳光消除了冬季残留下来的寒风。

⑬ 这句意指新春改变了已过去的残冬。

⑭ 塘：堤岸。

⑮ 这句意指"采蘩祁祁"这首豳歌使我悲伤。祁祁，众多的样子。豳歌，指诗经中的句子。

⑯ 这句意指"春草兮萋萋"这首楚歌使我感伤。萋萋，茂盛的样子。楚吟，指《楚辞·招隐士》："王孙游兮不归，春草生兮凄凄"的句子。

⑰ 索居：独居。

⑱ 群：朋友。处心：安心。

⑲ 持操：保持节操。

⑳ 无闷：没有烦闷，意为贤人能避世而没有烦恼。征：验证，证明。

【名 句】

池塘生春草，园柳变鸣禽。

临高台①

南朝齐·谢朓

千里常思归，登台临绮翼②。
才见孤鸟还，未辨连山极③。
四面动清风，朝夜起寒色④。
谁知倦游者⑤，嗟此故乡忆⑥。

【题 解】

此诗写游子思乡，登高临望。秋风瑟瑟，秋叶萧萧，愈加见出游子的孤独。作这首诗时，谢朓被任命为萧子隆镇西府中的功曹，随即又转为文学（文学是官名，主管文教之事）。这首《临高台》便是与沈约、王融等诗友的唱和之作。全诗八句，从"思归"起，到"故乡忆"结。明写"思归"之情，实写"倦游"之意。以景衬情，融情入景，读来意味深沉，凄楚动人。

【注 释】

①临高台：乐府题名，属鼓吹曲辞。
②绮翼：像鸟羽毛一样薄而美的丝织品。这里指窗帘。
③极：穷尽。
④寒色：清寒冷落的景色氛围。
⑤倦游者：厌倦游宦生活的人。
⑥嗟：忧叹、感叹。

晚登三山还望京邑 ①

南朝齐·谢朓

瀨涘 ② 望长安，河阳视京县 ③。
白日丽飞甍 ④，参差皆可见。
余霞散成绮，澄江静如练 ⑤。
喧鸟覆春洲 ⑥，杂英满芳甸 ⑦。
去矣方滞淫，怀哉罢欢宴 ⑧。
佳期怅何许，泪下如流霰 ⑨。
有情知望乡，谁能鬒不变 ⑩！

【题 解】

这首诗应作于齐明帝建武二年（495），谢朓出为宣城太守时。诗人写登山临江所见到的春晚之景，抒发了将要久客在外的离愁和对旧日欢宴生活的怀念，又写出了诗人已去而复又半途迟留、因怀乡而罢却欢宴的情态。诗歌的前八句写他登山所望见的景色。其中"余霞散成绮，澄江静如练"是千古传诵的名句。

【注 释】

① 三山：山名，在今南京市西南。还望：回头眺望。京邑：指南齐都城建康，即今南京市。

② 瀨涘（bà sì）：瀨水岸边。瀨，水名，源出陕西蓝田，流经长安城东。

③ 河阳：故城在今河南孟县西。京县：指西晋都城洛阳。

④ 丽：使动用法，这里有"照射使……色彩绚丽"的意思。飞甍（méng）：上翘如飞翼的屋脊。甍，屋脊。

⑤ 绮：有花纹的丝织品，锦缎。澄江：清澈的江水。练：洁白的绸子。

⑥此句形容鸟儿众多。覆：盖。

⑦杂英：各色的花。甸：郊野。

⑧方：将。滞淫：久留。淹留。怀：想念。

⑨佳期：指归来的日期。怅：惆怅。霰（xiàn）：小雪珠。两句意为：
分别了，想到何日才能回来，不由得令人惆怅悲伤，留下雪珠般的
眼泪。

⑩鬒（zhěn）：黑发。

【名句】

余霞散成绮，澄江静如练。

临高台①

南朝梁·沈约

高台不可望，望远使人愁。
连山无断绝，河水复悠悠②。
所思竟何在？洛阳南陌头。
可望不可至，何用解人忧。

【题解】

本诗为诗人羁旅南京时所写。沈约此作，抒写高台望远而不见的愁
绪。诗里没有刻意经营的警句，完全是素朴的家常语，但读来却感到有
一种真挚的情思流注盘旋于字里行间。诗人紧紧围绕"望远使人愁"这
个主题来写。"所思竟何在？洛阳南陌头。"身在江南，而对方则远在

洛阳，不但距离遥远，而且南北隔绝。望远本为解忧，但望而不见，反增离愁，则不如不望了。这一联正呼应首联"不可望""使人愁"，首尾贯通。

【注 释】

① 临高台：汉鼓吹铙歌十八曲之一。齐梁以来诗人已将《临高台》视同诗题了。

② 悠悠：连绵不尽貌。

西洲曲①

南朝民歌

忆梅下西洲，折梅寄江北②。

单衫杏子红，双鬓鸦雏色③。

西洲在何处？两桨桥头渡④。

日暮伯劳⑤飞，风吹乌臼⑥树。

树下即门前，门中露翠钿⑦。

开门郎不至，出门采红莲。

采莲南塘秋，莲花过人头。

低头弄莲子⑧，莲子青如水⑨。

置莲怀袖中，莲心⑩彻底红。

忆郎郎不至，仰首望飞鸿⑪。

鸿飞满西洲，望郎上青楼⑫。

楼高望不见，尽日⑬栏杆头。

栏杆十二曲，垂手明如玉。

卷帘天自高，海水摇空绿^⑭。

海水梦悠悠^⑮，君愁我亦愁。

南风知我意，吹梦到西洲。

【题 解】

西洲曲，南朝乐府民歌名。最早著录于徐陵所编《玉台新咏》。西洲曲是南朝乐府民歌中最长的抒情诗篇，历来被视为南朝乐府民歌的代表作。诗中描写了一位少女从初春到深秋，从现实到梦境，对钟爱之人的苦苦思念，洋溢着浓厚的生活气息和鲜明的感情色彩，表现出鲜明的江南水乡特色和纯熟的表现技巧。

【注 释】

① 西洲曲：乐府曲调名。

② "忆梅"二句意思是说，女子见到梅花又开了，回忆起以前曾和情人在梅下相会的情景，因而想到西洲去折一枝梅花寄给在江北的情人。下：往。西洲：当是在女子住处附近。江北：当指男子所在的地方。

③ 鸦雏色：像小乌鸦一样的颜色，形容女子的头发乌黑发亮。

④ 此句意思是从桥头划船过去，划两桨就到了。

⑤ 伯劳：鸟名，仲夏始鸣，喜欢单栖。这里一方面用来表示季节，一方面暗喻女子孤单的处境。

⑥ 乌臼：树名，现在写作"乌柏"。

⑦ 翠钿：用翠玉做成或镶嵌的首饰。

⑧ 莲子：和"怜子"谐音双关。

⑨ 青如水：和"清如水"谐音，隐喻爱情的纯洁。

⑩ 莲心：和"怜心"谐音，即爱情之心。

⑪ 望飞鸿：这里暗含有望书信的意思。因为古代有鸿雁传书的传说。

⑫青楼：油漆成青色的楼。唐朝以前的诗中一般用来指女子的住处。

⑬尽日：整天。

⑭"卷帘"二句意思是说，卷帘眺望，只看见高高的天空和不断荡漾着碧波的江水。海水：这里指浩荡的江水。

⑮"海水"一句意为梦境像海水一样悠长。

【名句】

单衫杏子红，双鬓鸦雏色。

度大庾岭①

唐·宋之问

度岭方辞国②，停轺一望家③。

魂随南翥鸟④，泪尽北枝花。

山雨初含霁⑤，江云欲变霞。

但令归有日，不敢恨长沙⑥。

【题解】

此诗表达了作者对被贬边远之地的不满情绪以及盼望有朝一日可以赦免回京的心情。去国离乡，谁能不生怨思？何况宋之问由宫廷侍臣变而为天涯逐客，由软红佳丽之地到瘴疠炎蒸之乡去受岁月的煎熬。生活的巨变怎能不激起他感情的激荡！从出朝之日起，他就企望着重返故园，切盼着君王再度征召。全诗音韵谐婉，辞藻华美，尤其突出的是诗人巧妙地将写景与抒情紧密地结合在一起，既表现出景致优美，又表现出诗人对自己赦免返京的前途充满信心。

【注 释】

① 此诗是宋之问被贬泷州，途经大庾岭时所作。大庾岭：在今江西大庾县南，为五岭之一。

② 辞国：离开京城。国，指京都长安。

③ 轺（yáo）：轻便的马车。

④ 南翥（zhù）鸟：南飞雁，即《题大庾岭北驿》所云"阳月南飞雁"。翥，飞。

⑤ 含霁：山雨见晴。

⑥ 恨长沙：西汉文帝时，贾谊谪为长沙王太傅，他听说长沙潮湿荒远，伤感不已。见《史记·屈原贾生列传》。

登襄阳城

唐·杜审言

旅客三秋至①，层城四望开。
楚山横地出②，汉水接天回③。
冠盖非新里④，章华即旧台⑤。
习池风景异⑥，归路满尘埃。

【题 解】

这是唐代诗人杜审言被流放峰州途经襄阳时所作的一首诗。此诗先在首联点明题意，异乡之中，登城远望；颔联和颈联敷陈"回望"之所见，有大自然的开阔雄浑，有历史陈迹的没落破败；尾联承接上文的沧

桑之意，表达了作者无所归属的悲哀之情。全诗借景抒情，写景气势磅礴，格调清新鲜明。

【注释】

① 三秋：指九月，即秋天的第三个月。
② 楚山：在襄阳西南，即马鞍山，一名望楚山。
③ 汉水：长江支流。襄阳城正当汉水之曲，故云"接天回"。
④ 冠盖：里名，据《襄阳耆旧传》载，冠盖里得名于汉宣帝时，因为当时襄阳的卿士、刺史等多至数十人。冠和盖都是官宦的标志。
⑤ 章华：台名，春秋时期楚灵王所筑。
⑥ 习池：汉侍中习郁曾在岘山南做养鱼池，池中栽满荷花，池边长堤种竹和长椒，是襄阳名胜，后人称为习池。

登幽州台歌 ①

唐·陈子昂

前不见古人 ②，后不见来者 ③。
念天地之悠悠，独怆然而涕下 ④！

【题解】

这是一首吊古伤今的生命悲歌，从中可以看出诗人孤独遗世、独立苍茫的落寞情怀。诗人具有政治见识和政治才能，他直言敢谏，但没有被武则天采纳，屡受打击，心情郁郁悲愤。此诗通过描写登楼远眺、凭今吊古所引起的无限感慨，抒发了诗人抑郁已久的悲愤之情，深刻地揭示了封建社会中那些怀才不遇的知识分子遭受压抑的境遇和在理想破灭时孤寂郁闷的心情，具有深刻的典型的社会意义。

【注释】

① 幽州：古十二州之一，今在北京市。幽州台：黄金台，又称蓟北楼，故址在今北京市大兴区，是燕昭王为招纳天下贤士而建造的。
② 古人：古代那些能够礼贤下士的圣君。
③ 来者：后世那些重视人才的贤明君主。
④ 怆（chuàng）然：悲伤、凄恻的样子。

【名句】

前不见古人，后不见来者。

燕昭王

唐·陈子昂

南登碣石馆^①，遥望黄金台^②。
丘陵尽乔木，昭王安在哉？
霸图今已矣^③，驱马复归来。

【题解】

这首诗是诗人随武攸宜东征契丹时所作。诗人借古讽今，对古代圣王的怀念，正反映出对现实君王的抨击，是说现实社会缺少燕昭王这样求贤若渴的圣明君主。结尾二句以画龙点睛之笔，以婉转哀怨的情调，表面上是写昭王之不可见，霸图之不可求，国士的抱负之不得实现，只得挂冠归还，实际是诗人抒发自己报国无门的感叹，反映了作者积极向上的强烈进取精神。

【注 释】

① 碣石馆：燕昭王为邹衍所建的碣石宫，故址在今北京市南。
② 黄金台：相传燕昭王在易水东南十八里筑黄金台，置千金于台以此延请天下之士。
③ "霸图"句：是说燕昭王争霸的雄图已成往事，因而感到无限惆怅。

度荆门望楚

唐·陈子昂

遥遥去巫峡，望望下章台①。
巴国山川尽②，荆门烟雾开。
城分苍野外，树断白云隈③。
今日狂歌客，谁知入楚来！

【题 解】

这首诗约作于诗人入楚的途中，诗中洋溢着年轻的诗人对楚地风光的新鲜感受。此诗笔法细腻，结构完整，采用寓情于景的手法，具有含而不露的特点。由此我们可以比较全面地窥见诗人丰富的个性与多方面的艺术才能。诗人极目纵览，楚天辽阔，因此他兴奋地、情不自禁地歌唱起来："今日狂歌客，谁知入楚来！"

【注 释】

① 章台：即章华台。《左传·昭公七年》："楚子城章华之台。"章华台在今湖北监利县西北离湖上，也是陈子昂必经之地。"章台"表明已入楚境。

② 巴国：周姬姓国，子爵，封于巴，即今重庆主城区。汉末刘璋又更永宁名巴郡，固陵名巴东，安汉名巴西，总称"三巴"。

③ 白云隈：天尽头。隈，山水尽头或曲深处。

在军登城楼

唐·骆宾王

城上风威冷，江中水气寒。

戎衣何日定，歌舞入长安。

【题 解】

《在军登城楼》与《讨武曌檄》作于同一时期，可以说是檄文的高度艺术概括。诗人登上了广陵城楼，纵目远望，浮思遐想。此刻楼高风急，江雾浓重，风雨潇潇，给人以慷慨悲壮、苍凉激越的感受。诗的最后一句"歌舞入长安"，水到渠成、轻松自然地作了结尾，表现出诗人必胜的信念及勇往直前、不成功则成仁的彻底反抗精神和大无畏气概。

九日登高

唐·王勃

九月九日望乡台①，他席他乡送客杯。
人情已厌南中②苦，鸿雁那③从北地来?

【题 解】

　　这首诗作于王勃南游巴蜀之时。这首诗在语言上运用了日常口语，如"他席他乡"、"那从"等，显得浅近亲切。手法上第三句"人情已厌南中苦"直抒胸中之苦，独在南方思念亲人却不能北归，第四句则采用反问"鸿雁那从北地来"，与前一句形成强烈的对比，运用了"无理而妙"的写作手法，虽然看似"无理之问"，却使诗人的思亲之情显得真切动人。

【注 释】

　　① 望乡台：地名。这里是借用其名，突出"望乡"。
　　② 南中：南方，这里指王勃客居的剑南一带。
　　③ 那：奈何，为什么。

滕王阁诗①

唐·王勃

滕王高阁临江渚②，佩玉鸣鸾罢歌舞③。

画栋朝飞南浦云④，珠帘暮卷西山雨⑤。
闲云潭影日悠悠⑥，物换星移几度秋⑦。
阁中帝子今何在⑧？槛外长江空自流⑨。

【题解】

这首诗原附于《滕王阁序》后，序末"四韵俱成"一句中的"四韵"即指此诗。此诗第一句点出了滕王阁的形势；第二句遥想当年兴建此阁的滕王坐着鸾铃马车来到阁上举行豪华繁盛的宴会的情景；第三、四句紧承第二句，写画栋飞上了南浦的云，珠帘卷入了西山的雨，运用夸张的手法，既写出了滕王阁居高临远之势，又写出了滕王阁如今冷落寂寞的情形。全诗融情于景，寄慨遥深，以凝练、含蓄的文字概括了序的内容，气度高远，境界宏大，与《滕王阁序》真可谓双璧同辉，相得益彰。

【注释】

①滕王阁：故址在今江西南昌赣江滨，江南三大名楼之一。
②江：指赣江。渚：江中小洲。
③佩玉鸣鸾：身上佩戴的玉饰、响铃。
④南浦：地名，在南昌市西南。浦，水边或河流入海的地方（多用于地名）。
⑤西山：南昌名胜，一名南昌山、厌原山、洪崖山。
⑥日悠悠：每日无拘无束地游荡。
⑦物换星移：形容时代的变迁、万物的更替。物，四季的景物。
⑧帝子：指滕王李元婴。
⑨槛：栏杆。

【名句】

阁中帝子今何在？槛外长江空自流。

江楼夕望①

唐·崔湜

试制江楼望，悠悠去国情②。
楚山霞外断，江水月中平。
公子留遗邑，夫人有旧城③。
苍苍烟雾里，何处是咸京④。

【题 解】

崔湜在中宗景龙二年（708）春赴襄州（襄阳）刺史任，在襄阳的时间不到两年，但是写了不少诗，诗中直接提到襄阳的就有四首，而这恰好是他所有的诗作中写得较好的作品。这是一首五言排律，乃登高怀远之作。"苍苍烟雾里"似写夕照晚景，其实是写前程渺茫，即所谓借景抒情。

【注 释】

① 江楼：襄阳城北楼。因临江常称"江楼"。
② 去国情：西北可以望长安。
③ "夫人"句：襄阳城西北角的东晋夫人城。
④ 咸京：指京都长安。

古从军行①

唐·李颀

白日登山望烽火②，黄昏饮马傍交河。
行人刁斗风沙暗，公主琵琶③幽怨多。
野云万里无城郭，雨雪纷纷连大漠。
胡雁哀鸣夜夜飞，胡儿眼泪双双落。
闻道玉门犹被遮，应将性命逐轻车④。
年年战骨埋荒外，空见蒲桃入汉家。

【题解】

　　这首诗借汉皇开边，讽玄宗用兵。全诗记叙从军之苦，充满非战思想。万千尸骨埋于荒野，仅换得葡萄（即"蒲桃"）归种中原，显然得不偿失。诗开首先写紧张的从军生活。白日黄昏繁忙，夜里刁斗悲怆，琵琶幽怨，景象肃穆凄凉。接着渲染边陲的环境，军营所在，四顾荒野，大雪荒漠，夜雁悲鸣，一片凄冷酷寒的景象。如此恶劣环境，本应班师回朝，然而皇上不准。而千军万马拼死作战的结果，却只换得葡萄种子归国。全诗句句蓄意，步步紧逼，最后才画龙点睛，着落主题，显出它的讽刺笔力。

【注释】

①从军行：古乐府《相和歌辞·平调曲》旧题，多写军旅生活。古从军行，乃拟古之作。
②烽火：古代一种警报。
③公主琵琶：汉武帝时以江都王刘建女细君嫁乌孙国王昆莫，恐其途中烦闷，故弹琵琶以娱之。
④"闻道"两句：汉武帝曾命李广利攻大宛，欲至贰师城取良马，战不利，

广利上书请罢兵回国，武帝大怒，发使遮玉门关，曰："军有敢入，斩之！"（《史记·李将军列传》）两句意谓边战还在进行，只得随着将军去拼命。

【名句】

行人刁斗风沙暗，公主琵琶幽怨多。

登安阳城楼①

唐·孟浩然

县城南面汉江流②，江嶂开成南雍州③。
才子乘春来骋望④，群公暇日坐消忧⑤。
楼台晚映青山郭⑥，罗绮晴娇绿水洲⑦。
向夕波摇明月动⑧，更疑神女弄珠游。

【题解】

此诗先写江水绕城穿流的平静秀丽，再写江城春日才子群公的闲情逸致，随后转向城郭绿洲的开阔景致，诗末句又以美丽动人的汉水神话做铺垫。整首诗把江水、游人、绿洲、城郭及神话传说融为一体，生动描绘了古安阳城和安康城的地理位置、自然和人文景观，也折射出盛唐开元之时的安康社会经济面貌，尽显盛唐诗歌的恢宏之音。

【注 释】

① 安阳城楼：唐初安阳县城楼，唐中后期安阳故城被洪水摧毁。

② "县城"句：古安阳县城的位置在汉江北岸，南面流着汉江。

③ 南雍州：指安康，唐朝长安属于雍州管辖，在安康正北，故称安康为南雍州。

④ 骋望：放眼眺望。

⑤ 消忧：消遣忧烦。

⑥ "楼台"句：是说站在楼台上能看见处在青山之中的城郭，指唐时安康城。

⑦ 晴娇绿水洲：使晴和的绿水芳洲更加妩媚。

⑧ 此句是说傍晚汉江的粼粼水波照得明月随之而动。

与颜钱塘登樟亭望潮作①

唐·孟浩然

百里雷声震，鸣弦暂辍弹②。
府中连骑出③，江上待潮观。
照日秋云迥，浮天渤懈宽④。
惊涛来似雪，一坐凛生寒⑤。

【题 解】

  孟浩然在钱塘县跟随颜县令一同观赏了天下闻名的钱塘大潮。古来描写钱塘大潮的诗作可谓众多，而孟浩然的这首作品，则是以侧面的渲染取胜。诗人巧妙地捕捉高潮来临前的紧张气氛，以连骑而出写观潮之急切，以凝神远望写待潮之焦急，最后以潮峰未至，寒意先来，写大潮的气势，虽然没有一句正面描绘大潮的声威，但其汹涌壮观之态已如在目前。孟浩然很多作品都善于从侧面渲染，通过情绪气氛的描绘，给读者以丰富的联想。

【注 释】

①颜钱塘：指钱塘县令颜某，名未详。前人习惯以地名称该地行政长官。钱塘，旧县名，唐时县治在今浙江杭州市钱塘门内。樟亭：一作"障楼"，指樟亭驿楼，在钱塘旧治南。

②鸣弦：春秋时孔子弟子宓子贱，曾经为单父长官，他"鸣琴不下堂而单父治"，这里用此典故，称颂颜县令善于为政。辍：停止。这句说颜县令暂时放下政务，前去观潮。

③连骑：形容骑从众多，络绎而出的样子。这句是说县令府中的宾从骑着马接连走出衙门，到江岸上来等着观潮。

④迥：远。渤懈：指渤海，这里指钱塘江外的东海。

⑤坐：通"座"，座位。凛：凛然。

与诸子登岘山①

唐·孟浩然

人事有代谢②，往来成古今③。
江山留胜迹，我辈复登临④。
水落鱼梁浅⑤，天寒梦泽深⑥。
羊公碑尚在，读罢泪沾襟⑦。

【题解】

　　此诗因作者求仕不遇心情苦闷而作，诗人登临岘山，凭吊羊公碑，怀古伤今，抒发感慨，想到自己空有抱负，不觉分外悲伤，泪湿衣襟。全诗借古抒怀，熔写景、抒情和说理于一炉，感情真挚深沉，平淡中见深远。该诗前两联具有一定的哲理性，后两联既描绘了景物，又饱含了诗人的激情，使得它成为诗人之诗而不是哲人之诗。

【注释】

　　① 诸子：指诗人的几个朋友。岘山：一名岘首山，在今湖北襄阳以南。
　　② 代谢：交替变化。
　　③ 往来：旧的去，新的来。
　　④ 复登临：对羊祜曾登岘山而言。登临，登山观看。
　　⑤ 鱼梁：沙洲名，在襄阳鹿门山的沔水中。
　　⑥ 梦泽：云梦泽，古大泽，即今江汉平原。
　　⑦ 羊公碑：后人为纪念西晋名将羊祜而建。羊祜镇守襄阳时，常与友人到岘山饮酒赋诗，有过江山依旧、人事短暂的感伤。

【名句】

　　水落鱼梁浅，天寒梦泽深。

临洞庭湖赠张丞相 ①

唐·孟浩然

　　八月湖水平 ②，涵虚混太清。

气蒸云梦泽^③，波撼岳阳城。
欲济无舟楫^④，端居耻圣明。
坐观垂钓者，徒有羡鱼情^⑤。

【题解】

诗人西游长安，以此诗投赠张九龄，希望引荐。全诗"体物写志"，表达了诗人希望有人援引他入仕从政的理想。诗人托物抒怀，浩渺阔大、汹涌澎湃的自然之景中流露了心声。"气蒸云梦泽，波撼岳阳城"，写云梦泽水汽蒸腾，岳阳城受到洞庭湖波涛的摇撼。句式对仗工整，意境灵动飞扬，表现出大气磅礴的气势，一语惊人，是千古名句。

【注释】

① 诗题也作《望洞庭湖赠张丞相》。张丞相，指张九龄，唐玄宗时宰相。

② "八月"二句：湖水上涨，与岸齐平。天水相连，混为一体。虚、太清：均指天空。

③ 云梦泽：古时云、梦为二泽，长江之南为梦泽，江北为云泽，后来大部分变干变淤，成为平地，只剩洞庭湖，人们习惯称云梦泽。

④ "欲济"二句：比喻想做官却苦无门路，无人引荐，但不做官又有辱圣明的时代。

⑤ 羡鱼情：《淮南子·说林训》中记载："临渊而羡鱼，不若归家织网。"这句仍是表示诗人希望入仕，企盼有人引荐。

【名句】

气蒸云梦泽，波撼岳阳城。

九日登望仙台呈刘明府

唐·崔曙

汉文皇帝有高台^①，此日登临曙色开。
三晋云山皆北向，二陵风雨自东来。
关门令尹谁能识，河上仙翁去不回。
且欲近寻彭泽宰，陶然共醉菊花杯^②。

【题解】

诗人重阳节登临仙台，描写了仙台雄伟壮丽的景色，指出就近邀友畅饮要比寻访神仙畅快舒适。这首诗写景气势雄浑，酣畅淋漓，转承流畅自然。

【注释】

①高台：望仙台。
②陶然：舒畅快乐。菊花杯：菊花酒。

九月九日忆山东兄弟^①

唐·王维

独在异乡为异客^②，每逢佳节倍思亲。
遥知兄弟登高处^③，遍插茱萸少一人^④。

【题 解】

    此诗写出了游子的思乡怀亲之情。这首诗是诗人十七岁时的作品。和他后来那些富于画意、构图设色非常讲究的山水诗不同，这首抒情小诗写得非常朴素，但千百年来，人们在作客他乡的情况下读这首诗，都强烈地感受到了它的力量。这种力量，来自它的朴质、深厚和高度的概括。诗意反复跳跃，含蓄深沉，既朴素自然，又曲折有致。

【注 释】

    ① 九月九日：重阳节。古以九为阳数，故曰重阳。忆：想念。山东：王维迁居于蒲县（今山西永济县），在函谷关与华山以东，所以称山东。

    ② 异乡：他乡、外乡。为异客：作他乡的客人。

    ③ 登高：古有重阳节登高的风俗。

    ④ 茱萸（zhū yú）：一种香草，即草决明。古时人们认为重阳节插戴茱萸可以避灾克邪。

【名 句】

    独在异乡为异客，每逢佳节倍思亲。

冬日游览

唐·王维

步出城东门^①，试骋千里目。

青山横苍林，赤日团平陆^②。

渭北走邯郸，关东出函谷^③。

秦地万方会，来朝九州牧^④。

鸡鸣咸阳中，冠盖相追逐。

丞相过列侯，群公饯光禄^⑤。

相如方老病，独归茂陵宿^⑥。

【题解】

此诗从游览始，以感慨结，是内容由写景转至抒怀，风格由豪壮变为悲怆的典型，又是才士落魄的代表。作者在描述了盛唐长安的繁华景象后，揭示出老病的司马相如独归茂陵的画面，就不只是给前面的富足繁华表象戳了个窟窿，而且简直是来了个逆转和否定。可惜当权者还沉迷在繁华热闹的表象之中，文人才士的悲鸣是永远不会让他们觉醒的。

【注释】

① 城东门：从下文看，应指长安城东门。

② 团：圆。平陆：平原。

③ 关东：古称函谷关以东的地区。

④ "秦地"二句：谓以咸阳、长安为中心的秦地为万方所仰，全国（九州）各地的长官都来朝会。

⑤ 饯：饯行，用酒食送行。光禄：即光禄卿，唐代专管邦国膳食及酒宴等事的官员。

⑥ 相如：指西汉司马相如。茂陵：汉武帝陵墓所在地，在今陕西兴平县东北。

终南山①

唐·王维

太乙近天都②，连山到海隅③。

白云回望合，青霭入看无④。

分野中峰变⑤，阴晴众壑殊⑥。

欲投人处宿，隔水问樵夫。

【题 解】

诗旨在咏叹终南山的宏伟壮观。诗人以艺术的夸张，极言山之高远。铺叙云气变幻，写山之南北辽阔和千岩万壑的千形万态。为了入山穷胜，想投宿山中人家。"隔水"二字点出了作者"远望"的位置。全诗写景、写人、写物，有声有色，意境清新，宛若一幅山水画。

【注 释】

① 终南山：主峰在陕西长安县南五十里。

② 太乙：太乙山，终南山的主峰。这里指代终南山。天都：传说中天帝居住的地方。

③ 海隅：海边。

④ 青霭：山中青色的雾气。

⑤ 分野：古人通过天上二十八星宿的区分来标志地上的州国，称分野。

⑥ 众壑：众多的山谷。

【名 句】

白云回望合，青霭入看无。

登河北城楼作①

唐·王维

井邑傅岩上②，客亭云雾间。
高城眺落日，极浦映苍山③。
岸火孤舟宿，渔家夕鸟还。
寂寥天地暮，心与广川闲④。

【题 解】

　　此诗约作于唐玄宗开元十五年（727），这个时候王维已经隐居终南山，表现了诗人以山水为乐的情怀。诗人在题目中首先给读者指出了观景的视点——河北城楼，在这种视角之下，王维的诗歌能够和绘画实现相通。王维的这首诗，无论从构图章法的错落有致，还是从绘画中所要求的动静与虚实等方面来说，都是极为符合绘画的要求并十分具有美感的。这首诗能够当得王维"诗中有画，画中有诗"的美誉。

【注 释】

①河北：县名，唐属陕州，天宝元年（742）改名平陆，治所在今山西省平陆县。
②傅岩：山岩名，地势险峻，一称傅险，传说商代贤臣傅说未仕前曾版筑于此。
③极浦：远处的水滨。
④广川：广阔的河流。此指黄河。

华 岳①

唐·王维

西岳出浮云，积翠在太清②。
连天凝黛色③，百里遥青冥④。
白日为之寒，森沉华阴城⑤。
昔闻乾坤闭⑥，造化生巨灵。
右足踏方止，左手推削成⑦。
天地忽开坼，大河注东溟⑧。
遂为西峙岳，雄雄镇秦京⑨。
大君包覆载⑩，至德被群生。
上帝伫昭告⑪，金天思奉迎⑫。
人祇望幸久⑬，何独禅云亭。

【题解】

诗人运用夸张笔法，化合神话故事，传神地写出了华岳威峙秦京的雄伟气势和壮丽风貌。诗歌前六句浓墨重彩地渲染华山的雄伟、俊秀，虚实结合地表现了一个瑰奇世界。然后写华山的形成过程，引用巨灵劈山的神话故事，进入到一种诡奇神秘的浪漫境界，突出其陡峭和威严。最后点出请封西岳的主旨。诗歌墨彩浓重，气势雄伟，堪称描绘华岳的金碧山水图。

【注释】

①华岳：西岳华山。
②太清：指天空。
③黛色：青黑色。

④ 青冥：指青天。

⑤ 森沉：阴沉幽暗貌。华阴：即今陕西华阴市。

⑥ 乾坤闭：谓天地未辟之时。

⑦ 削成：言山势峻峭，犹如削成。

⑧ 东溟：东海。

⑨ 秦京：谓关中地区。

⑩ 大君：天子。覆载：天覆地载之意，也用以指天地。

⑪ 伫：期待。昭：明。"伫昭告"即期待封西岳（在华山上筑坛祭天，以功成告于上帝）之意。

⑫ 金天：谓华山神。先天二年（713）九月，玄宗"封华岳神为金天王"，事见《旧唐书·玄宗纪》。

⑬ 望幸：据《旧唐书·玄宗纪》载，开元十八年（730），百僚及华州父老累次上表请封西岳，不允。本诗之作，当在是时。

登鹳雀楼①

唐·王之涣

白日依山尽②，黄河入海流。
欲穷千里目③，更上一层楼④。

【题 解】

这首诗写诗人登高望远中表现出来的不凡的胸襟抱负。诗句朴实简练，言浅意深。短短二十个字，既描绘了雄浑阔大的登楼之景，又抒发了登高才能望远的哲思。全诗将道理与景物、情事融合得天衣无缝。

【注释】

① 鹳雀楼：旧址在山西永济县，楼高三层，前对中条山，下临黄河。传说常有鹳雀在此停留，故有此名。
② 白日：太阳。
③ 穷：尽，使达到极点。
④ 更：再。

【名句】

欲穷千里目，更上一层楼。

同王徵君湘中有怀①

唐·张谓

八月洞庭秋，潇湘水北流。
还家万里梦，为客五更愁。
不用开书帙②，偏宜上酒楼③。
故人京洛满④，何日复同游？

【题解】

诗中叙述了诗人久出未归的思乡之愁，无心看书，上楼饮酒，再想到京洛友人，更是急切想与之同游，一片思乡之情跃然纸上。全诗文字通俗，平淡自然，然而感情真挚，自然蕴藉，不事雕琢，有淡妆之美。

【注 释】

① 王徵君：姓王的徵君，名不详。徵君，对不接受朝廷征聘做官的隐士的尊称。

② 书帙（zhì）：书卷。《说文》：帙，书衣也。

③ 偏宜：只适宜。

④ 京洛：京城长安和洛阳。

金城北楼①

唐·高适

北楼西望满晴空，积水连山胜画中。
湍上急流声若箭，城头残月势如弓。
垂竿已羡磻溪老②，体道犹思塞上翁。
为问边庭更何事，至今羌笛怨无穷③。

【题 解】

　　此诗先写远望所见，呈现出一派宏大、悲壮之景，写水流的急，月势的静，两相映衬，衬托出诗人欲动不能、欲静还动的心境。在写景中表达了诗人的祸福观，最后以无限伤感的简洁笔墨勾画了边疆凄清的生活场景。诗中流露出诗人怀才不遇的忧闷心情。

【注 释】

　　① 金城：古地名，即今甘肃兰州。

② 磻溪老：指姜太公吕尚。

③ 羌笛：乐器，出于羌族，因以名之，其曲音调多凄婉。

登 陇①

唐·高适

陇头远行客，陇上分流水②。

流水无尽期，行人未云已。

浅才通一命③，孤剑适千里。

岂不思故乡？从来感知己。

【题解】

这首诗的最大特色就是以简洁的诗句表达了尽可能丰富的思想，诗中既有游子思乡的情思，又有仗剑戍边的豪情，既有报答知己的侠肝义胆，又有为国效力建功的雄心壮志，思想感情波澜起伏，曲折多变。全诗先言登陇上所见，望流水之不竭而叹人生的颠簸无常，随后在苍凉的大背景下，表露近乎"士为知己者死"的心志，言辞坚决，铿锵有力。

【注释】

① 陇：陇山，在今陕西陇县西北。

② 陇头、陇上：《全唐诗》作"垅头"、"垅上"，同时又注明应作"陇"。

③ 浅才：微才。通：往来。一命：指微官。

望蓟门①

唐·祖咏

燕台一望客心惊②，笳鼓喧喧汉将营③。

万里寒光生积雪，三边曙色动危旌④。

沙场烽火侵胡月，海畔云山拥蓟城。

少小虽非投笔吏⑤，论功还欲请长缨⑥。

【题 解】

此诗写诗人到边地见到壮丽景色，抒发立功报国的壮志。诗一开始就用"心惊"二字，表示诗人对国事的担忧；接着写听到军中不断传来鼓角声，使人感到浓厚的战争气氛；中间四句进一步具体地描绘了登台所见的紧张情况，从而激发了诗人投笔从戎、平定边患、为国立功的壮志。全诗意境辽阔雄壮，充满阳刚之美，带有浓郁的盛唐时期的慷慨之气，写景状物中又寄寓着诗人热爱祖国山河的豪情和投身疆场为国立功的壮志，是一篇催人奋进的爱国主义乐章。

【注 释】

① 蓟门：在今北京西南，唐时属范阳道所辖，是唐朝屯驻重兵之地。

② 燕台：原为战国时燕昭王所筑的黄金台，这里代称燕地，用以泛指平卢、范阳这一带。客：诗人自称。

③ 笳：汉代流行于塞北和西域的一种类似于笛子的管乐器，此处代指号角。

④ 三边：古称幽、并、凉为三边。这里泛指当时东北、北方、西北边防地带。危旌：高扬的旗帜。

⑤ 投笔吏：汉人班超家贫，常为官府抄书以谋生，曾投笔叹曰："大

丈夫当立功异域以取封侯，安能久事笔砚间。"后终以功封定远侯。

⑥ 论功：指论功行封。请长缨：汉人终军曾向汉武帝请求："愿受长缨，
　 必羁南越王而致之阙下。"后被南越相所杀，年仅二十余。缨，绳。

黄鹤楼

唐·崔颢

昔人已乘黄鹤去，此地空余黄鹤楼①。
黄鹤一去不复返，白云千载空悠悠②。
晴川历历汉阳树③，芳草萋萋鹦鹉洲④。
日暮乡关何处是⑤？烟波江上使人愁。

【题 解】

　　此诗描写了在黄鹤楼上远眺的美好景色，是一首吊古怀乡的佳作。
这首诗在当时就很有名，传说李白登黄鹤楼，有人请他题诗，他说："眼
前有景道不得，崔颢题诗在上头。"《黄鹤楼》之所以成为千古传颂的
名篇佳作，主要还在于诗歌本身具有的美学意蕴。诗人几笔就写出了那
个时代登黄鹤楼的人们常有的感受，气概苍莽，感情真挚。

【注 释】

① 黄鹤楼：三国吴黄武二年（223）修建。为古代名楼，旧址在湖北
　 武昌黄鹤矶上，俯见大江，面对大江彼岸的龟山。
② 悠悠：飘荡的样子。
③ 晴川：阳光照耀下的晴明江面。川，平原。

④ 萋萋：草盛貌。鹦鹉洲：在湖北省武昌县西南，根据《后汉书》记载，汉黄祖担任江夏太守时，在此大宴宾客，有人献上鹦鹉，故称鹦鹉洲。

⑤ 乡关：故乡家园。

【名句】

日暮乡关何处是？烟波江上使人愁。

题潼关楼

唐·崔颢

客行逢雨霁，歇马上津楼①。
山势雄三辅②，关门扼九州。
川从陕路去，河绕华阴流。
向晚登临处，风烟万里愁。

【题解】

　　这首诗是对雄伟山川的赞叹和由此产生的广远深沉的忧虑，表现出崔颢诗歌风格的另一方面。诗人面对如此险要的关隘，眺望着雄伟的山川，浓浓的愁绪升起。这里的"愁"字包含着浓郁的乡思，但也隐含着诗人对国事的忧虑。朝廷政治的腐败、藩镇作乱的迹象，都已经清楚地显露出来，因此，诗人在潼关楼上的"愁"，深沉而复杂。这首诗气象雄浑，意境悲凉，别具一种深沉凝重的风格。

【注释】

① 津楼：渡口修筑的瞭望楼台。
② 三辅：泛称京城附近地区为三辅。

宣州谢朓楼饯别校书叔云①

唐·李白

弃我去者，昨日之日不可留；
乱我心者，今日之日多烦忧。
长风万里送秋雁，对此可以酣高楼②。
蓬莱文章建安骨③，中间小谢又清发④。
俱怀逸兴壮思飞⑤，欲上青天览明月⑥。
抽刀断水水更流，举杯消愁愁更愁。
人生在世不称意⑦，明朝散发弄扁舟。

【题解】

这是唐天宝年间李白在宣城期间饯别秘书省校书郎李云之作。"昨日之日"与"今日之日"，也就是说，每一天都深感日月不居，时光难驻，心烦意乱，忧愤郁悒。这里既蕴含了"功业莫从就，岁光屡奔迫"的精神苦闷，也熔铸着诗人对污浊的政治现实的感受。理想与现实的尖锐矛盾所引起的强烈的精神苦闷，在这里找到了适合的表现形式。"人生在世不称意，明朝散发弄扁舟。"李白的理想与黑暗现实的矛盾，在当时历史条件下是无法解决的，因此，他总是陷于"不称意"的苦闷中，而且只能找到"散发弄扁舟"这样一条摆脱苦闷的出路。

【注释】

① 谢朓楼，又名北楼、谢公楼，在陵阳山上，谢朓任宣城太守时所建，并改名为叠嶂楼。校书：官名，即校书郎，掌管朝廷的图书整理工作。叔云：李白的叔叔李云。

② 酣（hān）高楼：畅饮于高楼。

③ 蓬莱：此指东汉时藏书之东观。建安骨：汉末建安年间，"三曹"和"七子"等作家所作之诗风骨遒上，后人称之为"建安风骨"。

④ 小谢：指谢朓（464—499），字玄晖，南朝齐诗人。清发：指清新秀发的诗风。发，秀发，诗文俊逸。

⑤ 逸兴（xīng）：飘逸豪放的兴致，多指山水游兴。

⑥ 览：通"揽"，摘取的意思。

⑦ 称意：称心如意。

【名句】

抽刀断水水更流，举杯消愁愁更愁。

登峨眉山

唐·李白

蜀国多仙山，峨眉邈难匹①。
周流试登览②，绝怪安可悉③？
青冥倚天开④，彩错疑画出⑤。
泠然紫霞赏⑥，果得锦囊术⑦。
云间吟琼箫，石上弄宝瑟。
平生有微尚⑧，欢笑自此毕⑨。

烟容如在颜^⑩，尘累忽相失^⑪。
倘逢骑羊子^⑫，携手凌白日^⑬。

【题解】

此诗极写峨眉之雄奇无比，令人有人间仙境之感，这就难怪诗人会飘飘然有出世之思了。他甚至幻想能遇到仙人葛由，跟着他登上绝顶，得道成仙。当然，当时的李白实际上并不想出世，他有着远大的抱负，正想干一番经国济世的大业，峨眉奇景只是暂时淡化了他的现实功利心。不过，由此也不难看出，名山之游对李白超功利审美情趣的形成有着不容低估的影响。

【注释】

① 邈：高远貌。难匹：难以匹敌。

② 周流：周游之意。

③ "绝怪"句：谓峨眉山绝奇之处不能一一悉知。

④ 青冥：指碧峰。

⑤ 彩错：色彩斑斓错杂。

⑥ 泠然：轻举貌。紫霞赏：即赏紫霞。紫霞，仙人之境也。此句意为游于紫霞之境，身体轻举如仙人。

⑦ 锦囊术：指成仙之术。

⑧ 微尚：微愿。

⑨ "欢笑"句：谓平生所乐尽在此矣。毕，尽。

⑩ "烟容"句：谓好像已看到了仙人的容颜。烟容，神仙常乘云驾雾，故其容犹带云烟。

⑪ 尘累：人间的烦恼。

⑫ 骑羊子：指葛由。《神仙传》中说周成王时羌人葛由，好刻木羊卖，一日他骑羊入西蜀，蜀中的一些王公贵人随他登上了峨眉山西南的

绥山，都得道成仙。

⑬凌白日：指飞升成仙。

金陵城西楼月下吟

唐·李白

金陵夜寂凉风发，独上高楼望吴越^①。
白云映水摇空城，白露垂珠滴秋月^②。
月下沉吟久不归，古来相接眼中稀^③。
解道澄江净如练^④，令人长忆谢玄晖^⑤。

【题 解】

诗人是在静寂的夜间，独自一人登上城西楼的。诗人笔触所及广阔而悠远，天上，地下，眼前，往古，飘然而来，忽然而去，有天马行空不可羁勒之势。但脉络分明，一线贯通。这根"线"便是"愁情"二字。诗人时而写自己行迹或直抒胸臆，时而描绘客观景物或赞美古人，使这条感情线索时显时隐，又逐步趋向深化，由此可见诗人构思之精。诗作给人一种苍茫、悲凉、沉郁的感觉。

【注 释】

①吴越：今江、浙一带，古为吴越之地。

②白露垂珠：江淹《别赋》"秋露如珠"，此化用其意。此句是说白露仿佛是从秋月上滴下来的。

③"古来"句：谓古来诗人虽多，然能与之心相接者稀矣。

④ 澄江净如练：《文选》谢朓《晚登三山还望京邑》：“余霞散成绮，澄江静如练。”此处引其后句，而改“静”为“净”字，使其具有流动感。

⑤ 谢玄晖：即谢朓，字玄晖。

登新平楼[1]

唐·李白

去国登兹楼[2]，怀归伤暮秋。
天长落日远，水净寒波流。
秦云起岭树，胡雁飞沙洲。
苍苍几万里，目极令人愁[3]。

【题解】

此诗是诗人于天宝二年（743）秋游新平时所作。新平，原为邠州，天宝元年（742）改为新平郡。此时李白在朝中受排挤，有归心，西游豳岐，登楼望远，去国怀乡之思，倏然而起，有前不见古人，后不见来者的无限忧思，遂感怀而作。

【注释】

① 新平，郡名，即邠州，治新平县。

② 去国：离国，这里指离开当时的帝都长安。兹：这。

③ “苍苍”二句意为：望着这苍苍茫茫几万里路，不禁使我感到忧愁。

游太山 六首选一

唐·李白

其　三

平明登日观^①，举手开云关^②。
精神四飞扬，如出天地间。
黄河从西来，窈窕入远山^③。
凭崖览八极，目尽长空闲^④。
偶然值青童^⑤，绿发双云鬟^⑥。
笑我晚学仙，蹉跎凋朱颜。
踌躇忽不见，浩荡难追攀^⑦。

【题解】

题一作《天宝元年四月从故御道上泰山》。太山，即泰山。此六首为游仙体，将现实和幻想融为一体，将一座雄奇瑰丽的泰山幻化成一个色彩斑斓的神仙世界。气象雄浑，心胸旷达，读后令人心旷神怡，精神飞扬。此处所选其三是写黎明登日观峰。

【注释】

① 平明：天刚亮。日观：泰山东南山顶峰名，于此可以观日出。

② 云关：指山顶云气如关隘。

③ 窈窕：深远婉转之意。

④ 闲：空旷之意。

⑤ 童：仙童。

⑥ 绿发：青丝、黑发。谓仙人容颜不老，故发如青丝也。

⑦ 浩荡：浩渺之意。难追攀：追不上。

登锦城散花楼①

唐·李白

日照锦城头，朝光散花楼。
金窗夹绣户，珠箔悬银钩②。
飞梯绿云中③，极目散我忧。
暮雨向三峡，春江绕双流④。
今来一登望，如上九天游。

【题解】

此诗以时间为主轴展开描述，从朝光到暮雨，并且向四周扩散，南到双流城，东至三峡。形象鲜明，意境飘逸，抒发了登楼的愉悦之情。这首诗是李白最早创作的诗歌之一，显示出李白的诗歌天才。全诗形象鲜明，意境飘逸，情景真切，开合自然。不仅给人以艺术上的享受，而且给人以思想上的启迪。

【注释】

① 锦城散花楼：锦城为成都的别称，又称锦里；散花楼为隋末蜀王杨秀所建。
② 珠箔：珠帘。
③ 飞梯：高梯。
④ 双流：今四川成都双流县。

黄鹤楼送孟浩然之广陵①

唐·李白

故人西辞黄鹤楼②，烟花三月下扬州③。
孤帆远影碧空尽④，唯见长江天际流⑤。

【题解】

　　这是一首送别诗，寓离情于写景。诗作以绚丽斑驳的烟花春色和浩瀚无边的长江为背景，极尽渲染之能事，绘出了一幅意境开阔、情丝不绝、色彩明快、风流倜傥的诗人送别画。此诗虽为惜别之作，却写得飘逸灵动，情深而不滞，意永而不悲，辞美而不浮，韵远而不虚。

【注释】

　　①广陵：即扬州。
　　②故人：老朋友，这里指孟浩然。其年龄比李白大，在诗坛上享有盛名。
　　③烟花：形容柳絮如烟、鲜花似锦的春天景物，指艳丽的春景。下：
　　　顺流向下而行。
　　④碧空尽：消失在碧蓝的天际。尽：尽头，消失了。碧空：一作"碧山"。
　　⑤唯见：只看见。天际流：流向天边。

【名句】

　　孤帆远影碧空尽，唯见长江天际流。

登高丘而望远海

唐·李白

登高丘，望远海。

六鳌骨已霜，三山流安在^①？

扶桑半摧折^②，白日沉光彩。

银台金阙如梦中^③，秦皇汉武空相待。

精卫费木石^④，鼋鼍无所凭^⑤。

君不见骊山茂陵尽灰灭^⑥，牧羊之子来攀登^⑦。

盗贼劫宝玉，精灵竟何能？

穷兵黩武今如此^⑧，鼎湖飞龙安可乘^⑨？

【题解】

此诗通过主人公登山望远而想到，传说中的神仙及仙境并不存在；秦皇、汉武一方面穷兵黩武，一方面梦想长生不老，但最终难逃死劫。这是对此类皇帝的讽刺和批判，是对当朝皇帝的暗示。此诗典故密集，一个典故代表一种意象。这些意象的有序排列，组成了全诗的思维结构。

【注释】

① "六鳌"二句：指六鳌三山的故事。出自《列子·汤问》，是夏革讲给汤听的。

② 扶桑：日出处神木。

③ 银台金阙：传说中神仙居住的宫阙。

④ "精卫"句：精卫，鸟名。谓"精卫填海"的故事不真实。

⑤ "鼋鼍"句：《竹书纪年》下：周穆王三十七年，大起九师，东至九江，架鼋鼍以为梁，遂伐越。

⑥ 骊山：秦始皇葬骊山，在今陕西临潼县东南。茂陵：汉武帝葬于茂陵，在今陕西兴平县东北。

⑦ "牧羊"句：牧儿亡羊入秦始皇墓道，因持火照以求羊，失火而烧其椁。

⑧ 穷兵黩武：好战不止。

⑨ 鼎湖飞龙：言黄帝在鼎湖乘龙飞仙事。此谓秦皇、汉武（实指玄宗）好战嗜杀，无好生之德，没有资格像黄帝一样乘龙升仙。

独坐敬亭山

唐·李白

众鸟高飞尽①，孤云独去闲②。
相看两不厌③，只有敬亭山④。

【题解】

此诗表面是写独游敬亭山的情趣，而其深含之意则是诗人生命历程中旷世的孤独感。诗人赋予山水景物以生命，将敬亭山拟人化，写得十分生动。作者写的是自己的孤独，写的是自己的怀才不遇，但更加坚定在大自然中寻求安慰和寄托。

【注释】

① 尽：没有了。

② 孤云：陶渊明《咏贫士诗》中有"孤云独无依"的句子。明人朱谏注："言我独坐之时，鸟飞云散，有若无情而不相亲者。独有敬亭之山，长相看而不相厌也。"独去闲：独去，独自去。闲，形容云彩飘来

飘去，悠闲自在的样子。孤单的云彩飘来飘去。

③ 两不厌：指诗人和敬亭山而言。

④ 敬亭山：在今安徽宣城市北。《元和郡县志》记载："在宣城县北十里。山有万松亭、虎窥泉。"《江南通志》卷一六"宁国府"："敬亭山在府城北十里。府志云：古名昭亭，东临宛、句二水，南俯城阃，烟市风帆，极目如画。"

【名句】

相看两不厌，只有敬亭山。

岘山怀古

唐·李白

访古登岘首，凭高眺襄中①。
天清远峰出，水落寒沙空②。
弄珠见游女，醉酒怀山公③。
感叹发秋兴，长松鸣夜风。

【题解】

岘山位于襄阳城南，以山川秀美和古迹众多著称。这是李白登岘山望襄阳而抒发怀古幽情之作。从此诗的内容可以看出，作者这次游览时间是秋日的下午到晚上之间，游览地点就在岘山。作者登上岘山之巅而远望襄阳城，其视线顺序是由西到东，由北到南，由远到近。

【注 释】

①岘首：在襄阳城南数里处。凭高：登临高处。襄中：指襄阳城一带。

②"天清"二句：李白的视线是从西南诸峰移向西北，即可能是由望楚山移向鱼梁洲的。

③游女：指万山脚下的解佩渚的传说，即郑交甫与汉水女神之事。山公即晋山简。

登太白峰

唐·李白

西上太白峰①，夕阳穷登攀②。
太白与我语③，为我开天关④。
愿乘泠风去⑤，直出浮云间。
举手可近月，前行若无山。
一别武功去⑥，何时复更还？

【题 解】

　　此诗表现作者无法实现政治理想的愁闷心情。李白幻想乘泠风，飞离太白峰，神游月境，他回头望见武功山，心里却惦念着："一旦离别而去，什么时候才能返回来呢？"该诗细致地表达了他那种欲去还留，既出世又入世的微妙复杂的心理状态，言有尽而意无穷，蕴藉含蓄，耐人寻味。全诗借助丰富的想象，生动曲折地反映了诗人对黑暗现实的不满和对光明世界的憧憬，充分体现了李白诗歌的浪漫主义特色。

【注释】

① 太白峰：太白山。在今陕西眉县、太白县一带。山峰极高，常有积雪，南与武功山相连。
② 穷：尽。这里是到顶的意思。
③ 太白：指太白金星。这里喻指仙人。
④ 天关：古星名，又名天门。这里指天宫之门。
⑤ 泠（líng）风：和风。
⑥ 武功：武功山，在今陕西武功县南。

望庐山^①瀑布水 二首

唐·李白

其 一

西登香炉峰，南见瀑布水^②。
挂流三百丈，喷壑数十里^③。
欻如飞电来^④，隐若白虹起。
初惊河汉落，半洒云天里^⑤。
仰观势转雄，壮哉造化^⑥功。
海风吹不断，江月照还空^⑦。
空中乱潈射，左右洗青壁^⑧。
飞珠散轻霞，流沫沸穹石^⑨。
而我乐名山，对之心益闲^⑩。
无论漱琼液^⑪，还得洗尘颜。
且谐宿所好^⑫，永愿辞人间。

其 二

日照香炉生紫烟^⑬，遥看瀑布挂前川^⑭。
飞流直下三千尺^⑮，疑是银河落九天^⑯。

【题 解】

《望庐山瀑布水》是李白创作的两首诗，其一为五言古诗，其二为七言绝句。这两首诗，都紧扣题目中的"望"字，以庐山的香炉峰入笔描写庐山瀑布之景，用"挂"字突出瀑布如珠帘垂空，以高度夸张的艺术手法，把瀑布勾画得传神入化，然后细致地描写瀑布的具体景象，将飞流直泻的瀑布描写得雄伟奇丽，气象万千，宛如一幅生动的山水画。其中第二首七绝历来广为传诵，其前两句描绘了庐山瀑布的奇伟景象，既有朦胧美，又有雄壮美；后两句用夸张的比喻和浪漫的想象，进一步描绘瀑布的形象和气势，可谓字字珠玑。

【注 释】

① 庐山：又名匡山，位于今江西省九江市北部的鄱阳湖盆地，在庐山区境内，耸立于鄱阳湖、长江之滨，江湖水气郁结，云海弥漫，多蝇岩、峭壁、清泉、飞瀑，为著名游览胜地。

② 香炉峰：庐山北部名峰。水气郁结峰顶，云雾弥漫如香烟缭绕，故名。南见：一作"南望"。

③ 三百丈：一作"三千匹"。壑（hè）：坑谷。"喷壑"句：意谓瀑布喷射山谷，一泻数十里。

④ 歘（xū）：歘忽，火光一闪的样子。飞电：空中闪电，一作"飞练"。

⑤ 河汉：银河，又称天河。一作"银河"。"半洒"句：一作"半泻金潭里"。

⑥ 造化：大自然。

⑦ 江月：一作"山月"。"江月"句：意谓瀑布在江月的映照下，显得更加清澈。

⑧ 潨（zōng）：众水汇在一起。"空中"二句：意谓瀑布在奔流过程中所激起的水花，四处飞溅，冲刷着左右青色的山壁。

⑨ 穹（qióng）石：高大的石头。

⑩ 乐：爱好。乐名山：一作"游名山"。益：更加。闲：宽广的意思。

⑪ 无论：不必说。漱：漱洗。琼液：传说中仙人的饮料。此指山中清泉。

⑫ 谐：谐和。宿：旧。宿所好：素来的爱好。

⑬ 香炉：指香炉峰。紫烟：指日光透过云雾，远望如紫色的烟云。

⑭ 遥看：从远处看。挂：悬挂。前川：一作"长川"。川，河流，这里指瀑布。

⑮ 直：笔直。三千尺：形容山高。这里是夸张的说法，不是实指。

⑯ 疑：怀疑。银河：古人指银河系构成的带状星群。

【名句】

飞流直下三千尺，疑是银河落九天。

杜陵绝句

唐·李白

南登杜陵^①上，北望五陵间^②。
秋水明落日，流光灭远山。

【题解】

全诗仅四句二十字，写作者登长安杜陵望城外五陵所见的景象，仿佛是李白第二次入长安时所作，表现了落寞的情绪。远远望去，迷蒙一片，什么都隐在朦胧中，落日的余晖照在秋水上仍然是明朗的，而远山却被落日的流光湮灭了。五陵被湮灭了，寓意是什么？那就是时间和空间能够改变一切。这首五绝很有韵味，用字相当精准。

【注 释】

① 杜陵：地名。在今陕西省西安市东南。古为杜伯国。秦置杜县，汉宣帝筑陵于东原上，因名杜陵。
② 五陵：是汉代长安城外五个汉代皇帝陵墓所在地，分别是高祖的长陵、惠帝的安陵、景帝的阳陵、武帝的茂陵、昭帝的平陵。

菩萨蛮①

唐·李白

平林漠漠烟如织②，寒山一带伤心碧③。暝色入高楼④，有人楼上愁。

玉阶空伫立⑤，宿鸟归飞急。何处是归程⑥？长亭更短亭⑦。

【题 解】

自明胡应麟以来，不断有人提出质疑，认为它是晚唐五代人作而托李白的。这场争议至今仍继续。这是一首怀人词，写思妇盼望远方行人久候而不归的心情。高楼极目，平林秋山，横亘天末，凝望之际，不觉日暮。从登楼望远的思妇眼中写出，主观色彩很重，而行人之远与伫望之深，尽在其中。征途上无数长亭短亭，不但说明归程遥远，同时也说

明归期无望，如此日日空候，思妇的离愁也就永无穷尽了。

【注 释】

① 菩萨蛮：唐教坊曲名，后用为词牌。北宋僧人文莹《湘山野录》卷上：
此词不知何人写在鼎州沧水驿楼，复不知何人所撰。魏道辅泰见而
爱之。后至长沙，得古集于子宣（曾布）内翰家，乃知李白所作。

② 平林：平展的树林。漠漠：迷蒙貌。

③ 伤心碧：使人伤心的碧绿色。

④ 暝色：夜色。

⑤ 玉阶：阶之美称。

⑥ 归程：归途。

⑦ 亭：古代设在路边供行人休歇的亭舍。

与夏十二登岳阳楼

唐·李白

楼观岳阳尽，川迥洞庭开。
雁引愁心去，山衔好月来。
云间连下榻①，天上接行杯②。
醉后凉风起，吹人舞袖回③。

【题 解】

李白流放夜郎，第二年春天至巫山时遇赦，回到江陵。在南游岳阳
时，写下这首诗。夏十二，李白的朋友，排行十二。李白这时候正遇赦，

心情轻快，眼前景物也显得有情有义，和诗人分享着欢乐和喜悦："雁引愁心去，山衔好月来。"诗人笔下的自然万物好像被赋予了生命，雁儿高飞，带走了诗人忧愁苦闷之心；月出山口，仿佛是君山衔来了团圆美好之月。整首诗运用陪衬、烘托和夸张的手法，没有一句直接描写楼高，句句从俯视纵观岳阳楼周围景物的渺远、开阔、高耸等情状落笔，却无处不显出楼高，自然浑成。

【注 释】

①下榻：指留宿处。
②行杯：浮杯，流觞。
③回：回荡，摆动。

秋登宣城谢朓北楼①

唐·李白

江城如画里②，山晚望晴空。
两水夹明镜③，双桥落彩虹④。
人烟寒橘柚⑤，秋色老梧桐。
谁念北楼上⑥，临风怀谢公⑦？

【题 解】

谢朓北楼是南齐诗人谢朓任宣城太守时所建，又名谢公楼，唐代改名叠嶂楼，是宣城的登览胜地。宣城是诗人旧游之地，此时他又重来这里。一到宣城，他就会怀念谢朓，这不仅因为谢朓在宣城遗留下了像叠嶂楼这样的名胜古迹，更重要的是因为谢朓对宣城有着和诗人相同的情感。诗的前面主要内容是写景状物，描写了登上谢朓楼所见到的美丽景色，而在最后点明怀念谢朓，抒发了对先贤的追慕之情。此诗语言清新优美，格调淡雅脱俗，意境苍凉旷远。

【注 释】

① 谢朓北楼：谢朓楼，为南朝齐诗人谢朓任宣城太守时所建，故址在陵阳山顶，是宣城的登览胜地。谢朓是李白很佩服的诗人。

② 江城：泛指水边的城，这里指宣城。

③ 两水：指宛溪、句溪。宛溪上有凤凰桥，句溪上有济川桥。明镜：指拱桥桥洞和它在水中的倒影合成的圆形，像明亮的镜子一样。

④ 双桥：指凤凰桥和济川桥，隋文帝开皇年间（581—600）所建。彩虹：指水中的桥影。

⑤ 人烟：人家里的炊烟。

⑥ 北楼：即谢朓楼。

⑦ 谢公：谢朓。

登金陵凤凰台

唐·李白

凤凰台上凤凰游，凤去台空江自流。
吴宫^①花草埋幽径，晋代^②衣冠^③成古丘^④。
三山^⑤半落青天外^⑥，二水^⑦中分白鹭洲^⑧。
总为浮云能蔽日^⑨，长安不见使人愁。

【题解】

　　这是诗人李白登金陵凤凰台而创作的怀古抒情之作。"凤凰台"在金陵凤凰山上，相传南朝刘宋永嘉年间有凤凰集于此山，乃筑台，山和台也由此得名。李白以登临凤凰台时的所见所感而起兴唱叹，把天荒地老的历史变迁与悠远飘忽的传说故事结合起来言志抒情，用以表达深沉的历史感喟与清醒的现实思索。此诗气韵高古，格调悠远，体现了李白诗歌以气势夺人的艺术特色。

【注释】

　　① 吴宫：三国时孙吴曾于金陵建都筑宫。
　　② 晋代：指东晋，南渡后也建都于金陵。
　　③ 衣冠：指的是东晋文学家郭璞的衣冠冢。现今仍在南京玄武湖公园内。一说指当时豪门世族。
　　④ 成古丘：晋明帝当年为郭璞修建的衣冠冢豪华一时，然而到了唐朝诗人来看的时候，已经成为一个丘壑了。
　　⑤ 三山：山名。
　　⑥ 半落青天外：形容极远，看不太清楚。
　　⑦ 二水：一作"一水"。指秦淮河流经南京后，西入长江，被横截其间的白鹭洲分为二支。
　　⑧ 白鹭洲：古代长江中沙洲，在南京水西门外，因多聚白鹭而得名。
　　⑨ 浮云能蔽日：喻奸邪之障蔽贤良。比喻谗臣当道。

【名句】

　　三山半落青天外，二水中分白鹭洲。

古风 五十九首选一

唐·李白

其三十九

登高望四海①，天地何漫漫②！
霜被群物秋③，风飘大荒寒④。
荣华东流水，万事皆波澜⑤。
白日掩徂辉⑥，浮云无定端。
梧桐巢燕雀，枳棘栖鸳鸾⑦。
且复归去来⑧，剑歌行路难⑨。

【题解】

　　《古风·登高望四海》是唐代伟大诗人李白创作的组诗《古风》
五十九首之一。这是李白在长安失宠以后的思想活动，此时他已经萌发
了离京回家的思想。为了逃避权贵们的迫害，李白想到了贺知章的故事：
加入道士籍，还山，做回酒中仙。诗中借景寓情，感叹光阴飘忽，世事
翻覆，也寓有揭露权贵当道的黑暗之意。

【注释】

　　① 四海：指天下。
　　② 漫漫：无涯无际。
　　③ 被：披，覆盖。"霜被"句：谓各种花草树木因受霜寒而呈现出一
　　　　派秋色。
　　④ 大荒：广阔的原野。
　　⑤ "荣华"二句：荣华易逝，犹如东流水一去不返，人间万事如波浪起伏，
　　　　变化无常。

⑥ 徂辉：太阳落山时的余晖。"白日"句：夕阳西下。

⑦ 枳棘：有刺的灌木。"梧桐"二句意为，鸳鸯本来栖宿于梧桐，燕雀只配做巢于枳棘，现在情况正相反。喻是非颠倒。

⑧ 归去来：回去吧。东晋诗人陶渊明不愿逢迎权势，弃官归乡，并作《归去来分辞》。

⑨ 剑歌：弹剑而歌。《战国策·齐策》记载：战国时齐人冯谖为孟尝君门客，最初不如意，曾三次弹剑而歌。

庐山谣寄卢侍御虚舟 ①

唐·李白

我本楚狂人 ②，凤歌笑孔丘 ③。

手持绿玉杖 ④，朝别黄鹤楼。

五岳寻仙不辞远 ⑤，一生好入名山游。

庐山秀出南斗傍 ⑥，屏风九叠云锦张 ⑦，影落明湖青黛光 ⑧。

金阙前开二峰长 ⑨，银河倒挂三石梁 ⑩。

香炉瀑布遥相望 ⑪，回崖沓嶂凌苍苍 ⑫。

翠影红霞映朝日，鸟飞不到吴天长 ⑬。

登高壮观天地间，大江茫茫去不还 ⑭。

黄云万里动风色 ⑮，白波九道流雪山 ⑯。

好为庐山谣，兴因庐山发。

闲窥石镜清我心 ⑰，谢公行处苍苔没 ⑱。

早服还丹无世情 ⑲，琴心三叠道初成 ⑳。

遥见仙人彩云里，手把芙蓉朝玉京 ㉑。

先期汗漫九垓上 ㉒，愿接卢敖游太清 ㉓。

【题 解】

　　此诗浓墨重彩地描写庐山的景色，不仅写出了庐山的秀丽雄奇，更主要表现了诗人狂放不羁的性格以及政治理想破灭后想要寄情山水的心境，流露了诗人一方面想摆脱世俗的羁绊，进入缥缈虚幻的仙境，一方面又留恋现实，热爱人间美好风物的矛盾复杂的内心世界。全诗风格豪放飘逸，境界雄奇瑰伟，笔势错综变化，诗韵亦随着诗人情感的变化几次转换，跌宕多姿，极富抑扬顿挫之美，富有浪漫主义色彩。此诗为写景名篇。

【注 释】

①谣：不合乐的歌，一种诗体。卢侍御虚舟：卢虚舟，字幼真，范阳（今北京大兴区）人，唐肃宗时曾任殿中侍御史，曾与李白同游庐山。

②楚狂人：春秋时楚人陆通，字接舆，因不满楚昭王的政治，佯狂不仕，时人谓之"楚狂"。

③"凤歌"句：孔子适楚，陆通游其门而歌："凤兮凤兮，何德之衰……"劝孔不要做官，以免惹祸。这里，李白以陆通自比，表现对政治的不满，而要像楚狂那样游览名山过隐居的生活。

④绿玉杖：镶有绿玉的杖，传为仙人所用。

⑤五岳：即东岳泰山、西岳华山、南岳衡山、北岳恒山、中岳嵩山。此处泛指中国名山。

⑥南斗：星宿名，二十八星宿中的斗宿。古天文学家认为浔阳属南斗分野（古时以地上某些地区与天上某些星宿相应叫分野）。这里指秀丽的庐山之高，突兀而出。

⑦屏风九叠：指庐山五老峰东的九叠屏，因山九叠如屏而得名。

⑧影落：指庐山倒映在明澈的鄱阳湖中。青黛（dài）：青黑色。

⑨金阙（què）：阙为皇宫门外的左右望楼，金阙指黄金的门楼，这里借指庐山的石门——庐山西南有铁船峰和天池山，二山对峙，形如石门。

⑩ 银河：指瀑布。三石梁：一说在五老峰西，一说在简寂观侧，一说在开先寺（秀峰寺）旁，一说在紫霄峰上。近有人考证，五老峰西之说不谬。

⑪ 香炉：南香炉峰。瀑布：黄岩瀑布。

⑫ 回崖沓（tà）嶂：曲折的山崖，重叠的山峰。凌：高出。苍苍：青色的天空。

⑬ 吴天：九江春秋时属吴国。整句诗的意思：连鸟也难以飞越高峻的庐山和它辽阔的天空。

⑭ 大江：长江。

⑮ 黄云：昏暗的云色。

⑯ 白波九道：九道河流。古书多说长江至九江附近分为九道。李白在此沿用旧说，并非实见九道河流。雪山：白色的浪花。

⑰ 石镜：古代关于石镜有多种说法，诗中的石镜应指庐山东面的"石镜"——圆石，平滑如镜，可见人影。清我心：清涤心中的污浊。

⑱ 谢公：谢灵运。

⑲ 服：服食。还丹：道家炼丹，将丹烧成水银，积久又还成丹，故谓"还丹"。

⑳ 琴心三叠：道家修炼术语，一种心神宁静的境界。

㉑ 玉京：道教称元始天尊在天中心之上，名玉京山。

㉒ 先期：预先约好。汗漫：仙人名，一云造物者。九垓（gāi）：九天之外。

㉓ 卢敖：战国时燕国人，周游至蒙谷山，见一古怪之士迎风而舞。卢敖邀他同游，那人笑着说："吾与汗漫期于九垓之外，不可久留。"遂纵身跳入云中。太清：太空。

【名句】

五岳寻仙不辞远，一生好入名山游。

秋兴 八首选一

唐·杜甫

其 一

玉露凋伤枫树林^①，巫山巫峡气萧森^②。
江间波浪兼天涌^③，塞上风云接地阴^④。
丛菊两开他日泪^⑤，孤舟一系故园心^⑥。
寒衣处处催刀尺^⑦，白帝城高急暮砧^⑧。

【题 解】

这是八首中的第一首，写夔州（今奉节）一带的秋景，寄寓诗人自伤漂泊、思念故园的心情。全诗以"秋"作为统帅，写暮年漂泊、老病交加、羁旅江湖，面对满目萧瑟的秋景而引起的国家兴衰、身世蹉跎的感慨；写长安盛世的回忆，今昔对比所引起的哀伤；写关注国家的命运，目睹国家残破而不能有所为，只能遥忆京华的忧愁抑郁。全诗于凄清哀怨中，具沉雄博丽的意境。沉郁顿挫，读来令人荡气回肠，最典型地表现了杜甫诗的特有风格。

【注 释】

① 玉露：白露。凋伤：使草木凋落衰败。

② 巫山巫峡：即指夔州一带的长江和峡谷。萧森：萧瑟阴森。

③ 兼天涌：波浪滔天。

④ 塞上：指巫山。接地阴：风云盖地。"接地"又作"匝地"。

⑤ 丛菊两开：杜甫去年秋天在云安，今年秋天在夔州，从离开成都算起，已历两秋，故云"两开"。"开"字双关，一谓菊花开，又言泪眼开。
他日：往日，指多年来的艰难岁月。

⑥ 故园：此处当指长安。

⑦ 催刀尺：指赶裁冬衣。

⑧ 白帝城，即今奉节城，在瞿塘峡上口北岸的山上，与夔门隔岸相对。

急暮砧（zhēn）：黄昏时急促的捣衣声。砧，捣衣石。

【名句】

丛菊两开他日泪，孤舟一系故园心。

九日蓝田崔氏庄①

唐·杜甫

老去悲秋强自宽②，兴来今日尽君欢。

羞将短发还吹帽，笑倩旁人为正冠③。

蓝水远从千涧落④，玉山高并两峰寒⑤。

明年此会知谁健？醉把茱萸仔细看⑥。

【题解】

此为杜甫七律中的代表作。诗人描山绘水，气象峥嵘，寥寥数语，既点出深秋的时令，又给人以高危冷峻之感。诗句在豪壮之中透着几分悲凉之气，笔力挺峻。诗人用"孟嘉落帽"的典故，把诗人内心悲凉而又强颜欢笑的心境淋漓尽致地表达了出来。诗人抬头仰望秋山秋水，低头思索人生诸事，感觉山水无恙，而人事却难以预料，自己现在已经是头发稀疏的老人了，还能在人世间存活多久呢？于是他趁着酒醉时，把茱萸仔细端详，期待明年再来相会。

【注释】

　　① 蓝田：今陕西省蓝田县。

　　② 强：勉强。

　　③ 倩：请，央求。

　　④ 蓝水：即蓝溪，在蓝田山下。

　　⑤ 玉山：蓝田山。

　　⑥ 茱萸：草名。古时重阳节，家家户户都要饮茱萸酒。

白帝城最高楼

唐·杜甫

　　城尖径仄旌旆愁^①，独立缥缈之飞楼^②。
　　峡坼云霾龙虎卧^③，江清日抱鼋鼍游^④。
　　扶桑西枝对断石^⑤，弱水东影随长流^⑥。
　　杖藜叹世者谁子^⑦？泣血迸空回白头^⑧。

【题解】

　　这是杜甫由云安初到夔州时创作的拗体七律，首联状写楼高，颔联描绘近景，颈联渲染远景，尾联感慨当世。诗中充满勃郁不平之气。正如清人王嗣奭《杜臆》评："此诗真作惊人语，是缘忧世之心，发之以自消其垒块，叹世二字，为一章之纲，泣血迸空，起于叹世。以迸空写楼高，落想尤奇。"

【注释】

　　① 旌旆：旌旗，旆，本义为古代旐旗末端形如燕尾的垂旒飘带。

② 缥缈：高远不明之貌。飞楼：楼高势若飞。

③ 坼（chè）：裂缝。霾：指云色昏暗。龙虎卧：形容峡坼云霾。

④ 日抱：指日照江面如环抱。鼋（yuán）：大鳖。鼍（tuó）：鳄鱼。鼋鼍，形容江流湍急闪烁之状，水动，故曰游。这都是摹写登高临深时所见的一种迷离恍惚之景的。

⑤ 断石：指峡坼。

⑥ 弱水：见《山海经》：昆仑之丘，其下有弱水，其水不胜鸿毛。长流：即第四句里的"江"。这一联可能化用了曹植诗句"东观扶桑曜，西临弱水流"（《游仙诗》）。楼高即可望远。五六句是从空间的广度来极写楼之"最高"。

⑦ 杖：扗（杖）。藜：用藜茎制成的手杖。谁子：哪一个。

⑧ 泣血：形容极度哀痛，语出西汉李陵《答苏武书》。

登　高①

唐·杜甫

风急天高猿啸哀②，渚清沙白鸟飞回③。
无边落木萧萧下④，不尽长江滚滚来。
万里悲秋常作客⑤，百年多病独登台⑥。
艰难苦恨繁霜鬓⑦，潦倒新停浊酒杯⑧。

【题 解】

这首诗是大历二年（767）杜甫在夔州时所作。萧瑟的秋天，诗人独自登上夔州白帝城外的高台，登高临眺，百感交集。望中所见，激起意中所触；萧瑟的秋江景色，引发了他身世飘零的感慨，渗入了他老病孤愁的悲哀。颔联状景逼真，是后人传诵的名句。这首诗被誉为"七律之冠"。

【注释】

① 诗题一作《九日登高》。古代农历九月九日有登高习俗。作于唐代
  宗大历二年（767）秋天的重阳节。

② 啸哀：指猿的叫声凄厉。

③ 渚（zhǔ）：水中的小洲；水中的小块陆地。鸟飞回：鸟在急风中
  飞舞盘旋。回，回翻旋转。

④ 落木：指秋天飘落的树叶。萧萧：模拟草木飘落的声音。

⑤ 万里：指远离故乡。常作客：长期漂泊他乡。

⑥ 百年：犹言一生，这里借指晚年。

⑦ 艰难：兼指国运和自身命运。苦恨：极恨，极其遗憾。苦，极。繁霜鬓：
  增多了白发，如鬓边着霜雪。繁，这里作动词，增多。

⑧ 潦倒：衰颓，失意。这里指衰老多病，志不得伸。新停：刚刚停止。
  杜甫晚年因病戒酒，所以说"新停"。

【名句】

无边落木萧萧下，不尽长江滚滚来。

陪裴使君登岳阳楼

唐·杜甫

湖阔兼云雾，楼孤属晚晴。
礼加徐孺子①，诗接谢宣城②。
雪岸丛梅发，春泥百草生。
敢违渔父问③，从此更南征。

【题 解】

　　首联描写洞庭湖阔大之景，次联写出了杜甫把自己比作东汉时的名贤徐稚，把裴使君比作礼贤下士的陈蕃，可知杜甫在岳阳的数月，受到了非常好的款待。杜甫此时对裴使君能收留、重用自己是心存希望的。可能裴使君没有读出杜甫的意思或者是领会了而装作不知、不愿理睬，总之，杜甫很快离开了岳阳奔向衡州。

【注 释】

　　① 徐孺子：东汉时的名贤徐稚。
　　② 谢宣城：谢宣城指南北朝齐时的诗人谢朓。他文章清丽，擅长五言诗，曾出任宣城太守，故又有谢宣城之称。
　　③ 渔父问：《屈原列传》里渔父劝说屈原"与世推移"、"随其流扬其波"。

登岳阳楼

唐·杜甫

　　昔闻洞庭水①，今上岳阳楼②。
　　吴楚东南坼③，乾坤日夜浮④。
　　亲朋无一字⑤，老病有孤舟⑥。
　　戎马关山北⑦，凭轩涕泗流⑧。

【题 解】

　　这是一首即景抒情之作，诗人在作品中描绘了岳阳楼的壮观景象，反映了诗人晚年生活的不幸，抒发了诗人忧国忧民的情怀。大历三年（768），杜甫登上神往已久的岳阳楼，凭轩远眺，面对烟波浩渺、壮阔无垠的洞庭湖，诗人发出由衷的礼赞；继而想到自己晚年漂泊无定，国家多灾多难，又不免感慨万千，于是挥笔写下这首蕴含着浩然胸怀和极大痛苦的名篇。

【注 释】

① 洞庭水：即洞庭湖，在今湖南北部，长江南岸，是中国第二淡水湖。

② 岳阳楼：即岳阳城西门楼，在湖南省岳阳市，下临洞庭湖，为游览胜地。

③ "吴楚"句：吴楚两地在我国东南。坼：分裂。

④ 乾坤：指日、月。浮：日月星辰和大地昼夜都飘浮在洞庭湖上。

⑤ 无一字：音讯全无。字，这里指书信。

⑥ 老病：杜甫时年五十七岁，身患肺病、风痹，右耳已聋。有孤舟：唯有孤舟一叶飘零无定。

⑦ 戎马：指战争。关山北：北方边境。

⑧ 凭轩：靠着栏杆。涕泗（sì）流：眼泪禁不住地流淌。

【名 句】

吴楚东南坼，乾坤日夜浮。

登兖州城楼①

唐·杜甫

东郡趋庭日②，南楼纵目初③。

浮云连海岱^④，平野入青徐^⑤。

孤嶂秦碑在^⑥，荒城鲁殿余^⑦。

从来多古意^⑧，临眺独踌躇^⑨。

【题 解】

这首诗是作者第一次游齐赵时所作。杜甫当时到兖州省视父亲而咏兖州南楼，写了登楼纵目所见的远景及古迹。通首皆登楼所见，"海岱"、"青徐"属远景，故以"纵目"二字引起。此诗是杜甫现存最早的一首五律。因结构谨严，格律工稳，故前人多取以为式。

【注 释】

① 兖州：唐代州名，在今山东省。杜甫父亲杜闲曾任兖州司马。

② 东郡趋庭：到兖州看望父亲。

③ 初：初次。

④ 海岱：东海、泰山。

⑤ 入：是一直伸展到的意思。青徐：青州、徐州。

⑥ 秦碑：秦始皇命人所记的歌颂他功德的石碑。

⑦ 鲁殿：汉时鲁恭王在曲阜城修的灵光殿。余：残余。

⑧ 古意：伤古的意绪。

⑨ 踌躇：犹豫。

同诸公登慈恩寺塔^①

唐·杜甫

高标跨苍穹^②，烈风无时休。

自非旷士怀，登兹翻百忧。

方知象教力^③，足可追冥搜^④。

仰穿龙蛇窟，始出枝撑幽。

七星在北户，河汉声西流。

羲和鞭白日^⑤，少昊行清秋^⑥。

秦山忽破碎，泾渭不可求。

俯视但一气，焉能辨皇州。

回首叫虞舜，苍梧云正愁^⑦。

惜哉瑶池饮^⑧，日晏昆仑丘。

黄鹄去不息，哀鸣何所投。

君看随阳雁，各有稻粱谋。

【题 解】

　　此诗作于天宝十一载（752）。这年秋天，杜甫和诗人高适、岑参、薛据、储光羲同时登上长安东南的慈恩寺塔，游望吟诗，高适、薛据先成，杜甫继和。除薛据以外，诸公所赋之诗均存。诗人说自己缺乏旷达之士的怀抱，登上此塔心头涌起百种忧愁，是全诗所抒怀抱的总领。但所忧的是什么，并未明言，而是全从"望"的意思落笔：秦山忽然像是破碎了，泾水和渭水也找不见了。诗人"自非旷士"，呼叫虞舜，不正是呼叫那个已经消逝的清明时代吗？那个迷恋于西王母酒宴的周穆王，不也令人联想到沉迷于酒色的唐玄宗吗？

【注 释】

① 慈恩寺：建于唐太宗贞观二十一年（647），在今西安市内。高宗永徽三年（652），玄奘在寺中建塔，又名大雁塔。

② 高标：竖木作为标记，木之上端称为标。这里指高塔。

③ 象教：即佛教。因佛教以佛像教化世人，故名。

④ 冥搜：暗中寻求搜索。

⑤ 羲和：古代神话中为太阳驾车的神，驾驭六龙拉的日车。

⑥ 少昊：黄帝之子，主秋之神。

⑦ 虞舜：传说中的上古贤君，此处喻唐太宗。苍梧：山名，即九嶷山，在湖南宁远县东南，相传舜南巡，葬在苍梧之野。

⑧ 瑶池：西王母的住处。传说周穆王升昆仑之丘，与西王母饮于瑶池之上。

登 楼

唐·杜甫

花近高楼伤客心①，万方多难此登临②。

锦江春色来天地③，玉垒浮云变古今④。

北极朝廷终不改⑤，西山寇盗莫相侵⑥。

可怜后主还祠庙⑦，日暮聊为《梁甫吟》⑧。

【题解】

这是一首感时抚事的诗。作者写登楼望见无边春色，想到万方多难，浮云变幻，不免伤心感喟。进而想到朝廷就像北极星座一样，不可动摇，即使吐蕃入侵，也难改变人们的正统观念。最后坦露了自己要效法诸葛亮辅佐朝廷的抱负，大有澄清天下的气概。全诗即景抒怀，写山川联系着古往今来社会的变化，谈人事又借助自然界的景物，互相渗透，互相包容；融自然景象、国家灾难、个人情思为一体，语壮境阔，寄意深远，体现了诗人沉郁顿挫的艺术风格。

【注 释】

① 客心：客居者之心。

② 登临：登高观览。临，从高处往下看。

③ 锦江：即濯锦江，流经成都的岷江支流。成都出锦，锦在江中漂洗，
色泽更加鲜明，因此命名濯锦江。来天地：与天地俱来。

④ 玉垒：山名，在四川灌县西、成都西北。变古今：与古今俱变。

⑤ 北极：星名，北极星，古人常用以指代朝廷。

⑥ 西山：指今四川省西部当时和吐蕃交界地区的雪山。寇盗：指入侵
的吐蕃集团。

⑦ 后主：刘备的儿子刘禅，三国时蜀国之后主。曹魏灭蜀，他辞庙北上，
成亡国之君。诗人感叹连刘禅这样的人竟然还有祠庙。

⑧ 聊为：不甘心这样做而姑且这样做。《梁甫吟》：乐府篇名。传说
诸葛亮曾经写过一首《梁甫吟》的歌词。

闺 怨①

唐·王昌龄

闺中少妇不知愁，春日凝妆上翠楼②。
忽见陌头杨柳色③，悔教夫婿觅封侯④。

【题 解】

诗题为《闺怨》，起笔却写道："闺中少妇不知愁"，写这位不知
愁的少妇，在春光明媚的日子里"凝妆"登楼远眺的情景。于是，一个
有些天真和娇憨之气的少妇形象跃然纸上。少妇见到春风拂动下的杨柳，
一定会联想很多。她会想到平日里的夫妻恩爱，想到与丈夫惜别时的深

情，想到自己的美好年华在孤寂中一年年消逝，而眼前这大好春光却无人与她共赏……在这一瞬间的联想之后，少妇心中那沉积已久的幽怨、离愁和遗憾便一下子强烈起来，变得一发而不可收。"悔教夫婿觅封侯"便成为自然流淌出的情感。

【注释】

① 闺怨：少妇的幽怨。
② 凝妆：盛妆。
③ 陌头：路边。
④ 悔教：后悔让。觅封侯：为求得封侯而从军。觅，寻求。

行军九日思长安故园①

唐·岑参

强②欲登高③去，无人送酒来。
遥怜④故园菊，应傍⑤战场开。

【题解】

这首诗由欲登高而引出无人送酒的联想，又由无人送酒遥想故园之菊，复由故园之菊而慨叹故园为战场，蝉联而下。它表现的不是一般的节日思乡，而是对国事的忧虑和对战乱中人民疾苦的关切。表面看来写得平直朴素，实际构思精巧，情韵无限，是一首言简意深、耐人寻味的抒情佳作。

【注 释】

① 九日：指九月九日重阳节。
② 强：勉强。
③ 登高：重阳节有登高赏菊饮酒以避灾祸的风俗。
④ 怜：可怜。
⑤ 傍：靠近、接近。

登总持阁^①

唐·岑参

高阁逼诸天^②，登临近日边。
晴开万井树^③，愁看五陵烟。
槛外低秦岭，窗中小渭川^④。
早知清净理，常愿奉金仙^⑤。

【题 解】

这首诗，穷极笔力，描写总持阁的雄伟高峻。写这座高阁的高，诗人用了眺望的视角来写，主要用到了夸张的修辞方法，还加入比喻、对比这样常见的修辞来增加效果。诗里的高阁是总持寺里的建筑，因为它实在是太高了，所以被岑参写在了诗里。一、二句以夸张手法来表现总持寺阁高耸入云的势态，中间四句写在阁上远眺的所见。在最后点出了这座高阁的作用，是出家人用来修行的佛家建筑。岑参在诗里这样淋漓尽致地专写总持阁之高，这就是前人所说的岑参诗"语奇体峻，意亦造奇"的特色。

【注 释】

① 总持阁：在终南山上。
② 诸天：天空。
③ 井树：井边之树。
④ 渭川：渭水。
⑤ 金仙：用金色涂抹的佛像。

与高适薛据同登慈恩寺浮图①

唐·岑参

塔势如涌出②，孤高耸天宫。
登临出世界③，磴道盘虚空④。
突兀压神州⑤，峥嵘如鬼工⑥。
四角碍白日⑦，七层摩苍穹。
下窥指高鸟，俯听闻惊风⑧。
连山若波涛，奔走似朝东。
青槐夹驰道⑨，宫馆何玲珑⑩。
秋色从西来，苍然满关中⑪。
五陵北原上⑫，万古青蒙蒙。
净理了可悟⑬，胜因夙所宗⑭。
誓将挂冠去⑮，觉道资无穷⑯。

【题 解】

这是唐代诗人岑参的作品。此诗前十八句描摹慈恩寺塔的孤高、突兀、超逸绝伦的气势，以及佛塔周围苍茫、古寂、清幽的环境，烘托出

一派超脱虚空的气氛；末尾四句，抒发情怀，流露出怅惘之情。全诗表达了登临后忽然领悟禅理，产生出世的念头。诗人想辞官事佛，朝廷之内，外戚宦官等祸国殃民；各方藩镇如安禄山、史思明等图谋不轨，真可谓"苍然满关中"，一片昏暗。诗人心中惆怅，想学逢萌，及早挂冠而去，去追求无穷无尽的大觉之道。

【注释】

① 浮图：原是梵文佛陀的音译，这里指佛塔。慈恩寺浮图：今西安市的大雁塔。

② 涌出：形容拔地而起。

③ 世界：指宇宙。

④ 磴：石级。盘：曲折。

⑤ 突兀：高耸貌。

⑥ 峥嵘：形容山势高峻。鬼工：非人力所能。

⑦ 碍：阻挡。

⑧ 惊风：疾风。

⑨ 驰道：可驾车的大道。

⑩ 宫馆：宫阙。

⑪ 关中：指今陕西中部地区。

⑫ 五陵：指汉代五个帝王的陵墓，即高祖长陵、惠帝安陵、景帝阳陵、武帝茂陵及昭帝平陵。

⑬ 净理：佛家的清净之理。

⑭ 胜因：佛教因果报应中的极好的善因。

⑮ 挂冠：辞官归隐。

⑯ 觉道：佛教中达到消除一切欲念和物我相忘的大觉之道。

登戏马台作①

唐·储光羲

君不见宋公杖钺诛燕后，英雄踊跃争趋走②。

小会衣冠吕梁壑，大征甲卒磝磛口③。

天门神武树元勋，九日茱萸飨六军④。

泛泛楼船游极浦，摇摇歌吹动浮云。

居人满目市朝变，霸业犹存齐楚甸⑤。

泗水南流桐柏川，沂山北走琅琊县⑥。

沧海沉沉晨雾开，彭城烈烈秋风来⑦。

少年自古未得意，日暮萧条登古台。

【题 解】

诗人登临戏马台，歌颂南朝宋武帝刘裕的功绩，抒发了自己怀才不遇的苦闷心情。诗从刘裕称帝前夺城拔塞落笔，写他平灭南燕以后，名望大振，天下英雄豪杰都踊跃追随他，南征北战，建功立业。虽然时过境迁，人事变化，但刘裕霸业犹在，影响犹在，自伤的意绪已初现笔端。这首诗以戏马台为起兴，从人事及景色两方面扩展开去，追溯历史，缅怀前贤，描写山川形胜，最终又归结到自己。放得洒脱，收得自然，融史实与感慨、古人与今人于一体。

【注 释】

① 戏马台：台名，在今江苏徐州市城南。相传项羽曾在这里戏马，故名。

② 宋公：指南朝宋武帝刘裕。他在晋安帝义熙十年（414）曾被封为宋公。杖：持。钺：大斧。诛燕：指晋于义熙六年（410）灭南燕，

擒杀南燕主慕容超。

③ 小会衣冠：《宋书·孔季恭传》："（季恭）辞事东归，高祖（刘裕）饯之戏马台，百僚咸赋诗以述其美。"吕梁壑：水名，在徐州市东南。甲卒：指军队。碻磝（qiāo áo）：古津渡，城名。故地在今山东荘平西南古黄河南岸，城在津东。

④ 树元勋：立首功。茱萸：一种有香气的植物。古代风俗，在九月九日重阳节配茱萸，登高饮花酒，可以避灾。

⑤ 齐楚甸：古地名，属东楚。今在徐州附近。

⑥ 泗水：水名。桐柏川：即淮水。沂山：又名东泰山，在今山东临朐南九十里。琅琊县：在今山东诸城东南一百五十里。

⑦ 沧海：指黄海。彭城：今江苏徐州。烈烈：猛盛的样子。

夜上受降城闻笛①

唐·李益

回乐峰前沙似雪②，受降城外月如霜。
不知何处吹芦管③，一夜征人尽望乡④。

【题解】

这是一首抒写戍边将士思乡愁情的名作。诗歌笔法简洁轻灵，意韵深隽，曾被谱入弦管，天下传唱。诗歌描写了一幅边塞月夜的独特景色。近看，高城之外月光皎洁，如同深秋的寒霜。沙漠并非雪原，诗人偏说它"似雪"，月光并非秋霜，诗人偏说它"如霜"。诗人如此运笔，是为了借这寒气袭人的景物来渲染心境的愁惨凄凉。正是这似雪的沙漠和如霜的月光使受降城之夜显得格外空寂惨淡，也使诗人格外强烈地感受到置身边塞绝域的孤独，而生发出思乡情愫。

【注 释】

①受降城: 唐初名将张仁愿为了防御突厥, 在黄河以北筑受降城, 分东、中、西三城, 都在今内蒙古自治区境内。

②回乐峰: 一作"回乐烽", 指回乐县附近的烽火台。唐代有回乐县, 灵州治所, 在今宁夏回族自治区灵武县西南。回乐峰即当地山峰。

③芦管: 笛子。一作"芦笛"。

④征人: 戍边的将士。尽: 全。

【名 句】

不知何处吹芦管, 一夜征人尽望乡。

同崔邠登鹳雀楼①

唐·李益

鹳雀楼西百尺樯, 汀洲云树共茫茫。
汉家箫鼓空流水②, 魏国山河半夕阳③。
事去千年犹恨速, 愁来一日即为长。
风烟并是思归望, 远目非春亦自伤。

【题 解】

全诗通过即景抒情, 将历史沉思、现实感慨、个人感伤融成一片, 而并入归思, 意境浑成厚重。李益生经战乱, 时逢藩镇割据, 唐王朝出现日薄西山的衰败景象, 不单因怀古而兴, 其中亦应有几分伤时之情。

"千年犹速"、"一日为长"似乎矛盾，却又统一于人的感觉，此联因而成为精警名言。

【注释】

① 崔邠：字处仁，清河武城人，贞元中授渭南尉。鹳雀楼乃北周宇文护所建，楼高三层，因鹳雀常栖息其上而得名，在唐代是一处名胜。崔邠《登鹳雀楼》诗作于元和九年（814）旧历七月。与会者无李益，此诗应是读崔诗后追和之作。

② 汉家箫鼓：汉武帝刘彻"行幸河东，祀后土"，曾作《秋风辞》，中有"泛楼船兮济汾河，横中流兮扬素波，箫鼓鸣兮发棹歌"之句。所祭后土祠在汾阴县，唐代即属河中府。

③ 魏国山河：河中府属魏国地界，靠近魏都安邑。这两句将黄昏落日景色和遐想沉思融为一体，精警含蓄。

【名句】

事去千年犹恨速，愁来一日即为长。

上汝州郡楼

唐·李益

黄昏鼓角似边州①，三十年前上此楼。
今日山川对垂泪，伤心不独为悲秋。

【题解】

　　这是一首触景生情之作。李益曾久佐戎幕，六出兵间，对边塞景物特别是军营中的鼓角声当然是非常熟悉的。这时，他登上汝州（州城在今河南临汝县）城楼，眼前展现的是暗淡的黄昏景色，耳边响起的是悲凉的鼓角声，不禁生发了此时明明身在唐王朝的腹地而竟然又像身在边州的感慨。

【注释】

　　① 鼓角：鼓角声。

与浩初上人同看山寄京华亲故^①

唐·柳宗元

海畔尖山似剑铓^②，秋来处处割愁肠。
若为化得身千亿^③，散上峰头望故乡。

【题解】

　　诗人通过奇异的想象，独特的艺术构思，把埋藏在心底的抑郁之情，不可遏止地尽量倾吐了出来。从永州司马改任柳州刺史后，柳宗元一直怀友望乡，愁思郁结。为了排遣愁思，在一个秋高气爽的日子，他与朋友浩初和尚一同登山望景，见四野群峰皆如剑锋，更触动愁怀，于是写下了这首七言绝句，寄给京城长安亲友，以表达对他们强烈的怀念之情。

【注 释】

① 浩初上人：潭州（今湖南长沙）人，龙安海禅师的弟子，作者的朋友。
② 海畔：海边。古人以五岭之南近海，称为岭海。所以诗中把柳州称为海畔。剑铓：剑锋。
③ 若为：怎能。

登柳州城楼寄漳汀封连四州刺史

唐·柳宗元

城上高楼接大荒①，海天愁思正茫茫②。
惊风乱飐芙蓉水③，密雨斜侵薜荔墙④。
岭树重遮千里目，江流曲似九回肠⑤。
共来百越文身地⑥，犹自音书滞一乡⑦。

【题 解】

这是柳宗元写于唐宪宗元和十年（815）的诗。柳宗元与韩泰、韩晔、陈谏、刘禹锡都因参加王叔文领导的永贞革新运动而遭贬。五人后虽被召回，但由于种种原因，再度贬为边州刺史。他们的际遇相同，休戚相关，因而全诗中表现出一种真挚的友谊，虽天各一方，却有无法自抑的相思之苦。一同被贬谪于大荒之地，已经够痛心了，还彼此隔离，连音书都无法送到！读诗至此，余味无穷。

【注 释】

① 接：连接。大荒：泛指荒僻的边远地区。

② 海天愁思：如海如天的愁思。

③ 惊风：急风；狂风。乱飐（zhǎn）：吹动。

④ 薜荔：一种蔓生植物，也称木莲。

⑤ 江：指柳江。九回肠：愁肠九转，形容愁绪缠结难解。

⑥ 百越：百粤，指当时五岭以南各少数民族地区。文身：古代南方少
数民族有在身上刺花纹的风俗。文通"纹"，用作动词。

⑦ 犹自：仍然是。音书：音信。滞：阻隔。

同诸隐者夜登四明山①

唐·施肩吾②

半夜寻幽上四明③，手攀松桂触云行。
相呼已到无人境，何处玉箫吹一声。

【题 解】

这首诗写作者同诸位山中归隐者夜登四明山的情景。前两句写登山
的艰险。手攀松桂枝，身与浮云齐，慢慢地终于到了顶峰。三、四句写
深夜四明山万籁俱寂的情景。众人登上山顶，你呼我应，空山寂静，传
响不绝；突然不知从哪儿传来玉箫的声音，划破夜空。意境幽远深邃，
颇有意趣。

【注 释】

① 四明山：在浙江省宁波市西南，为天台山支脉。

② 施肩吾：字希圣。少年习佛，博学经史，工词章，后转而学道，隐

居西山（在今江西南昌）学仙。

③ 寻幽：探访幽隐之处。

登楼寄王卿

唐·韦应物

踏阁攀林恨不同，楚云沧海思无穷。

数家砧杵秋山下①，一郡荆榛寒雨中②。

【题 解】

诗人独自攀山登楼，目睹四野一片荒凉景象，感慨万千，不由想起以往与王卿一同登高望远的情景，于是写下了这首七绝。这首诗先抒情，后写登览所见之景。以景作结，含不尽之意见于言外，自有其高妙之处。

【注 释】

① 砧杵：捣衣石和棒槌。

② 荆榛：泛指丛生灌木，多用以形容荒芜的情景。

代赠① 二首选一

唐·李商隐

其 一

楼上黄昏欲望休，玉梯横绝月中钩②。
芭蕉不展丁香结③，同向春风各自愁④。

【题解】

　　此诗是以女子的口吻抒写与情人离别而不能见面的忧愁。诗中所写的时间是春日的黄昏。诗人用以景托情的手法，从诗中的主人公所见到的缺月、芭蕉、丁香等景物中，衬托出她的内心感情。诗人用不展的芭蕉和固结的丁香来比喻愁绪，不仅使得抽象的情感变得可见可感、具体形象，更使得这种比况具有某种象征的意味。不展的芭蕉与固结的丁香，不仅是主人公愁绪的触发物；作为诗歌的意象，又成为其愁思的载体和象征。

【注释】

　　① 代赠：代拟的赠人之作。此题诗二首，这是第一首。
　　② 玉梯：天梯，此谓楼梯。横绝：横断，中间断了一截。
　　③ 芭蕉不展：芭蕉的蕉心没有展开。丁香结：本指丁香之花蕾，丛生如结。此处用以象征固结不解之愁绪。
　　④ 同向春风：芭蕉和丁香一同对着黄昏清冷的春风（诗以芭蕉喻情人，以丁香喻女子自己）。

【名句】

芭蕉不展丁香结，同向春风各自愁。

夕阳楼^①

唐·李商隐

花明柳暗绕天愁，上尽重城更上楼。
欲问孤鸿向何处？不知身世自悠悠。

【题 解】

此诗写于唐文宗大和九年（835）秋天。作者的知己萧澣被贬，诗人登夕阳楼（此楼为萧澣在郑州刺史任上所建），触景伤情，感慨万千，写下这首情致深婉的小诗。这首诗以眼前看到的景物入手，以艺术的手法来诠释心中的愁绪和感慨，读起来沉郁真挚，依稀在人们面前展开了一幅花明柳暗、高楼独立、孤鸿飞翔的画面。李商隐用他生动的笔墨，既写出了夕阳楼的真实风景，也尽情倾诉了他的心事和渴望。这首诗后来成了吟咏郑州夕阳楼的名篇，一代代流传了下来。

【注 释】

① 夕阳楼：旧郑州之名胜，始建于北魏，为中国唐宋八大名楼之一，曾与黄鹤楼、鹳雀楼、岳阳楼等齐名。

安定城楼^①

唐·李商隐

迢递高城百尺楼^②，绿杨枝外尽汀洲^③。

贾生年少虚垂涕^④，王粲春来更远游^⑤。

永忆江湖归白发，欲回天地入扁舟^⑥。

不知腐鼠成滋味，猜意鹓雏竟未休^⑦。

【题解】

诗人登上安定城楼，纵目远眺，看到朝政的混乱，腐败势力的横行，有理想和才干的人无从施展自己的抱负，心中不禁生起了哀国忧时和自伤身世的无穷感触，于是，写下这首七律遣怀。此诗抒发了作者虽仕途受阻，遭到一些人的谗伤，但并不气馁，反而鄙视和嘲笑谗佞小人的坚定胸怀，充分地体现了作者青年时期的高远抱负和奋发精神。全诗语言含蓄犀利，痛快沉着，用典工丽典雅，极富神韵。颈联两句写平生抱负，笔力遒劲，境界阔大，意味深长，是历来广为传诵的名句。

【注释】

① 安定：郡名，即泾州（今甘肃省泾川县北），唐代泾原节度使的治所。

② 迢递：形容楼高而且连续绵延。

③ 枝外：一作"枝上"。汀洲：汀指水边之地，洲是水中之洲渚。此句写登楼所见。

④ 贾生：指西汉人贾谊。

⑤ 王粲：东汉末年人，"建安七子"之一。

⑥ "欲回"句：《史记·货殖列传》：春秋时范蠡辅佐越王勾践灭吴后，乘扁舟归隐五湖。李商隐用此事，说自己总想着年老时归隐江湖，但必须等到把治理国家的事业完成，功成名就之后才行。

⑦ "不知"二句：鹓雏是古代传说中一种像凤凰的鸟。诗人说自己有高远的心志，并非汲汲于官位利禄之辈，但谗佞之徒却以小人之心度之。

【名句】

永忆江湖归白发，欲回天地入扁舟。

秋日登吴公台上寺远眺①

唐·刘长卿

古台摇落后②，秋入望乡心。
野寺来人少③，云峰隔水深。
夕阳依旧垒④，寒磬满空林⑤。
惆怅南朝事⑥，长江独自今。

【题 解】

此诗作于刘长卿旅居扬州之时。"安史之乱"爆发后，刘长卿长期居住的洛阳落入乱军之手，诗人被迫流亡到江苏扬州一带，秋日登高，来到吴公台，写下这首吊古之作。在一个秋风萧瑟的日子里，诗人登上南朝旧垒吴公台。台上的寺庙已经荒凉，人踪稀少；远望山峦，皆在云罩雾缭之中。南朝故迹尚存，人去台空，只有长江水在秋日的夕阳中独自流淌。此诗描写了诗人登吴公台所见的萧瑟荒凉的景象，深刻反映了唐朝中期"安史之乱"后荒凉破败的景象，也反映了作者忧国忧民的心声。

【注 释】

①吴公台：在今江苏省江都县，原为南朝沈庆之所筑，后陈将吴明彻重修。

② 摇落：零落，凋残。这里指台已倾废。

③ 野寺：位于偏地的寺庙。这里指吴公台上寺。

④ 依：靠，这里含有"依恋"之意。旧垒：指吴公台。垒，军事工事。

⑤ 磬：寺院中敲击以召集众僧的鸣器，这里指寺中报时拜神的一种器具。
　　因是秋天，故云"寒磬"。寒磬：清冷的磬声。

⑥ 南朝事：因吴公台关乎南朝的宋和陈两代事，故称。

登余干古县城^①

唐·刘长卿

孤城上与白云齐，万古荒凉楚水西。
官舍已空秋草没，女墙犹在夜乌啼。
平沙渺渺迷人远，落日亭亭向客低^②。
飞鸟不知陵谷变，朝来暮去弋阳溪！

【题 解】

　　刘长卿这首诗是登临旧县城吊古伤今之作，在唐代即传为名篇。这荒落的古城也随之出了名。在这荒寂的世界中，诗人想起了《诗经·小雅·十月之交》的诗句："高岸为谷，深谷为陵。哀今之人，胡憯莫惩。"古城沧桑，就是"陵谷变"。诗人深深感慨于历史的变迁。此诗借景抒情而又不拘泥历史事实，为了突出主旨，诗人做了大胆的虚构和想象，使诗的意境更远。

【注 释】

　　① 余干：唐代饶州余干县，即今江西省余干县。古县城：指唐以前建

置的余干县城，唐代迁移县治，这个旧县城逐渐荒落。

② 亭亭：高耸貌。

长相思·别情

唐·白居易

汴水流，泗水流^①，流到瓜洲古渡头^②，吴山点点愁^③。
思悠悠，恨悠悠^④，恨到归时方始休，月明人倚楼。

【题 解】

本篇写一位女子倚楼思人。在朦胧的月色下，映入她眼帘的山容水态，都充满了哀愁。全词以"恨"写"爱"，用浅易流畅的语言表现人物的复杂感情。特别是那一派流泻的月光，更烘托出哀怨忧伤的气氛，增强了艺术感染力。

【注 释】

① 汴水：源于河南，与泗水合流，入淮河。泗水：源于山东曲阜，与汴水合流入淮河。

② 瓜洲：在今江苏省扬州市南面。

③ 吴山：泛指江南群山。

④ 悠悠：深长的意思。

庾楼晓望

唐·白居易

独凭朱槛立凌晨，山色初明水色新。
竹雾晓笼衔岭月，蘋风暖送过江春。
子城阴处犹残雪^①，衙鼓声前未有尘^②。
三百年来庾楼上，曾经多少望乡人。

【题解】

    诗人清晨登上城楼，尚有寒意，只见那瓮城墙脚阴处残雪未消；衙鼓声声，清晰入耳，街市上尚无喧嚣之声。所见、所感、所闻，将江州城清晨景象的特征概括无余。末二句是点睛之笔，前面写景，到结束了来这么一句感叹，戛然而止，却意蕴悠远。这望乡人中，白居易何尝不是其中一个。

【注释】

    ① 子城：大城所属的小城，即内城及附郭的瓮城或月城。
    ② 衙鼓：衙门中所设的鼓，用以集散曹吏。尘：尘嚣。比喻喧嚣的声音。

江楼夕望招客

唐·白居易

海天东望夕茫茫，山势川形阔复长。

灯火万家城四畔，星河一道水中央。

风吹古木晴天雨①，月照平沙夏夜霜②。

能就江楼消暑否？比君茅舍校清凉③。

【题 解】

这首诗是长庆三年（823）夏天，白居易在任杭州刺史时所作，描绘诗人夏夜登楼远眺时见到的景色。"望"字统领全篇，全篇景致紧扣"夕"字，尾联向友人发出邀请应题中"招客"二字。"风吹古木晴天雨，月照平沙夏夜霜"为千古名句，逼真传神地描绘了夏夜清凉优美的景致。

【注 释】

① 晴天雨：风吹古木，飒飒作响，像雨声一般，但天空却是晴朗的，所以叫"晴天雨"。

② 夏夜霜：月照平沙，洁白似霜，却是夏夜，所以叫"夏夜霜"。

③ 校：同"较"，比较，较为。

【名 句】

风吹古木晴天雨，月照平沙夏夜霜。

登崖州城作

唐·李德裕

独上高楼望帝京①，鸟飞犹是半年程。

青山似欲留人住，百匝千遭绕郡城。

【题解】

　　此诗为诗人六十三岁被贬至海南崖州时所作，诗人被贬之前官至宰相。作为身系安危的重臣元老李德裕，即使处于炎海穷边之地，他那眷怀故国之情，仍然锲而不舍。他登临北望，主要不是为了怀念乡土，而是出于政治的向往与感伤。"望帝京"的"高楼"远在群山环绕的天涯海角，通篇到底，并没有抒写政治的愤慨，迁谪的哀愁，语气是优游不迫、舒缓而宁静的，情调深沉而悲凉。

【注释】

　　① 帝京：帝都；京都。

登池州九峰楼寄张祜 ①

唐·杜牧

百感衷来不自由 ②，角声孤起夕阳楼。
碧山终日思无尽，芳草何年恨即休 ③。
睫在眼前长不见，道非身外更何求？
谁人得似张公子 ④，千首诗轻万户侯。

　　张祜于唐会昌五年（845）秋来到池州看望出任池州刺史的杜牧。两人同登九峰楼。杜牧有感而发写下此诗。"谁人得似张公子"即无人可比之意，推崇之高，无以复加。诗人为友人张祜鸣不平，表达了诗人对张祜怀才不遇的同情，抒发了诗人对世风日下的伤感之情。此诗为抒情佳作，气格清高俊爽，兴寄深远，将对朋友的思念、同情、慰勉、敬重等意思，一一恰到好处地表现出来。

【注　释】

　　① 九峰楼：一作"九华楼"。
　　② "百感"句：江淹《别赋》："百感凄恻。"前两句是因果倒装句，
　　　意谓黄昏时听到号角声从城楼上凄厉地响起，引起人百感交集。
　　③ 三四句言面对昔日同游的碧山芳草，心中有说不尽的离思别恨。
　　④ 得似：能像，能比得上。

将赴吴兴登乐游原

唐·杜牧

　　清时有味是无能①，闲爱孤云静爱僧。
　　欲把一麾江海去②，乐游原上望昭陵③。

【题解】

　　这首诗是诗人于宣宗大中四年（850）将离长安到湖州（即吴兴，

今浙江湖州市）任刺史时所作。乐游原在长安城南，地势高敞，可以眺望，是当时的游览胜地。此诗写登乐游原独望昭陵，是别有深意的。唐太宗是唐代也是我国封建社会中杰出的皇帝。诗人登高纵目，西望昭陵，其对祖国的热爱，对盛世的追怀，对自己才能无所施展的悲愤，无不包括在内。

【注释】

① "清时"句：意谓当这清平无所作为之时，自己所以有此闲情。

② 一麾（huī）：旌旗。

③ 昭陵：唐太宗的陵墓。

题宣州开元寺水阁

唐·杜牧

六朝文物草连空①，天淡云闲今古同。
鸟去鸟来山色里，人歌人哭水声中②。
深秋帘幕千家雨③，落日楼台一笛风。
惆怅无因见范蠡，参差烟树五湖东④。

【题解】

这首七律写于唐文宗开成年间。当时杜牧任宣州（今安徽宣城）团练判官。宣城城东有宛溪流过，城东北有秀丽的敬亭山，风景优美。南朝诗人谢朓曾在这里做过太守。城中开元寺（本名永乐寺）建于东晋时代，是名胜之一。杜牧在宣城期间经常来开元寺游赏赋诗。这首诗抒写了诗人在寺院水阁上，俯瞰宛溪，眺望敬亭山时的古今之慨。诗人的情绪并不高，但把客观风物写得很美，并在其中织入"鸟去鸟来山色里"、"落日楼台一笛风"这样一些明丽的景象。

【注 释】

① 六朝：指建都于建康的东吴、东晋、宋、齐、梁、陈六朝。开元寺建于东晋，是六朝的遗迹，故杜牧题寺而想到六朝的灭亡。
② "人歌"句：谓人们世世代代在这流水声中聚集、繁衍与生息。
③ 帘幕：窗帘、帷幕等室内陈设。
④ "惆怅"二句：慨叹自己不能像范蠡那样为国家建功立业。参差：高低不齐。

登乐游原 ①

唐·杜牧

长空澹澹孤鸟没 ②，万古销沉向此中 ③。
看取汉家何事业，五陵无树起秋风 ④。

【题 解】

此诗约作于大中四年（850）秋，其时杜牧将赴湖州刺史任，曾登乐游原观览。杜牧的七绝多有以委婉含蓄见称者，这在他晚年所作的寄寓对朝政不满及身世之慨的诗中尤为突出。这首绝句即如此，诗中颇寓感慨不满。《诗法易简录》评此诗"寄慨深远，借汉家说法，即殷鉴不远之意"。《岘佣说诗》亦称"小杜'看取汉家何事业，五陵无树起秋风’，是加一倍写法。陵树秋风，已觉凄惨，况无树耶？用意用笔甚曲”。
“汉家”、“五陵”二句，乃借汉喻唐、讽唐，寓寄着诗人对时局与朝
政的不满。

【注 释】

① 乐游原：古地名，遗址在今陕西省西安市内大雁塔东北，是当时有
名的游览胜地。
② 澹澹：安静，寂静。没：消失。
③ 销沉：形迹消失、沉没。此中：指乐游原四周。
④ 五陵：汉代五个皇帝的陵墓，在咸阳市附近。

题齐安城楼①

唐·杜牧

鸣轧江楼角一声②，微阳潋潋落寒汀③。
不用凭栏苦回首，故乡七十五长亭。

【题 解】

诗当作于武宗会昌（841—846）初，作者出守黄州期间。诗人的
故家在长安杜陵，长安在黄州西北。暮色苍茫，最易牵惹乡思离情，呜
咽的角声又造成一种凄凉气氛，那“潋潋”的江水，黯淡无光的夕阳，
水中的汀洲，也都带有几分寒意。即使回首也不能望尽这迢递关山，否
定的语势，实际上形成唱叹，起着强化诗情的作用。

【注 释】

① 齐安：唐时每州都有一个郡名，"齐安"是黄州的郡名。
② 呜轧：吹角声。
③ 潋潋：水波流动貌。

初冬夜饮

唐·杜牧

淮阳多病偶求欢①，客袖侵霜与烛盘②。
砌下梨花一堆雪，明年谁此凭栏杆？

【题 解】

会昌二年（842），杜牧四十岁时，受当时宰相李德裕的排挤，被外放为黄州刺史，其后又转池州、睦州等地。诗人以汲黯（西汉名臣）自比，正是暗示自己由于耿介直言而被排挤出京。诗人愁思郁积，难以排遣，今夜只能借酒消愁，以求得片刻慰藉。

【注 释】

① 淮阳：指西汉汲黯。欢：指代酒。
② 霜：在这里含风霜、风尘之意，不仅与"初冬"暗合，更暗示作者心境。

九日齐山登高^①

唐·杜牧

江涵秋影雁初飞，与客携壶上翠微^②。
尘世难逢开口笑^③，菊花须插满头归^④。
但将酩酊酬佳节^⑤，不用登临恨落晖。
古往今来只如此，牛山何必泪沾衣^⑥。

【题 解】

这首诗是唐武宗会昌五年（845）杜牧任池州刺史时的作品。重阳佳节，诗人和朋友带着酒，登上池州城东南的齐山。诗人用"涵"来形容江水仿佛把秋景包容在自己的怀抱里，用"翠微"这样美好的词来代替秋山，都流露出对于眼前景物的愉悦感受。但郁闷仍然存在着，尘世终归是难得一笑，落晖毕竟就在眼前。除了因为杜牧自己怀有很高的抱负而在晚唐的政治环境中难以得到施展外，还与这次和他同游的未能被任用的诗人张祜有关。

【注 释】

①九日：九月九日重阳节。齐山：山名，在今安徽省池州市贵池区东南。

②翠微：指齐山上的翠微亭。

③"尘世"句：《庄子》："上寿百岁，中寿八十，下寿六十，除病瘦死丧忧患，其中开口而笑者，一月之中，不过四五日而已矣。"此言人生欢笑既难得，则更应善于自我宽慰，多方开解，切不可对一些烦恼事过于挂怀。

④"菊花"句：菊花，此暗用典故。《艺文类聚》卷四引《续晋阳秋》："陶潜尝九月九日无酒，宅边菊丛中摘菊盈把，坐其侧，久留，

见白衣至，乃王弘送酒也。即便就酌，醉而后归。"

⑤ 酩酊（dǐng）：大醉。

⑥ 牛山：语出《晏子春秋·内篇谏上》："（齐）景公游于牛山，北临其国城而流涕曰：'若何滂滂去此而死乎？'艾孔、梁丘据皆从而泣。"牛山，在今山东临淄。

南海旅次①

唐·曹松

忆归休上越王台②，归思临高不易裁③。
为客正当无雁处④，故园谁道有书来。
城头早角吹霜尽⑤，郭里残潮荡月回⑥。
心似百花开未得，年年争发被春催。

【题解】

曹松是舒州（今安徽潜山）人，因屡试不第，长期流落在今福建、广东一带。这首诗就是他连年滞留南海时的思归之作。作者以翻腾起伏的思绪作为全诗的结构线索，着力突出登高、家信、月色、春光在作者心中激起的反响，来表现他羁留南海的万缕归思。作者集中笔墨来倾吐自己的心声，迂曲婉转地揭示出复杂的心理活动和细微的思想感情，呈现出情深意曲的艺术特色。

【注释】

① 南海：今广东省广州市。

③ 裁：剪，断。

④ 无雁处：大雁在秋天由北方飞向南方过冬，据说飞至湖南衡山则不再南飞了。南海在衡山以南，故曰"无雁处"。

⑤ 霜尽：此处指天亮了。广州天气暖和，天一亮霜便不见了。

⑥ 郭：古代在城的外围加筑的一道围墙。

登夏州城楼①

唐·罗隐

寒城猎猎戍旗风②，独倚危楼怅望中③。
万里山河唐土地④，千年魂魄晋英雄⑤。
离心不忍听边马⑥，往事应须问塞鸿⑦。
好脱儒冠从校尉⑧，一枝长戟六钧弓⑨。

【题 解】

此诗描述了作者登夏州城楼（故址在今陕西横山境内）时的所见所感，流露了投笔从戎之意。此诗颈联"离心不忍听边马，往事应须问塞鸿"，沉郁有味，有无穷忧愁见于言外。全诗吊古伤今，慷慨激越，在一定程度上代表了唐末七律的独特成就。

【注 释】

① 夏州：即赫连勃勃修建的统万城，北魏置夏州，唐为朔方节度使所辖。又名榆林，城在无定河支流清水东岸；紧倚长城，向来以险隘著称。

故址在今陕西省横山县境内。

② 猎猎：风声。戍旗：要塞戍军之旗。

③ 危楼：高楼。

④ 唐土地：指包括夏州在内的唐朝广阔国土。

⑤ 此句是指在晋朝时期，北方大乱，五胡乱华，先后建有十六国，其中匈奴人、大夏世祖赫连勃勃，就是夏州城建城之人（当时叫做统万城）。大夏建国后，晋朝和大夏国的赫连勃勃作战于统万城（也就是夏州），边塞战士死伤阵亡极多。晋英雄即指此。

⑥ 离心：别离之情。边马：边塞地区的马。

⑦ 塞鸿：边塞的大雁。塞鸿秋季南来，春季北去，故古人常以之作比，表示对远离家乡的亲人的怀念。边塞鸿雁可以寄书，古人有"雁足传书"的故事。

⑧ 儒冠：古代把读书人叫做儒生。"儒冠"就是儒生戴的帽子，表明他们的身份，但不一定有特定的社会地位。校尉：武职名。隋唐为武教官，位次将军。这句说要投笔从戎，弃文就武。

⑨ 六钧弓：钧是古代重量计量单位之一，一钧相当于三十斤，六钧即拉力一百八十斤，用来比喻强弓。

【名 句】

离心不忍听边马，往事应须问塞鸿。

秋日赴阙题潼关驿楼

唐·许浑

红叶晚萧萧，长亭酒一瓢①。
残云归太华②，疏雨过中条③。

树色随关迥④，河声入海遥。
帝乡明日到⑤，犹自梦渔樵。

【题解】

　　这是一首由潼关到都城，夜宿驿站而题壁的诗。诗中虽无"宿"字，然而字句中却明显表露夜宿驿楼，秋晚雨过，四望风物而触景生情。颔联写潼关山川气势。颈联写所见所闻，由近及远，无边无际。两联对仗工整自然。尾联点出赴京并非所愿之意，含蓄委婉。

【注释】

　　①长亭：常用作饯别处，后泛指路旁亭舍。
　　②太华：华山。
　　③中条：山名，在山西永济县。
　　④迥：远。
　　⑤帝乡：指都城。

咸阳城西楼晚眺①

唐·许浑

　　一上高城万里愁，蒹葭杨柳似汀洲②。
　　溪云初起日沉阁③，山雨欲来风满楼。
　　鸟下绿芜秦苑夕，蝉鸣黄叶汉宫秋④。
　　行人莫问当年事，故国东来渭水流。

【题 解】

此诗用云、日、风、雨层层推进，又以绿芜、黄叶来渲染，勾勒出一种萧条凄凉的意境，借秦苑、汉宫的荒废，抒发了对家国衰败的无限感慨。在夕照图初展丽景之际，蓦然凉风突起，咸阳西楼顿时沐浴在凄风之中，一场山雨眼看就要到了。这是对自然景物的临摹，也是对唐王朝日薄西山、危机四伏的没落局势的形象化勾画，它淋漓尽致而又形象入神地传出了诗人"万里愁"的真实原因。全诗在写景中叙事抒情，情景交融，为唐人登临诗篇之佳作。

【注 释】

① 咸阳：秦都城，唐代咸阳城与新都长安隔河相望。今属陕西。
② 蒹葭：芦苇一类的水草。汀洲：水边平坦的沙洲。
③ "溪云"句：此句下作者自注："南近磻溪，西对慈福寺阁。"
④ "鸟下"二句：夕照下，飞鸟下落至长着绿草的秦苑中，秋蝉也在挂着黄叶的汉宫中鸣叫着。

登洛阳故城

唐·许浑

禾黍离离半野蒿①，昔人城此岂知劳②？
水声东去市朝变，山势北来宫殿高。
鸦噪暮云归古堞③，雁迷寒雨下空壕。
可怜缑岭登仙子④，犹自吹笙醉碧桃。

【题解】

　　诗人登临送目，一片荒凉颓败的图景展现在诗人眼前：禾黍成行，蒿草遍野，再也不见旧时城市的风貌。"禾黍离离"是从《诗经·黍离》篇开首的"彼黍离离"一句脱化而来。许浑生活在唐王朝走向没落的晚唐时代。他追抚山河陈迹，俯仰今古兴废，苍莽历落，感慨深沉，其中隐隐寄寓着一层现实幻灭的悲哀。这首诗起得苍凉，对偶工整，句法圆活，在他的诗作中也称得上是名作。

【注释】

　　① 离离：浓密貌。
　　② 城：这里作动词用，筑城的意思。
　　③ 古堞：城上的矮墙。
　　④ 缑岭：缑氏山，在今河南偃师东南，距洛阳约百里。传说东周灵王的太子王子晋修仙得道，在缑氏山头骑鹤升天而去。但后人却没有谁能像王子晋那样逍遥自在地超脱于尘世变迁之外。

落日怅望

唐·马戴

　　孤云与归鸟，千里片时间。
　　念我何留滞①，辞家久未还。
　　微阳下乔木，远烧入秋山。
　　临水不敢照，恐惊平昔颜！

【题 解】

　　开头二句写诗人在黄昏日落之时，满怀惆怅地遥望乡关，诗人久客异地，他的乡关之思早已深深地郁积在胸中了。客中久滞，岁华渐老，日暮登临，益添愁思，徘徊水边，不敢临流照影，恐怕照见自己颜貌非复平昔而心惊。诗中充溢着一种惆怅落寞的心绪，以此收束，留下了袅袅余音。

【注 释】

　　① 留滞：停留；羁留。

题金陵渡^①

唐·张祜

　　金陵津渡小山楼^②，一宿行人自可愁^③。
　　潮落夜江斜月里^④，两三星火是瓜洲^⑤。

【题 解】

　　金陵渡是从镇江过长江的渡口。诗写旅客夜宿在金陵渡口的小山楼上，在月斜潮落的时候，远看对江有几点灯火光，知道这是瓜洲渡口，从而引起种种旅愁。此诗前两句交代诗人夜宿的地点，点出诗人的心情；后两句实写长江金陵渡口美好的夜景，借此衬托出诗人孤独落寞的羁旅情怀。全诗紧扣江、月、灯火等景，以一"愁"字贯穿全篇，诗旨甚明，神韵悠远。

【注 释】

① 金陵渡：渡口名，在今江苏省镇江市附近。

② 津：渡口。小山楼：渡口附近小楼，作者住宿之处。

③ 宿：过夜。行人：旅客，指作者自己。可：当。

④ 斜月：下半夜偏西的月亮。

⑤ 星火：形容远处三三两两像星星一样闪烁的火光。瓜洲：在长江北岸，今江苏省邗江县南部，与镇江市隔江相对，向来是长江南北水运的交通要冲。

【名 句】

潮落夜江斜月里，两三星火是瓜洲。

题报恩寺上方

唐·方干

来来先上上方看，眼界无穷世界宽。
岩溜喷空晴似雨，林萝碍日夏多寒。
众山迢递皆相叠，一路高低不记盘。
清峭关心惜归去^①，他时梦到亦难判。

【题 解】

诗人一开始就坦露自己惊喜的心情和宽广的胸怀。他站在寺院的上方，好像在召唤后来的游人：来啊，来啊，请先到山林的顶峰来吧！这里你尽可以扩展视野，放眼看这世界是多么宽阔广大！字里行间表现出诗人兴致勃勃，意气飞扬。诗人撷取了四个最具美感的镜头——悬岩飞瀑、林萝绿荫、迢递群峰、盘旋山道，艺术地再现了报恩寺上方的无限风光。全诗在无限的依恋中结束，读者却久久沉浸在一种流连忘返、情难自已的况味之中。

【注释】

① 清峭：清丽挺拔。

江楼感旧①

唐·赵嘏

独上江楼思渺然②，月光如水水如天。
同来望月人何处？风景依稀似去年③。

【题解】

这是一首怀念旧友旧事的诗作。去年也是这样的良夜，诗人结侣来游，凭栏倚肩，共赏江天明月，那是非常欢快的。曾几何时，人事蹉跎，昔日伴侣不知已经漂泊何方，而诗人却又只身辗转来到江楼。面对依稀可辨的风物，缕缕怀念和怅惘之情，正无声地啃啮着诗人孤独的心。全诗语言淡雅，以景寄情，情感真挚，写旧事则虚实相间，给人以无限的遐想和隽永的韵味。

【注释】

①江楼：江边的小楼。感旧：感念旧友旧事。
②思渺然：思绪怅惘。渺然，悠远的样子。
③依稀：仿佛，好像。

南歌子

唐·张泌

柳色遮楼暗，桐花落砌香①。画堂开处远风凉。高卷水晶帘额②、衬斜阳。

【题解】

此词创设了这样的意境：春天又到江南，杨柳遮楼，落花飘香，画堂春风，景色撩人。而眼前珠帘高卷，斜阳夕照，更使人情思绵绵，无法排遣。这首小词通篇写景，委婉含蓄地透露了人物的感情，正所谓"状难写之景如在目前，含不尽之意见于言外"，给人以美的艺术享受。

【注释】

①砌：台阶。
②水晶：光亮透明的物体。水晶帘：透明精致的珠帘。

酒泉子

唐·温庭筠

花映柳条，闲向绿萍池上。凭栏干①，窥细浪，雨萧萧②。
近来音信两疏索，洞房空寂寞③。掩银屏，垂翠箔④，度春宵。

【题解】

　　该词写闺中女子在春日怀念远人之情。上片写她池上闲望，用"花映柳条"领起，以"雨萧萧"作结。她凭栏窥浪，全不觉得赏心悦目，纯属百无聊赖。下片写她的境遇和感受，音信疏索是心情寂寞的原因。洞房寂寞而修饰以"空"字，足以体现其无比遗憾的心绪，与上片的"闲"字相应。全词用女子的行动来表现她的内心世界：空虚寂寞，无限惆怅。

【注释】

　　①凭：倚。
　　②雨萧萧：形容细雨连绵。
　　③疏索：稀疏冷落。"两疏索"指双方都未得到音信。
　　④箔（bó）：竹帘子。

更漏子

唐·温庭筠

星斗稀，钟鼓歇①，帘外晓莺残月。兰露重，柳风斜，满庭堆落花。

虚阁上^②，倚栏望，还似去年惆怅。春欲暮，思无穷，旧欢如梦中。

【题 解】

此词描绘了一幅寂静、凄凉的暮春清晓图。上片极欲描写通宵无眠，清晨景象看上去像是纯客观的描绘，实则是女主人公的主观感受。在这清丽的物色中，蕴含着内心的冷寂。下片再叙无尽惆怅。女主人公在空虚的楼阁上倚栏眺望，望她远行的爱人归来，但还是如去年一样，人未归而空留惆怅。

【注 释】

① 钟鼓：打击乐器。
② 虚阁上：登上空阁。

菩萨蛮

唐·温庭筠

雨晴夜合玲珑月^①，万枝香袅红丝拂^②。闲梦忆金堂^③，满庭萱草长^④。

绣帘垂箓簌^⑤，眉黛远山绿^⑥。春水渡溪桥，凭栏魂欲销^⑦。

【题 解】

全词写女主人公因景生梦，梦忆相生以及梦后愁思销魂之情态，通过梦中所忆之物，梦后所见之景，刻画了一个多愁善感、孤寂悲凉、愁苦恍惚的思妇形象。雨后月光之中，无数朵红色的合欢花低垂着，美如雕玉；微风吹过，香气飘动，花瓣流红。女主人公在这静谧的环境中睡着了，做着美好的梦。但梦还是梦，回忆毕竟还是回忆，都不能真正充实她的现实生活。此词意境缠绵凄艳，语言贴合温词造语精工、密丽浓艳的风格。

【注 释】

① 夜合：合欢花的别称，又名合昏。古时赠人，以消怨合好。玲珑：空明。
② 香袅：香气浮动。红丝拂：指夜合花下垂飘动。
③ 金堂：华丽的厅堂。
④ 萱草：草本植物，又名忘忧，传说能使人忘忧。
⑤ 篆簌：下垂貌。此处指帘子下垂的穗。
⑥ 眉黛远山：用黛画眉，秀丽如远山。
⑦ 魂欲销：魂魄将散，神情恍惚。

台 城①

唐·韦庄

江雨霏霏江草齐②，六朝如梦鸟空啼③。
无情最是台城柳，依旧烟笼十里堤④。

【题 解】

这首诗以自然景物的"依旧"暗示人世的沧桑，以物的"无情"反托人的伤痛，而在历史感慨之中即暗寓伤今之意。中唐时期，昔日繁华的台城已是"万户千门成野草"；到了唐末，这里就更荒废不堪了。这首诗从头到尾采取侧面烘托的手法，着意造成一种梦幻式的情调气氛，让读者透过这层隐约的感情帷幕去体会作者的感慨。这是一个值得注意的特点。

【注 释】

① 台城：旧址在南京市玄武湖旁，六朝时是帝王荒淫享乐的场所。南朝陈后主在台城营造结绮、临春、望仙三座高楼，以供游玩，并自谱《玉树后庭花》，中有"玉树后庭花，花开不复久"之句。
② 江雨：长江上空的雨。霏霏：雨细密的样子。
③ 六朝指东吴、东晋、宋、齐、梁、陈六个朝代。
④ 烟笼：绿色如烟。

木兰花·独上小楼春欲暮

唐·韦庄

独上小楼春欲暮，愁望玉关芳草路①。消息断，不逢人，却敛细眉归绣户。

坐看落花空叹息，罗袂湿斑红泪滴②。千山万水不曾行，魂梦欲教何处觅？

【题 解】

这首词写思妇对征人的怀念。上片写小楼远望，下片写空闺叹息。

思妇独自走上小楼，眺望远方的道路，未见人影而又怅然回到闺房之中。她寂寞地坐看着庭院中的落花，眼泪不觉又流了下来，沾湿了衣袖，滴湿了衣襟。作者不是静止地以景物描写烘托她的愁思离绪，而是动态地写她此时此刻的行为举止。

【注 释】

① 玉关：玉门关，这里泛指征人所在的远方。

② 罗袂（mèi）：衣袖。红泪：泪从涂有胭脂的脸上落下，故为"红泪"。

浣溪沙

唐·韦庄

夜夜相思更漏残，伤心明月凭阑干，想君思我锦衾寒①。
咫尺画堂深似海②，忆来惟把旧书看，几时携手入长安？

【题 解】

这是一首伤离惜别的词。叙离别相思之情，含欲言不尽之意，缠绵凄恻，幽怨感人。写主人公自从与心上人分离之后，令人朝思暮想，彻夜无眠。月下凭栏，益增相思，不知几时才能再见，携手共入长安。

【注 释】

① 衾：被子。锦衾：丝绸被子。

② 咫尺：比喻距离很近。

鹊踏枝

南唐·冯延巳

几日行云何处去①？忘却归来，不道春将暮②。百草千花寒食路③，香车系在谁家树？

泪眼倚楼频独语。双燕来时，陌上相逢否？撩乱春愁如柳絮，依依梦里无寻处。

【题解】

这是以女子口气写的一首闺怨词，写一位痴情女子对冶游不归的男子既怀怨望又难割舍的缠绵感情，游子就如流云一样游荡忘了归来，在百草千花的寒食节气，处处情人成双成对，就连燕子也知道双双归来，而游子却不知何处。望着满天纷飞的柳絮，不禁愁情交织，乃至梦中也梦不到游子。全词语言清丽婉约，悱恻感人，塑造了一个内心情怨交织的闺中思妇形象，也似乎概括了更广泛的人生体验。

【注释】

①行云：本指神女。"旦为朝云，暮为行雨"，见宋玉《高唐赋》。此指冶游不归的荡子。

②不道：不知。

③百草千花：此以闲花野草比喻妓女。

摊破浣溪沙

南唐·李璟

菡萏香销翠叶残①，西风愁起绿波间②。还与韶光共憔悴，不堪看。

细雨梦回鸡塞③远，小楼吹彻玉笙寒④。多少泪珠何限恨，倚阑干⑤。

【题解】

词的上片着重写景。词人把秋风和秋水都拟人化了，词作也因之而笼罩了一层浓重的萧瑟气氛，平添了一种悲凉凄清的气氛。词的下片着重抒情。"小楼"句，以吹笙衬凄清。风雨高楼，玉笙整整吹奏了一曲，因吹久而凝水，笙寒而声咽，映衬了作者的寂寞孤清。这首词有些版本题名"秋思"，看来是切合的。李廷机评论这首词是"字字佳，含秋思极妙"。确实，它布景生思，情景交融，有很强的艺术感染力。

【注释】

① 菡萏：荷花。
② 西风从绿波之间起来。以花叶凋零，故曰"愁起"。
③ 鸡塞：《汉书·匈奴传》"送单于出朔方鸡鹿塞。"这里泛指边塞。
④ 彻：大曲中的最后一遍。"吹彻"意谓吹到最后一曲。玉笙寒：玉笙以铜质簧片发声，遇冷则音声不畅，需要加热，叫暖笙。
⑤ 倚：明吕远本作"寄"，《读词偶得》曾采用之。

【名句】

细雨梦回鸡塞远，小楼吹彻玉笙寒。

虞美人①

南唐·李煜

风回小院庭芜绿②，柳眼春相续③。凭阑半日独无言④，依旧竹声新月似当年⑤。

笙歌未散尊罍在⑥，池面冰初解⑦。烛明香暗画堂深⑧，满鬓清霜残雪思难任⑨。

【题 解】

这是一首抒写伤春怀旧之情的作品。从全词看，充满着往事不堪回首的怨愁情思。此词追昔抚今，在生机盎然、勃勃向上的春景中寄寓了作者的深沉怨痛，在对往昔的依恋怀念中也蕴含了作者不堪承受的痛悔之情。这首词，结合被俘后的生活来反映故国之思，写春天的到来，东风的解冻，都无法减轻作者的痛苦。周汝昌评之曰："沉痛而味厚，殊耐咀含。学文者细玩之，可以识多途，体深意，而不徒为叫嚣浮化之词所动。"

【注 释】

①《续选草堂诗余》等本中有题作"春怨"。

②风：指春风。芜：丛生的杂草。庭芜：庭院里的草。

③柳眼：早春时柳树初生的嫩叶，好像人的睡眼初展，故称柳眼。

④独：独自，单独。无言：没有话语。

⑤竹声：春风吹动竹林发出的声响。

⑥笙歌：泛指奏乐唱歌，这里指乐曲。尊：酒杯。罍：一种酒器。

⑦池面冰初解：池水冰面初开，指时已初春。

⑧烛：蜡烛。香：熏香。烛明香暗，是指夜深之时。

⑨清霜残雪：形容鬓发苍白，如同霜雪，谓年已衰老。

浪淘沙

南唐·李煜

帘外雨潺潺①，春意阑珊②。罗衾不耐五更寒③。梦里不知身是客④，一晌贪欢⑤。

独自莫凭栏，无限江山，别时容易见时难。流水落花春去也，天上人间。

【题 解】

此首殆后主绝笔，语意惨然。五更梦回，寒意潺潺，其境之暗淡凄凉可知。"梦里"两句，忆梦中情事，尤觉哀痛。换头宕开，两句自为呼应，所以"独自莫凭阑"者，盖因凭阑见无限江山，又引起无限伤心也。此与"心事莫将和泪说，凤笙休向泪时吹"，同为悲愤已极之语。辛稼轩之"休去倚危阑，斜阳正在烟柳断肠处"，亦袭此意。"别时"一句，说出过去与今后之情况。自知相见无期，而下世亦不久矣。故"流水"两句，即承上申说不久于人世之意，水流尽矣，花落尽矣，春归去矣，而人亦将亡矣。将四种了语，并合一处作结，肝肠断绝，遗恨千古。

【注 释】

①潺潺：形容雨声。
②珊：衰残。
③罗衾：绸被子。不耐：受不了。

④ 身是客：指被拘汴京，形同囚徒。

⑤ 一晌：一会儿，片刻。贪欢：指贪恋梦境中的欢乐。

虞美人 ①

南唐·李煜

春花秋月何时了 ②，往事知多少 ③。小楼昨夜又东风 ④，故国不堪回首月明中 ⑤。　　雕栏玉砌应犹在 ⑥，只是朱颜改 ⑦。问君能有几多愁 ⑧，恰似一江春水向东流。

【题 解】

此词作于李煜归宋后的第三年，词中流露了不加掩饰的故国之思。全词以问起，以答结，由问天、问人而到自问。据说这首词也是促使宋太宗下令毒死李煜的原因之一，是李煜的绝命词。李煜此词所以能引起广泛的共鸣，在很大程度上，正有赖于结句以富有感染力和象征性的比喻，将愁思写得既形象化，又抽象化。作者并没有明确写出其愁思的真实内涵，而仅仅展示了它的外部形态——"恰似一江春水向东流。"这样人们就很容易从中取得某种心灵上的呼应，并借用它来抒发自己类似的情感。

【注 释】

① 虞美人：原为唐教坊曲名，后用作词牌，取名于项羽宠姬虞美人。因李煜填此词的名句，又名"一江春水"，此外又名"玉壶冰"等。双调，五十六字，上下片均两仄韵转两平韵。

② 春花秋月：春花开秋月圆的省语，比喻人生最美好的时刻。

③ 往事：这里指过去寻欢作乐的宫廷生活。

④ 小楼：自己被俘降宋后在汴京（今河南开封）所居之楼。

⑤ 故国：旧国，指已被宋朝灭了的南唐。堪：禁得起，受得住。

⑥ 雕栏玉砌：雕花的栏杆和白玉一样的台阶，这里指代帝王的豪华宫殿。

⑦ 朱颜改：红润的脸色改变了（变得苍白、憔悴）。

⑧ 问君：君，你。这是假设的问话，作者把自己作为第二人称来发问。

【名句】

问君能有几多愁，恰似一江春水向东流。

相见欢

南唐·李煜

无言独上西楼，月如钩。寂寞梧桐深院锁清秋^①。

剪^②不断，理还乱，是离愁^③。别是一般^④滋味在心头。

【题解】

这是作者被囚于宋廷时所作。词中的缭乱离愁不过是他宫廷生活结束后的一个插曲，由于当时已经归降宋朝，这里所表现的是他离乡去国的锥心怆痛。这首词感情真实，深沉自然，突破了花间词以绮丽腻滑笔调专写"妇人语"的风格，是宋初婉约派词的开山之作。

【注释】

① 锁清秋：深深被秋色所笼罩。清秋，一作"深秋"。
② 剪：一作"翦"。
③ 离愁：指去国之愁。
④ 别是一般：另有一种意味。

【名句】

剪不断，理还乱，是离愁。别是一般滋味在心头。

点绛唇·感兴

北宋·王禹偁

雨恨云愁，江南依旧称佳丽。水村渔市，一缕孤烟细①。
天际征鸿，遥认行如缀②。平生事，此时凝睇③，谁会凭栏意！

【题解】

这首词是王禹偁任长州知州时的作品，艺术风格上一改宋初小令雍容典雅、柔靡无力的格局，显示出别具一格的面目。描绘了江南水乡景色，抒写了游子的客愁，写得委婉细致。词尾透露出作者的怀才不遇之感，不同于一般的艳词。词中交替运用比拟手法和衬托手法，层层深入，含吐不露，语言清新自然，不事雕琢，读来令人心旷神怡。

【注 释】

① 孤烟：炊烟。

② 行如缀：排成行的大雁，一只接一只，如同缀在一起。

③ 凝睇：凝视。睇，斜视的样子。

玉楼春

北宋·钱惟演

城上风光莺语乱^①，城下烟波春拍岸^②。绿杨芳草几时休，泪眼愁肠先已断。

情怀渐觉成衰晚，鸾镜朱颜惊暗换^③，昔时多病厌芳尊^④，今日芳尊惟恐浅。

【题 解】

此词是宋代词人钱惟演的暮年遣怀之作。此词以极其凄婉的笔触，抒写了作者的垂暮之感和政治失意的感伤。全词上片伤春，下片写人，词中"芳草"、"泪眼"、"鸾镜"、"朱颜"等意象无不充满绝望后的浓重感伤色彩，反映出宋初纤丽词风的艺术特色。

【注 释】

① 莺语：黄莺婉转鸣叫好似低语。

② 拍岸：拍打堤岸。

③ 鸾镜：镜子。朱颜：这里指年轻的时候。

④芳尊：盛满美酒的酒杯，也指美酒。

寒食中寄郑起侍郎①

北宋·杨徽之

清明时节出郊原②，寂寂山城柳映门③。
水隔淡烟修竹寺，路经疏雨落花村。
天寒酒薄难成醉，地迥楼高易断魂④。
回首故山千里外⑤，别离心绪向谁言？

【题 解】

此诗作于杨徽之被贬为外官之时，向故人郑起倾诉"别离心绪"是全诗的主旨。杨徽之与郑起二人均负诗名，同为五代后周的宰相范质所赏识，擢任台省之职。宋太祖代周称帝之初，二人又被贬为外官。相同的爱好，相近的性格，一段相似的政治遭遇，使二人虽分处两地，仍书信往来，互诉衷曲。作者于"西昆体"盛行之时，能不雕金镂玉，不堆砌典故，使此诗自然而清新，有自然流转之美。

【注 释】

①寒食：寒食节。每年冬至后一百零五天，禁火，吃冷食，谓之寒食。
郑起：字孟隆，后周时曾任右拾遗、直史馆，迁殿中侍御史。入宋，乾德元年（963）外贬后，未再入任而卒。"侍郎"可能是"侍御"之误。
②清明时节：寒食节后两日为清明节，故寒食、清明常并举。郊原：

郊外原野。古代风俗，寒食、清明要踏青扫墓，出郊春游。

③ 柳映门：宋代清明寒食节时有插柳于门上的习俗，《东京梦华录》
卷七、《梦粱录》卷二均有记载。

④ 迥：远。断魂：这里是形容哀伤至极。

⑤ 故山：故乡。

踏莎行

北宋·欧阳修

候馆梅残^①，溪桥柳细，草薰风暖摇征辔^②。离愁渐远渐无穷，
迢迢不断如春水^③。　　　寸寸柔肠，盈盈粉泪，楼高莫近危栏倚^④。
平芜尽处是春山^⑤，行人更在春山外。

【题解】

此词主要抒写早春南方行旅的离愁。一幅洋溢着春天气息的溪山行
旅图：旅舍旁的梅花已经开过了，只剩下几朵残英，溪桥边的柳树刚抽
出细嫩的枝叶。明媚的春光，虽让人流连欣赏，却又容易触动离愁。因
为所别者是自己深爱的人，所以这离愁便随着分别时间之久、相隔路程
之长越积越多，就像眼前这伴着自己的一溪春水一样，来路无穷，去程
不尽。少妇的凝望和想象是游子想象闺中人凭高望远而不见所思之人的
情景，情意深长而又哀婉欲绝。

【注释】

① 候馆：迎候宾客的馆舍。

②薰：香气。征：远行。辔：这里指坐骑。

③迢迢：形容路遥远而绵长。

④危栏：高楼的栏杆。

⑤平芜：平坦的草地。

临江仙

北宋·欧阳修

池外轻雷池上雨，雨声滴碎荷声，小楼西角断虹明。阑干倚处，待得月华生。

燕子飞来窥画栋，玉钩垂下帘旌①，凉波不动簟纹平②。水精双枕③，傍有堕钗横。

【题解】

此词写夏日傍晚，阵雨已过、月亮升起后楼外楼内的景象，几乎句句写景，而情尽寓其中。词中的这位女主人公，有着华贵的生活，但她的心灵上并不欢快。独守空闺，她在妆楼倚栏远望，却听不到丈夫归来的马蹄声，看不到丈夫的身影。她只得怅怅地独自回到闺房，垂下珠帘。

【注释】

①帘旌：竹帘上用布制成的横额，亦称帘额。此指帘。

②簟：竹席，上有光泽似波纹。

③精：水晶。

清平乐·红笺小字

北宋·晏殊

　　红笺小字①，说尽平生意②。鸿雁在云鱼在水③，惆怅此情难寄。　　斜阳独倚西楼，遥山恰对帘钩。人面不知何处，绿波依旧东流。

【题解】

　　此为怀人之作。词中寓情于景，以淡景写浓愁，言青山常在，绿水长流，而自己爱恋着的人却不知去向；虽有天上的鸿雁和水中的游鱼，它们却不能为自己传递书信，因而惆怅万端。此词以斜阳、遥山、人面、绿水、红笺、帘钩等物象，营造出一个充满离愁别恨的意境，将词人心中蕴藏的情感波澜表现得婉曲细腻，感人肺腑。全词语淡情深，闲雅从容，充分体现了词人独特的艺术风格。

【注释】

　　①红笺：红色的质地很好的纸片或者纸条。
　　②平生意：这里是写的平生相慕相爱之意。
　　③鸿雁：在古代，传说中的一种鸭科鸟，可以传递书信，也作书信的代称。

浣溪沙

北宋·晏殊

一向年光有限身①，等闲离别易销魂②。酒筵歌席莫辞频③。
满目山河空念远，落花风雨更伤春。不如怜取眼前人④。

【题 解】

此词慨叹人生有限，抒写离情别绪，所表现的是及时行乐的思想。语意极含蓄、极有分寸。作者只从景物的变易和主人公细微的感觉着笔，而不正面写情，读来使人品味到句句寓情字字含愁。结句借用《会真记》中的诗句，即转即收。

【注 释】

①一向：一晌，片刻，一会儿。年光：时光。有限身：有限的生命。
②等闲：平常，随便，无端。销魂：极度悲伤，极度快乐。
③莫辞频：不要因为频繁而推辞。
④怜取眼前人：元稹《会真记》载崔莺莺诗："还将旧来意，怜取眼前人。"怜，珍惜，怜爱。取，语气助词。

蝶恋花

北宋·晏殊

槛菊愁烟兰泣露①，罗幕轻寒②，燕子双飞去。明月不谙离恨苦，

斜光到晓穿朱户^③。

　　昨夜西风凋碧树，独上高楼，望尽天涯路。欲寄彩笺兼尺素^④，山长水阔知何处。

【题 解】

　　这首词是晏殊的作品。它不仅具有情致深婉的特点，而且具有一般婉约词少见的寥廓高远的特色。它不离婉约词，却又某些方面超越了婉约词。"昨夜西风凋碧树，独上高楼，望尽天涯路。""西风凋碧树"，不仅是登楼即目所见，而且包含有昨夜通宵不寐卧听西风落叶的回忆。"凋"字正传出这一自然界的显著变化给予主人公的强烈感受。这三句尽管包含望而不见的伤离意绪，但感情是悲壮的，没有纤柔颓靡的气息；语言也洗净铅华，纯用白描。这三句是此词中流传千古的佳句。

【注 释】

　　① 槛：栏杆。
　　② 罗幕：丝罗的帷幕，富贵人家所用。
　　③ 朱户：犹言朱门，指大户人家。
　　④ 尺素：书信的代称。古人写信用素绢，通常长约一尺，故称尺素，语出《古诗》："客从远方来，遗我双鲤鱼。呼儿烹鲤鱼，中有尺素书。"

【名 句】

　　昨夜西风凋碧树，独上高楼，望尽天涯路。

碧牡丹

北宋·晏几道

翠袖疏纨扇①。凉叶催归燕。一夜西风，几处伤高怀远。细菊枝头，开嫩香还遍②。月痕依旧庭院。

事何限。怅望秋意晚。离人鬓华将换。静忆天涯，路比此情犹短。试约鸾笺③，传素期良愿④。南云应有新雁⑤。

【题解】

此为相思怀远之作。佳人手执团扇，夏去秋来催燕归。一夜秋风起，多少人登高怀远伤离情。西风、高楼、怀远等意象是传统诗词感伤别离的代名词。细菊不堪摇曳，然香气却溢满庭院。"嫩香"指香淡而少。"月痕"指残月。词人主观伤感情绪无不涂染在西风、残月、细菊、嫩香等秋夜庭院景色之中。"静忆天涯"句，把天涯路遥与相思苦长作比，极为新奇，表达盼望相逢的良愿。

【注释】

① 翠袖：代指美人。
② 嫩香：新花。
③ 鸾笺：彩笺。
④ 素期良愿：平素的期望和美好的心愿。
⑤ 南云：南飞之云，寄思乡之情。

留春令

北宋·晏几道

画屏天畔，梦回依约①，十洲云水②。手捻红笺寄人书③，写无限、伤春事。　　　　别浦高楼曾漫倚④，对江南千里。楼下分流水声中⑤，有当日、凭高泪。

【题解】

这首词是写与情人分别后的情思，词开头便突发奇想，把室内的画屏想成传说中远在大海边的景物。手拿红笺，是准备寄给对方的写满伤春、相思之情的书信。此处着意"分流"二字，人倚高楼，念远之泪却滴向楼下分流的水中，将离愁别绪与怀人的相思之情抒写得深婉曲折而又缠绵悱恻，具有感人至深的艺术力量。

【注释】

①依约：依稀，隐约。
②十洲：道教所传在海中的十处仙境。
③捻：拈取。
④别浦：送别的水边。
⑤分流水：以水的分流喻人的离别。

虞美人

北宋·晏几道

曲阑干外天如水,昨夜还曾倚。初将明月比佳期,长向月圆时候、望归。

罗衣著破前香在①,旧意谁教改。一春离恨懒调弦,犹有两行闲泪、宝筝前②。

【题 解】

此为怀人怨别词。词中以浅近而真挚的语言,回旋往复地抒写了词人心中短暂的欢乐和无法摆脱的悲哀,寄托了词人在落拓不堪的人生境遇中对于人情冷暖、世态炎凉、身世浮沉的深沉感慨。词中着意刻画的女子形象,隐然蕴含作者自伤幽独之感。

【注 释】

① 著:穿。
② 闲泪:闲愁之泪。

木兰花

北宋·晏几道

东风又作无情计,艳粉娇红吹满地①。
碧楼帘影不遮愁,还似去年今日意。

谁知错管春残事，到处登临曾费泪。
此时金盏直须深^②，看尽落花能几醉。

【题解】

　　这是一首伤春惜花的遗恨之作。上片写东风无情，践踏粉红，开头二句立意新颖，用拟人手法将东风吹落百花说成是有意布设的"无情计"，巧妙地表达出对无情东风的怨恨。"帘影"本"不遮愁"，此处这么说，强调愁的无处不在；"还似去年今日意"从时间着笔，这两句表达春愁的深度和广度。最后两句以借酒浇愁作解脱。

【注释】

　　① 艳粉娇红：红粉，胭脂和铅粉，女子的化妆品，代指美人，此处借喻花朵。

　　② 金盏：酒杯的美称。直须：只要、就是要。宋时口语。

登飞来峰^①

北宋·王安石

飞来山上千寻塔^②，闻说鸡鸣见日升。
不畏浮云遮望眼，只缘身在最高层^③。

【题解】

　　该诗是诗人于北宋皇祐二年（1050）登临浙江宝林山时有感而作。

该诗没有过多地描写诗人眼前之景，而是重点写自己登临高处的感受，寄寓"站得高才能望得远"的哲理。王安石时年三十岁，年少气盛，抱负不凡，借登飞来峰抒发胸臆，寄托壮怀。

【注 释】

① 飞来峰：即浙江绍兴城外的宝林山。唐宋时其上有应天塔，俗称塔山。古代传说此山自琅琊郡东武县（今山东诸城）飞来，故名。
② 千寻：极言塔高。古以八尺为一寻，形容高耸。
③ 缘：因为。

【名 句】

不畏浮云遮望眼，只缘身在最高层。

桂枝香

北宋·王安石

登临送目①，正故国②晚秋，天气初肃。千里澄江似练③，翠峰如簇④。征帆去棹⑤残阳里，背西风，酒旗斜矗。彩舟云淡，星河鹭起⑥，画图难足⑦。

念往昔，繁华竞逐⑧，叹门外楼头⑨，悲恨相续⑩。千古凭高⑪，对此谩嗟荣辱⑫。六朝旧事随流水，但寒烟衰草凝绿。至今商女⑬，时时犹唱，《后庭》遗曲⑭。

【题解】

此词大约写于作者再次罢相、出知江宁府之时，抒发金陵怀古之情，为作者别创一格、非同凡响的杰作。词中流露出王安石失意无聊之时颐情自然风光的情怀。这首词体现了作者"一洗五代旧习"的文学主张，指出向上一路，为苏轼等士大夫之词的全面登台，铺下了坚实的基础。

【注释】

① 登临送目：登山临水，举目望远。

② 故国：旧时的都城，指金陵。

③ "千里"句：形容长江像一匹长长的白绢。语出谢朓《晚登三山还望京邑》："余霞散成绮，澄江静如练。"澄江，清澈的长江。练，白色的绢。

④ 如簇：这里指群峰好像丛聚在一起。簇，丛聚。

⑤ 去棹：停船。棹，划船的一种工具，形似桨，也可引申为船。

⑥ 星河鹭起：白鹭从水中沙洲上飞起。星河，指长江。

⑦ 画图难足：用图画也难以完美地表现它。

⑧ 繁华竞逐：（六朝的达官贵人）争着过豪华的生活。

⑨ 门外楼头：指南朝陈亡国惨剧。语出杜牧《台城曲》："门外韩擒虎，楼头张丽华。"韩擒虎是隋朝开国大将，他已带兵来到金陵朱雀门（南门）外，陈后主尚与他的宠妃张丽华于结绮阁上寻欢作乐。

⑩ 悲恨相续：指亡国悲剧连续发生。

⑪ 凭高：登高。这是说作者登上高处远望。

⑫ 漫嗟荣辱：空叹什么荣耀耻辱。这是作者的感叹。

⑬ 商女：歌女。

⑭ 《后庭》遗曲：指歌曲《玉树后庭花》，传为陈后主所作。杜牧《泊秦淮》："商女不知亡国恨，隔江犹唱《后庭花》。"

南乡子

北宋·王安石

自古帝王州，郁郁葱葱佳气浮①。四百年来成一梦，堪愁，晋代衣冠成古丘②。

绕水恣行游③。上尽层楼更上楼④。往事悠悠君莫问，回头。槛外长江空自流⑤。

【题解】

此诗为王安石晚年谪居金陵，任江宁知府时所作。在表面上表达昔盛今衰之感的同时，也把自己非常复杂的心境，暗含于诗作之中。金陵城自古以来便是帝王之州，王安石看到的已大不相同。郁郁葱葱的王气正盛之地，佳气上浮，但那是晋代的事情，已经过去四百年了。晋代的衣冠之族，已经成为一座座古墓，回首往事的时候，这些又怎堪回首呀！将自己的理想寄托在过去的时代里，这是诗歌中常用的写法，借此来表明自己对现实的不满，同时使诗歌具有一种"高古"的气象。

【注释】

① 佳气：指产生帝王的一种气，这是一种迷信的说法。

② 李白《登金陵凤凰台》中的名句："吴宫花草埋幽径，晋代衣冠成古丘。"把晋代与吴宫并举，明确地显示出后代诗人对晋朝的向往。

③ 恣：任意地、自由自在地。

④ 更：再，又，不止一次地。

⑤ 语出唐代诗人王勃的《滕王阁诗》中的名句："阁中帝子今何在，槛外长江空自流。"

【名句】

四百年来成一梦，堪愁，晋代衣冠成古丘。
往事悠悠君莫问，回头。槛外长江空自流。

登宝公塔①

北宋·王安石

倦童疲马放松门②，自把长筇倚石根③。
江月转空为白昼④，岭云分暝与黄昏⑤。
鼠摇岑寂声随起⑥，鸦矫荒寒影对翻⑦。
当此不知谁客主，道人忘我我忘言⑧。

【题解】

　　宝公塔是王安石退居江宁后常去的地方，并留下了不少诗作。这首七律即作于王安石的晚年，叙写作者在一个黄昏登宝公塔的所见所感。诗中描写了一派静谧而开阔的景色，表现出作者陶醉于其中而物我两忘的感受。如此静谧开阔的景色令诗人心旷神怡，深深陶醉，甚至忘记了尘世的烦扰和纷争，如同要与眼前景物融为一体。

【注释】

　　① 宝公塔：宝公名宝志，为南朝高僧，梁天监十三年（514）卒，葬于钟山定林寺前，梁武帝建塔于其上，名宝公塔。塔前有寺。熙宁九年（1076），王安石子王雱卒，其祠堂就在宝公塔院。

② 童：指随行的童仆。松门：松木为门。此指寺门。

③ 筇：筇竹，可作拐杖，因称杖为筇。石根：这里指石壁。

④ 转：运转。

⑤ 暝：日暮，夜晚。

⑥ 岑寂：寂静，寂寞。

⑦ 矫：举起，昂起。这里是振翅的意思。

⑧ 道人：得道之人。这里指守塔院的僧人。

甘露寺多景楼

北宋·曾巩

欲收佳景此楼中①，徙倚②阑干四望通。
云乱水光浮紫翠，天含山气入青红。
一川钟呗淮南月③，万里帆樯海外风。
老去衣衿尘土在，只将心目羡冥鸿④。

【题 解】

此诗先写云乱水光，天含山气，后写钟声淮月，帆影海风，真是风景宜人，胜似写生图画。尾联由景及人，写自己对隐逸生活的向往。诗人虽然老境渐至，征尘满衣，但心中并未放弃对未来目标的企望和追求的思想情怀。

【注 释】

① 多景楼：在今江苏镇江北固山甘露寺内。曾巩中年后离乡宦游，曾

登临此楼，写下了这首诗。

②徙倚：徘徊，流连。

③钟呗：梵音的歌咏。

④冥鸿：指飞入远天的鸿雁。

守居园池杂题 三十首选一

北宋·文同

望云楼

巴山楼之东，秦岭楼之北。

楼上卷帘时，满楼云一色。

【题解】

《守居园池杂题》共有三十首，此为第十二首，是作者于熙宁八年（1075）秋冬之间至熙宁九年（1076）初春时在洋州（治所在今陕西洋县）任知州时所作。望云楼是作者居宅内的一座楼，诗写登楼所见的壮丽景色。作者是北宋大画家。此诗全用画笔，意境瑰奇，情致缥缈，俨若一首题画诗。用语淡雅朴素，画面却奇伟动人。

苏幕遮

北宋·范仲淹

碧云天，黄叶地，秋色连波，波上寒烟翠^①。山映斜阳天接水，芳草无情，更在斜阳外^②。

黯乡魂^③，追旅思^④，夜夜除非，好梦留人睡。明月楼高休独倚，酒入愁肠，化作相思泪。

【题 解】

这首词的特殊性在于丽景与柔情的统一，更准确地说，是阔远之境、秾丽之景、深挚之情的统一。写乡思离愁的词，往往借萧瑟的秋景来表达，这首词所描绘的景色却阔远而秾丽。它一方面显示了词人胸襟的广阔和对生活、自然的热爱，反过来衬托了离情的可伤，另一方面又使下片所抒之情显得柔而有骨，深挚而不流于颓靡。

【注 释】

① 此句意为江波之上笼罩着一层翠色的寒烟。烟本呈白色，因其上连碧天，下接绿波，远望即与碧天同色。正所谓"秋水共长天一色"。

② 芳草无情，更在斜阳外：意思是，草地绵延到天涯，似乎比斜阳更遥远。"芳草"常暗指故乡，因此，这两句有感叹故乡遥远之意。

③ 黯乡魂：因思念家乡而黯然神伤。黯，形容心情忧郁。语出江淹《别赋》："黯然销魂者，唯别而已矣。"

④ 追旅思：撇不开羁旅的愁思。追，这里有缠住不放的意思。旅思，旅居在外的愁思。思，心绪，情怀。

【名句】

碧云天，黄叶地，秋色连波，波上寒烟翠。

蝶恋花·早行

北宋·周邦彦

月皎惊乌栖不定①，更漏将残，辘轳牵金井②。唤起两眸清炯炯③。泪花落枕红绵冷。　　执手霜风吹鬓影。去意徊徨④，别语愁难听。楼上阑干横斗柄⑤，露寒人远鸡相应。

【题 解】

此首纯写离情，将依依不舍的惜别之情，表达得历历如绘。出现在词中的是行者在秋季晨风中离家时那种难舍难分的情景。词中没有感情的直抒，各句之间也很少有联结性词语，词中的离情主要是靠各句所描绘的不同画面，靠人物的表情、动作来完成的。

【注 释】

① 月皎：月色洁白光明。
② 辘轳：一种用手柄摇转汲水的装置。金井：井栏上有雕饰的井。
③ 炯炯：明亮貌。
④ 徊徨：徘徊、彷徨的意思。
⑤ 阑干：横斜貌。斗柄：北斗七星的第五至第七的三颗星像古代酌酒所用的斗把，叫做斗柄。

西河·金陵怀古①

北宋·周邦彦

佳丽地②，南朝盛事谁记③？山围故国绕清江，髻鬟对起④。怒涛寂寞打孤城，风樯遥度天际。

断崖树、犹倒倚，莫愁艇子曾系⑤。空馀旧迹郁苍苍，雾沉半垒。夜深月过女墙来⑥，伤心东望淮水。

酒旗戏鼓甚处市？想依稀、王谢邻里，燕子不知何世⑦。向寻常巷陌人家，相对如说兴亡、斜阳里。

【题解】

此词系咏史之作。全词化用刘禹锡咏金陵之《石头城》和《乌衣巷》两首诗，但又浑然天成。此词三片结构：上片起调至"风樯遥度天际"，写金陵胜境；中片由"断崖树"至"伤心东望淮水"，写金陵古迹并发出凭吊；下片由"酒旗戏鼓甚处市"至末，写目前景物及千古兴亡之思。此作苍凉悲壮，平易爽畅，笔力遒劲。

【注释】

① 西河：唐教坊曲名。
② 佳丽地：指江南。
③ 南朝盛事：南朝宋、齐、梁、陈四朝建都于金陵。
④ 髻鬟对起：以女子髻鬟喻在长江边相对而屹立的山。
⑤ 莫愁：相传为金陵善歌之女。
⑥ 女墙：城墙上的矮墙。
⑦ 燕子不知何世：刘禹锡《乌衣巷》："朱雀桥边野草花，乌衣巷口夕阳斜。旧时王谢堂前燕，飞入寻常百姓家。"

兰陵王①

北宋·周邦彦

　　柳阴直②，烟里丝丝弄碧③。隋堤上，曾见几番，拂水飘绵送行色④。登临望故国，谁识，京华倦客。长亭路，年去岁来，应折柔条过千尺。

　　闲寻旧踪迹。又酒趁哀弦，灯照离席。梨花榆火催寒食⑤。愁一箭风快，半篙波暖，回头迢递便数驿。望人在天北。

　　凄恻，恨堆积。渐别浦萦回，津堠岑寂⑥。斜阳冉冉春无极。念月榭携手，露桥闻笛。沉思前事，似梦里，泪暗滴。

【题解】

　　这是一首送别词，状写送客之离愁。古人有折柳送行的习惯。这首词将咏柳和送别结合起来写，更能表现作者要表达的缠绵婉转的情绪。在此词中，有生活细节，有人物活动，也有抒情主体的心理意绪，形成词作较为鲜明的叙事性和戏剧性特色。

【注释】

①　兰陵王：唐教坊曲名。
②　柳阴直：指长堤上柳树行列齐整，阴影连成一条直线。
③　烟：指雾气。丝丝弄碧：指柳条丝丝飞舞，显现出一片碧绿的颜色。
④　几番：多少次。飘绵：指柳絮飞扬。行色：行旅出发前的情景。
⑤　榆火：清明时节取榆柳之火赐百官。
⑥　津堠（hòu）：渡口边的土堡。

过秦楼①

北宋·周邦彦

水浴清蟾②，叶喧凉吹，巷陌马声初断。闲依露井，笑扑流萤③，惹破画罗轻扇。人静夜久凭栏，愁不归眠，立残更箭④。叹年华一瞬，人今千里，梦沉书远⑤。

空见说鬓怯琼梳，容消金镜，渐懒趁时匀染⑥。梅风地溽⑦，虹雨苔滋，一架舞红都变⑧。谁信无聊为伊，才减江淹，情伤荀倩。但明河影下，还看稀星数点。

【题 解】

这是一首即景思人之作。秋夜之景唤起词人对美好往事的回忆，当年凭栏闲看她的娇憨可爱，历历在目。又转写今日孤独，离别后天各一方，音信阻隔，连梦也无。又写所思之人：自别离后怕梳妆，镜里容颜日瘦，"梅风"三句在景语中进一步表述人生来都要自然老去的不可抗拒。接下来说自己为了所思之人而伤感，只能数着稀落的星星发呆。

【注 释】

① 过秦楼：词牌名。
② 清蟾：明月。
③ 笑扑流萤：扑捉萤火虫。
④ 更箭：古代以铜壶水滴漏，壶水中立箭标刻度以计时辰。
⑤ 梦沉：梦灭而消逝。
⑥ 趁时匀染：赶时髦而化妆打扮。
⑦ 溽：湿润。
⑧ 舞红：落花。

满庭芳

北宋·周邦彦

风老莺雏，雨肥梅子，午阴嘉树清圆。地卑山近，衣润费垆烟。人静乌鸢自乐，小桥外，新绿溅溅。凭栏久，黄芦苦竹，拟泛九江船。

年年。如社燕①，飘流瀚海②，来寄修椽③。且莫思身外④，长近尊前。憔悴江南倦客，不堪听、急管繁弦。歌筵畔、先安簟枕⑤，容我醉时眠。

【题解】

周邦彦于哲宗元祐八年（1093）任溧水（属今江苏）县令。此词正是词人被贬时心中愤愤不平，而又求自我解脱的一首抒情之作。上片系凭栏所见，有自然恬淡的初夏景致。下片写凭栏所想，写逐客之悲。以漂流的"社燕"自比，将为宦亦喻为寄人篱下，可见词人孤愤与凄凉的心境。只好在酒里去寻求暂时超脱。此词表现了词人内心深处的痛苦与矛盾，无论是寄情山水还是以酒麻醉，都不能使自己完全忘却现实。所以总是陷于沉郁顿挫之中。

【注 释】

① 社燕：燕春社来，秋社去，故称社燕。
② 瀚海：大沙漠。
③ 修椽：屋顶盖的长大木条，此指屋檐。
④ 莫思身外：杜甫《绝句漫兴九首》第四："莫思身外无穷事，且尽生前有限杯。"
⑤ 簟：竹席。

一落索

北宋·周邦彦

眉共春山争秀，可怜长皱。莫将清泪湿花枝，恐花也，如人瘦。
清润玉箫闲久^①，知音稀有。欲知日日倚栏愁，但问取、亭前柳。

【题解】

这是一首写思妇闺情的小令。词的上片由思妇外貌之美到其内心之
愁，下片着意表现其内心的愁情。日日倚栏远望，不见夫君归来，所见
者，唯有长亭前边的杨柳，于是，日积月累的离愁就都堆垛了杨柳上面，
这里，杨柳是愁绪的见证。全词结情于景，层层深入，情致委婉。

【注释】

①清润：清脆圆润。

倾 杯

北宋·柳永

鹜落霜洲，雁横烟渚，分明画出秋色。暮雨乍歇。小楫夜泊^①，
宿苇村山驿^②。何人月下临风处，起一声羌笛^③。离愁万绪，闻岸草、
切切蛩吟如织^④。

为忆。芳容别后^⑤，水遥山远，何计凭鳞翼^⑥。想绣阁深沉，争
知憔悴损，天涯行客。楚峡云归，高阳人散^⑦，寂寞狂踪迹。望京国，

空目断，远峰凝碧。

【题 解】

　　柳词佳处是在整体结构的委婉曲折。霜洲、烟渚、暮雨、村驿，由此构成秋江荒寒之景，引人悲思。而夜间的羌笛声和细碎的蟋蟀声，又加强了悲思，似乎它们也在为离别而叹息。词的结句表明这是发生在京都的事，现在远离京都，于是只能将遗憾永远留在那里了。全词借景抒情，以景结情，以抒情为主线，层次分明，词意极其婉约曲折，而所表达的情感是暧昧的，朦胧的，因此具有空灵的艺术效果。

【注 释】

　　① 楫：船桨。
　　② 苇：芦苇。
　　③ 羌笛：管乐器，原出羌族，其制长二尺四寸。
　　④ 切切：细急的声音。如织：喻音细而密集。
　　⑤ 芳容：美丽的容貌，借代美貌女子。
　　⑥ 鳞翼：指鱼和雁。古人以为鱼和雁能传递书信，故借指书信。
　　⑦ 高阳：指代宴游之地。化用巫山云雨事典。

卜算子

北宋·柳永

　　江枫渐老①，汀蕙半凋②，满目败红衰翠③。楚客登临④，正是暮秋天气。引疏砧，断续残阳里⑤。对晚景、伤怀念远⑥，新愁旧恨相继。 　　脉脉人千里^⑦，念两处风情，万重烟水^⑧。雨歇天高，望断翠峰十二^⑨。尽无言^⑩，谁会凭高意^⑪。纵写得、离肠万种^⑫，奈归云谁寄^⑬？

【题 解】

此词作于庆历六年（1046）秋词人自湖南移任华州途经岳阳时，以写行役中秋景著称，游子与思妇并写，"两处风情"却被"万重烟水"隔断，天各一方，此情何堪。此词艺术上的特色主要是衬托渲染的手法和婉转往复的情思。词的上片，取正衬的手法，以苦景写悲怀，同时又将凄怨之情灌注到客观的景物中去，以悲写悲，渲染烘托出浓烈的悲苦气氛；下片写出了词人感情上的波澜起伏，采取了总起总收、间以分述的笔法，以使感情的抒发层层递进，步步加深。

【注 释】

① 江枫渐老：江岸上的枫叶渐渐发红。
② 汀蕙半凋：沙汀上的蕙草也多半都凋谢了。蕙，香草。
③ 败红衰翠：总上两句，败红，指渐老之枫叶。衰翠，指半凋之汀蕙。
④ 楚客：谓宋玉。柳永此次自楚地而来，一语双关。
⑤ "引疏砧"二句：谓在黄昏时分，断断续续传来了山村稀疏的捣衣声。砧，捣衣石。古人写思妇者多用之。
⑥ 伤怀念远：既自己伤怀，又思念远方的妻子。
⑦ "脉脉"句：谓凝视无语，望着远方，而所思念的妻子却远在千里之外。脉脉，凝视无语貌。
⑧ "念两处"句：谓天各一方，虽思念之情相同，却隔着万水千山。此句是从游子与思妇两方着笔。
⑨ 翠峰十二：巫山有十二峰，洞庭湖君山亦有十二峰。
⑩ 尽无言：尽管无言。

⑪ 谁会：谁能理解。

⑫ 离肠：别离的心怀情绪。

⑬ "奈归"句：以归云托归心，尤言归心似箭，谁能寄此意呢？

佳人醉

北宋·柳永

暮景萧萧雨霁①。云淡天高风细②。正月华如水③。金波银汉④，澂滟无际⑤。冷浸书帷梦断⑥，却披衣重起。临轩砌⑦。

素光遥指⑧。因念翠娥⑨，杳隔音尘何处，相望同千里。尽凝睇⑩。厌厌无寐⑪。渐晓雕阑独倚⑫。

【题 解】

此词当为远游时思念家室之作。《佳人醉》曲名为柳永自制。全词情景并茂，先景后情；以景唤情，情在景中；由暮到晓，情随景移。前五句写景，由暮到夜，由近及远，所谓见月思亲，既为抒情做了充分铺垫，而情又已在景中。然情不离景，情景皆从"千里共明月"切入。情在景中，有淡远之致。

【注 释】

① 萧萧：萧条，寂静。

② "云淡"句：秋天晴空显得特别高远，故云。

③ 月华如水：谓月光与水同色。

④ 金波银汉：谓银河里的光波。

⑤潋滟：弥漫相连。

⑥浸：淹没。书帷：书斋中的帏帐，代指书斋。

⑦轩砌：屋前台阶。

⑧素光：指月光。

⑨翠娥：本谓月中嫦娥，此指美人。

⑩凝睇：凝神注视。

⑪厌厌：无精打采。

⑫雕阑：雕花的栏杆。

留客住

北宋·柳永

偶登眺①。凭小阑、艳阳时节②，乍晴天气，是处闲花芳草。遥山万叠云散，涨海千里③，潮平波浩渺。烟村院落，是谁家绿树，数声啼鸟。

旅情悄。远信沉沉，离魂杳杳④。对景伤怀，度日无言谁表⑤？惆怅旧欢何处？后约难凭⑥，看看春又老。盈盈泪眼⑦，望仙乡⑧，隐隐断霞残照。

【题 解】

这是柳永任昌国县（浙江定海县）晓峰盐场盐监时，于境内舟山列岛观海作此词，词中描绘了海潮的壮阔气象。盐监在北宋是无所作为的低贱官职。这使柳永的才能无可施展，情绪沮丧。他观海时正值三月艳阳天，春天即将归去，联想到春老人亦老。当回顾大半生的得与失时，词人遗憾的并非功业的无成，而是情感的失落。现在他身为朝廷官员，

不能再同贱民歌妓保持原来的亲密关系了。所以虽然怀念"旧欢",但已失去联系;虽然曾有海誓山盟的期约,却难以实现。

【注释】

① 登眺:登临眺望。

② 艳阳时节:指阳光灿烂、景色佳丽的春天。

③ 涨海:海水涨潮。

④ 离魂:精神凝注于人或事而出现神不守舍的状态。

⑤ 谁表:向谁表白。

⑥ 后约:后会的期约。

⑦ 盈盈:泪水盈眶的样子。

⑧ 仙乡:神仙所居之地。此借指歌妓居住之处。

曲玉管

北宋·柳永

陇首云飞①,江边日晚,烟波满目凭阑久②。立望关河③,萧索千里清秋,忍凝眸④。

杳杳神京⑤,盈盈仙子⑥,别来锦字终难偶⑦。断雁无凭,冉冉飞下汀洲,思悠悠⑧。

暗想当初,有多少、幽欢佳会,岂知聚散难期,翻成雨恨云愁⑨?阻追游⑩,每登山临水,惹起平生心事,一场消黯⑪,永日无言,却下层楼。

【题 解】

这是一首写两地相思的羁旅别愁词。上片写居者高楼凝望、怀念远人之愁思。高丘上白云飘飞为伊人所见之景，此景暗隐游子漂泊的匆匆行色。"烟波满目"的迷茫，亦是所望不见之失望心绪的外化。中片写游子在旅途对京都居者的思念。下片"暗想当初"承中片"思悠悠"，是行人的忆念及"雨恨云愁"的心理活动；"阻追游"以下是思妇的内心感触和无可奈何的行动。全词以写景抒情为脉络，步步深入，结构有序，内容丰富。

【注 释】

① 陇首：山头。

② 凭阑：倚靠着楼台的栏杆。

③ 关河：关山河川，这里泛指山河。

④ 忍：怎能忍受。

⑤ 杳杳（yǎo）：遥远渺茫。神京：帝京，京都，这里指汴京（今开封）。

⑥ 盈盈：形容女子娇媚可爱的神态。仙子：比喻美女，这里指词人所爱的歌女。

⑦ 锦字：又称织锦回文，诗文中常用以指代妻寄夫的书信。难偶：难以相遇。

⑧ 思悠悠：思念之情绵绵不绝。

⑨ 雨恨云愁：指两人的爱情不能成功，心头充满悔恨哀愁。

⑩ 阻追游：被某种力量阻碍而不能自由追寻自己的所爱。

⑪ 消黯：黯然销魂。

戚 氏①

北宋·柳永

晚秋天，一霎微雨洒庭轩②。槛菊萧疏，井梧零乱，惹残烟。凄然，望江关③，飞云黯淡夕阳闲。当时宋玉悲感④，向此临水与登山。远道迢递，行人凄楚，倦听陇水潺湲⑤。正蝉吟败叶，蛩响衰草⑥，相应喧喧。

孤馆度日如年。风露渐变，悄悄至更阑。长天净，绛河清浅⑦，皓月婵娟⑧。思绵绵。夜永对景，那堪屈指，暗想从前。未名未禄，绮陌红楼⑨，往往经岁迁延⑩。

帝里风光好，当年少日，暮宴朝欢。况有狂朋怪侣⑪，遇当歌对酒竞留连。别来迅景如梭⑫，旧游似梦，烟水程何限⑬。念名利，憔悴长萦绊。追往事、空惨愁颜。漏箭移⑭，稍觉轻寒。渐鸣咽，画角数声残。对闲窗畔，停灯向晓⑮，抱影无眠。

【题解】

全词共分三片：头一片写景，写作者白天的所见所闻；第二片写情，写作者"更阑"的所见所感；第三片写意，写作者对往事的追忆，抒发自己的感慨。从词中"宋玉悲感，向此临水与登山"来看，当写于湖北江陵，当时柳永外放荆南，已经年过五十，只做个相当于县令的小官，心情自然十分苦闷。这种情绪在这首词里得到充分的体现。

【注释】

① 戚氏：词牌名，为柳永所创，长调慢词。全词三叠，计212字，为北宋长调慢词之最，亦堪称柳词压轴之作。

② 一霎：一阵。

③ 江关：疑即指荆门，荆门、虎牙二山（分别在今湖北省枝城市和宜昌市）夹江对峙，古称江关，战国时为楚地。

④ 宋玉悲感：战国时楚人宋玉作《九辩》，曾以悲秋起兴，抒孤身逆旅之寂寞，发生不逢时之感慨。

⑤ 陇水：疑非河流名，实为陇头流水之意。北朝乐府有《陇头歌辞》，词曰："陇头流水，流离山下。念吾一身，飘然旷野。""陇头流水，鸣声呜咽。遥望秦川，心肝断绝。"

⑥ 蛩：蟋蟀。

⑦ 绛河：银河。天空称为绛霄，银河称为绛河。

⑧ 婵娟：美好貌。

⑨ 绮陌红楼：犹言花街青楼。绮陌，繁华的道路。

⑩ 经岁：经年，以年为期。

⑪ 狂朋怪侣：狂放狷傲的朋友。

⑫ 迅景：岁月，光阴易逝，故称。

⑬ 程：路程。

⑭ 漏箭：古时以漏壶滴水计时，漏箭移即光阴动。

⑮ 停灯：吹灭灯火。

竹马子

北宋·柳永

登孤垒荒凉，危亭旷望，静临烟渚①。对雌霓挂雨②，雄风拂槛，微收烦暑。渐觉一叶惊秋，残蝉噪晚，素商时序③。觅景想前欢，指神京④，非雾非烟深处。

向此成追感，新愁易积，故人难聚。凭高尽日凝伫。赢得消魂无语。极目霁霭霏微⑤，暝鸦零乱，萧索江城暮。南楼画角，又送残阳去。

【题 解】

　　这首词为柳永晚年漫游江南时所作，属柳词中的"雅词"。初秋雨后微凉，残蝉噪晚，作者登高远望，览景生情，不由追忆往昔在帝京时的欢乐，感叹愁怀难遣，故人难聚，又值秋晚暮鸦零乱，江城萧索，眼前残阳落去，更使人伤感，孤寂凄凉的情绪尽然显露。词人心中有愁，故上片涉及的一切景象都带上了词人的情绪色彩。此词境界寥廓，极苍凉之致。全词景凄情哀，铺叙有致；意境开阔，格调清雅，气韵浑厚；语言清丽，音律谐婉，悲楚动人。

【注 释】

　　① 烟渚：烟雾弥漫的水中小岛。
　　② 雌霓：古代传说，虹出现时成双成对，其颜色鲜艳为雄，颜色暗淡为雌。又说，雄称"虹"，雌称"霓"。
　　③ 素商：秋天。
　　④ 神京：指南宋都城汴梁（即今开封）。
　　⑤ 霁霭：雨后天晴出现的云雾。

雪梅香

北宋·柳永

　　景萧索，危楼独立面晴空。动悲秋情绪，当时宋玉应同①。渔市孤烟袅寒碧，水村残叶舞愁红。楚天阔，浪浸斜阳，千里溶溶。

　　临风。想佳丽，别后愁颜，镇敛眉峰②。可惜当年，顿乖雨迹云踪③。雅态妍姿正欢洽，落花流水忽西东。无聊④恨、相思意，尽分付征鸿⑤。

【题 解】

　　词中描写一位客居他乡的游子，正当深秋薄暮时分，登上了江边的水榭楼台，凭栏远眺，触景伤情，追忆过去的幸福时光，无限思念远别的情人。词人迎着江风而立，脑海中浮现出情人的音容笑貌，雅态妍姿。或许当日正在相聚小饮，清歌婉转，妙舞翩翩；或许正在花前月下，两情缱绻，欢度春宵，然而，突然到来的别离，使热恋的情人"顿乖雨迹云踪"。过去的幸福已成为美好的回忆，在这肃杀的秋天里，暮色苍茫，客居他乡的词人只能独倚危楼，悲思绵绵，怅憾难言，相思难遣。无可奈何的词人只能托付远飞的大雁把这相思之情、悲秋之感、游子之心带过江去，传达给自己的心上人。

【注 释】

　　① "动悲秋"二句：宋玉《九辩》首句为："悲哉，秋之为气也。"
　　　　后人常将悲秋情绪与宋玉相联系。
　　② 镇敛眉峰：双眉紧锁的样子。
　　③ 雨迹云踪：男女欢爱。宋玉《高唐赋》中写楚王与巫山神女欢会，
　　　　神女称自己"旦为朝云，暮为行雨"。
　　④ 无聊：又作"无憀"，百无聊赖。
　　⑤ 分付征鸿：托付给征鸿，即凭书信相互问候。

诉衷情近

北宋·柳永

　　雨晴气爽，伫立江楼望处①，澄明远水生光，重叠暮山耸翠。遥认断桥幽径，隐隐渔村，向晚孤烟起。

残阳里，脉脉朱阑静倚^②。黯然情绪，未饮先如醉。愁无际！暮云过了，秋光老尽，故人千里，竟月空凝睇^③！

【题 解】

这是柳永"奉旨填词"，漫游江南时所作的一首思念故人的词。现实的景物增强了伤别意绪，因而无法消除，唯有"竟月空凝睇"以寄托对"故人"的思念。联系柳永其他的羁旅行役之词来看，这"故人"概指他京都相识的青年歌妓。这首词写景与抒情时，既不大肆铺叙，也不特别凝练，词旨点到为止，结构完整。

【注 释】

①伫：久立。
②脉脉：凝视貌。后多用以示含情欲吐之意。
③竟月：终月。凝睇：注视。

木兰花慢

北宋·柳永

倚危楼伫立^①，乍萧索、晚晴初^②。渐素景衰残，风砧韵冷，霜树红疏。云衢。见新雁过，奈佳人自别阻音书。空遣悲秋念远，寸肠万恨萦纡^③。

皇都。暗想欢游，成往事、动欷歔。念对酒当歌，低帏并枕，翻恁轻孤。归途。纵凝望处，但斜阳暮霭满平芜。赢得无言悄悄，凭栏尽日踟蹰^④。

【题 解】

　　这是一首悲秋词。词人采取层层递进法展示悲秋情绪：首先，词人因萧瑟秋景中的南飞大雁，徒然"悲秋念远"，想起了音信阻隔的佳人；然后，词人万般后悔轻易辜负了昔日与佳人"低帏并枕"的"皇都""欢游"，进而感叹人生苦短，应及时行乐；最后，又因与佳人"行乐"而不得，无奈落得个无言忧伤的结局。

【注 释】

①伫：久立。
②萧索：萧条，冷落。
③萦纡：回旋曲折。
④踟蹰：欲前不进貌。

少年游

北宋·柳永

　　参差烟树灞陵桥①，风物②尽前朝。衰杨古柳，几经攀折，憔悴楚宫腰③。　　夕阳闲淡秋光老，离思满蘅皋④。一曲阳关⑤，断肠声尽，独自凭兰桡⑥。

【题 解】

　　这首词抒发了作者在长安东灞桥这一传统离别场所与友人别时的离愁别恨和怀古伤今之情。全词通过描写富有寓意和韵味的景物来表达悲愁与离愁、羁旅与感昔的双重惆怅。

【注 释】

①灞陵桥：在长安东（今陕西西安）。
②风物：风光和景物。
③楚宫腰：以楚腰喻柳。楚灵王好细腰，后人故谓细腰为楚腰。
④蘅皋：长满杜蘅的水边陆地。蘅即杜蘅。
⑤阳关：王维之诗《渭城曲》翻入乐内《阳关三曲》，为古人送别之曲。
⑥兰桡：桡即船桨，兰桡指代船。

蝶恋花

北宋·柳永

伫倚危楼风细细①，望极春愁②，黯黯生天际③。草色烟光残照里④，无言谁会凭阑意⑤。

拟把疏狂图一醉⑥，对酒当歌，强乐还无味⑦。衣带渐宽终不悔⑧，为伊消得人憔悴⑨。

【题 解】

这是一首怀人之作。此词上片写登高望远所引起的无尽离愁，以迷离的景物描写渲染出凄楚悲凉的气氛；下片写主人公为消释离愁决意痛饮狂歌，但强颜为欢终觉无味，最后以健笔写柔情，自誓甘愿为思念伊人而日渐消瘦憔悴。全词巧妙地把漂泊异乡的落魄感受，同怀恋意中人的缠绵情思融为一体，表现了主人公的坚毅性格与执著的态度，成功地刻画了一个志诚男子的形象。

【注释】

①伫倚危楼：长时间倚靠在高楼的栏杆上。伫，久立。危楼，高楼。
②望极：极目远望。
③黯黯：心情沮丧忧愁。生天际：从遥远无边的天际升起。
④烟光：飘忽缭绕的云霭雾气。
⑤会：理解。阑：同"栏"。
⑥拟把：打算。疏狂：狂放不羁。
⑦强乐：勉强欢笑。强，勉强。
⑧衣带渐宽：指人逐渐消瘦。
⑨消得：值得，能忍受得了。

【名句】

衣带渐宽终不悔，为伊消得人憔悴。

甘草子

北宋·柳永

秋暮，乱洒衰荷，颗颗真珠雨。雨过月华生①，冷彻鸳鸯浦②。
池上凭阑愁无侣。奈此个，单栖情绪。却傍金笼共鹦鹉。念粉郎言语③。

【题解】

这是一首闺情词，上片写女主人公池上凭阑的孤寂情景。秋天本易触动寂寥之情，何况"秋暮"。女主人公池上阑边移时未去，从雨打衰荷直到雨霁月升。下片"池上凭阑愁无侣"一句收束上意，点明愁因。荷塘月下，轩窗之内，一个不眠的女子独自调弄鹦鹉，自是一幅绝妙仕女图。而通过鹦鹉学"念"来表现，实为婉曲含蓄。鸟语之后，反添一种凄凉，因鸟语之戏不过是自我安慰。

【注释】

①月华：月光照射到云层上，呈现在月亮周围的彩色光环。

②鸳鸯浦：地名，水池边。这里是虚写。

③粉郎：何晏，三国魏玄学家，人称"傅粉何郎"。在这里指所思之人。

玉蝴蝶①

北宋·柳永

望处雨收云断，凭阑悄悄，目送秋光。晚景萧疏，堪动宋玉悲凉。水风轻、蘋花渐老；月露冷、梧叶飘黄。遣情伤，故人何在？烟水茫茫。

难忘。文期酒会②，几孤风月，屡变星霜③，海阔山遥，未知何处是潇湘？念双燕、难凭远信；指暮天、空识归航。黯相望，断鸿声里，立尽斜阳。

【题解】

这是一首怀人词。开头"望处"二字统摄全篇。凭阑远望，但见秋景萧疏，花老，梧叶黄，烟水茫茫，故人不见，悲秋伤离之感充盈心头。下片回忆昔日文期酒会、相聚之乐，慨叹今日相隔遥远，消息难通。最后"黯相望，断鸿声里，立尽斜阳"，回应开头"望处"。立尽斜阳，足见词人伫立之久；断鸿哀鸣，愈见其怅惘孤独。

【注 释】

① 玉蝴蝶：有小令、长调两体，又名《玉蝴蝶慢》。

② 文期酒会：约会在一起饮酒赋诗。

③ 星霜：星一年一周期，霜每年而降，因称一年为一星霜。

八声甘州①

北宋·柳永

对潇潇暮雨洒江天②，一番洗清秋③。渐霜风凄惨④，关河冷落，残照当楼。是处红衰翠减⑤，苒苒物华休⑥。惟有长江水，无语东流。

不忍登高临远，望故乡渺邈⑦，归思难收⑧。叹年来踪迹，何事苦淹留⑨。想佳人，妆楼颙望⑩，误几回、天际识归舟⑪。争知我⑫，倚阑干处，正恁凝愁⑬！

【题 解】

此词抒写了词人漂泊江湖的愁思和仕途失意的悲慨。上片描绘了雨后清秋的傍晚，关河冷落夕阳斜照的凄凉之景；下片抒写词人久客他乡急切思念归家之情。词中表达了词人常年宦游在外，于清秋薄暑时分，感叹漂泊的生涯和思念情人的心情，写出了封建社会知识分子怀才不遇

的典型感受，从而成为传诵千古的名篇。

【注释】

① 八声甘州：一名《甘州》。
② 潇潇：形容雨势急骤。
③ 一番洗清秋：一番风雨，洗出一个凄清的秋天。
④ 霜风凄惨：秋风凄凉紧迫。霜风，秋风。
⑤ 是处红衰翠减：到处花草凋零。是处，到处。红、翠，指代花草树木。
⑥ 苒苒（rǎn）：同"荏苒"，形容时光消逝。物华休：美好的景物消残。
⑦ 渺邈：同"渺渺"，远貌。
⑧ 归思：归家的心情。
⑨ 淹留：久留。
⑩ 颙（yóng）望：凝望，抬头远望。颙，仰慕。
⑪ 此句意为多少次错把远处驶来的船当作心上人回家的船。语出谢朓《之宣城郡出新林浦向板桥》："天际识归舟，云中辩江树。"
⑫ 争：怎。
⑬ 恁（nèn）：如此。凝愁：忧愁凝结不解。

春日登楼怀归

北宋·寇准

高楼聊引望，杳杳一川平。
野水无人渡，孤舟尽日横。
荒村生断霭，古寺语流莺。
旧业遥清渭①，沉思忽自惊。

【题解】

　　此诗约作于北宋太宗太平兴国五年（980），诗人时年十九岁，进士及第，初任巴东知县。诗人登高远眺，放眼所见的是一片广袤无际的平野。一条河流，一条渡船，四野空旷无人，不见渡者，也不知船家何往，尽日只有那条孤零零的渡船横躺在水里漂荡。眼中所见的"野渡"、"炊烟"之景，耳边所闻的"流莺"之声，引发了诗人对故乡的思念之情。

【注 释】

　　① 旧业：这里指田园家业。清渭：指渭水。

金陵怀古

北宋·王珪

　　怀乡访古事悠悠，独上江城满目秋。
　　一鸟带烟来别渚，数帆和雨下归舟。
　　萧萧暮吹惊红叶 ①，惨惨寒云压旧楼。
　　故国凄凉谁与问，人心无复更风流。

【题 解】

　　这首诗格调的寥落沉郁，与昂奋进取的盛唐气象迥然有别。王珪时任北宋左相，作此诗时北宋在与西夏的两次战争中均遭失败。当时王珪在朝廷身任左相，对国势日益凌夷，感触颇深。诗人为排解乡思而怀古，但往事如烟，相隔久远，难以追寻。独自跑躅江边古城，扑入眼帘的只

有萧索的秋景。

【注 释】

① 萧萧：形容风声。

凤箫吟

北宋·韩缜

锁离愁连绵无际，来时陌上初熏①。绣帏人念远②，暗垂珠露③，泣送征轮。长行长在眼，更重重、远水孤云。但望极楼高，尽日目断王孙④。

销魂。池塘别后，曾行处、绿妒轻裙⑤。恁时携素手⑥，乱花飞絮里，缓步香茵⑦。朱颜空自改，向年年、芳意长新。遍绿野，喜游醉眼，莫负青春。

【题 解】

此词借咏芳草以寄托别离情绪。全词以芳草为中心，尽管字面上没有"草"的字眼，却无一不在写草，所以离情也处处由芳草带出。词中在表现上用了正比和反比手法，描写芳草越繁华茂盛，带出的离愁越浓越沉重；描写芳草越生机勃勃，反映主人公的心绪越萧瑟悲凉。这首词在写作手法上的成功之处，主要是巧妙地将草拟人化，那清晨芳草之上的晶莹露珠像是惜别之泪，这样，遍野的绿草成为离愁的化身。这首词妙在巧用拟人手法，把点点离愁都化作可感之物。全词颇具空灵之美。

【注 释】

① 陌上初熏：路上散发着草的香气。陌，道路。熏，花草的香气浓烈。

② 绣帏：绣房、闺阁。

③ 暗垂珠露：暗暗落下一串串珠露般的眼泪。

④ 王孙：这里指送行之人。汉淮南小山《招隐士》："王孙游兮不归，芳草生兮萋萋。"

⑤ 绿妒轻裙：轻柔的罗裙和芳草争绿。

⑥ 恁：那。恁时：即那时、彼时。素手：指女子洁白如玉的手。

⑦ 香茵：芳草地。

虞美人

北宋·舒亶

芙蓉落尽天涵水①，日暮沧波起。背飞双燕贴云寒②，独向小楼东畔倚栏看。

浮生只合尊前老，雪满长安道。故人早晚上高台，寄我江南春色一枝梅③。

【题 解】

这是一首寄赠友人的作品，词以悲秋为契机，抒写被废黜后的凄凉心境以及对朋友的真挚感情，并且隐含着政治希冀。开头两句写秋景：天涵水，沧波起，燕贴云飞，景象凄清，境界高远。"背飞"句以燕的飞离和云的寒冷烘托"独向小楼"的孤独及"倚栏看"的悲哀。"雪满"句景中寓情，并暗示政治时局之冷酷，这也正是"浮生只合尊前老"的

原因。秋日而盼"故人"，"雪"中寄来"春讯"，希望友人政治上东
山再起。语言自然淡雅，情景交融，曲折委婉，情婉意深。

【注 释】

① 芙蓉落尽：表明已属秋季，花残香消。芙蓉，即荷花。天涵水：指
水天相接，苍茫无际，更显空旷寂落。
② 背飞：朝另一个方向飞去。
③ 陆凯与范晔是好友，陆凯自江南寄梅花一枝到长安给范晔，并赠
诗曰："折梅逢驿使，寄与陇头人。江南无所有，聊寄一枝春。"

离亭燕

北宋·张昇

一带江山如画①，风物向秋潇洒②。水浸碧天何处断③？霁色
冷光相射④。蓼屿荻花洲⑤，掩映竹篱茅舍⑥。

云际客帆高挂⑦，烟外酒旗低亚⑧。多少六朝兴废事⑨，尽入渔
樵闲话⑩。怅望倚层楼⑪，寒日无言西下。

【题 解】

这是一首写景兼怀古的词，在宋怀古词中是创作时期较早的一首。
词的上片描绘金陵一带的山水，雨过天晴的秋色里显得分外明净而爽朗；
下片通过怀古，寄托了词人对六朝兴亡盛衰的感慨。这首词语言质朴而
情厚，有别于婉约派词的深沉感慨。在宋代词坛上，张昇与范仲淹一样，
创作中透露出词风逐渐由婉约向豪放转变的时代信息，对于词境的开拓

做出了自己的贡献。

【注释】

① 一带：指金陵一带地区。
② 风物：风光景物。潇洒：神情举止自然大方。
③ 浸：液体渗入。此处指水天融为一体。
④ 霁色：雨后初晴的景色。冷光：秋水反射出的波光。相射：互相辉映。
⑤ 蓼屿：指长满蓼花的高地。荻花洲：长满荻草的水中沙地。
⑥ 竹篱茅舍：用竹子做成的篱笆，用茅草搭盖的小房子。
⑦ 客帆：即客船。
⑧ 低亚：低垂。
⑨ 六朝：指东吴、东晋、宋、齐、梁、陈六个朝代，均在南京一带建都。
⑩ 渔樵：渔翁樵夫。代指普通老百姓。
⑪ 怅望：怀着怅惘的心情远望。

【名句】

多少六朝兴废事，尽入渔樵闲话。

酒泉子

北宋·潘阆

长忆西湖。尽日凭阑楼上望；三三两两钓鱼舟，岛屿正清秋。

笛声依约芦花里，白鸟成行忽惊起。别来闲整钓鱼竿，思入水云寒①。

【题 解】

　　此词是作者回忆杭州西湖旖旎风光之词，表现作者出尘的思想。全词情景交融，先写西湖光景，后写忆者之情。词中正面描写与侧面描写并用，景中寄情，情中寄景，选景高洁，情调闲雅，用笔淡炼，纯用白描，艺术手法甚为高超。

【注 释】

　　① 水云寒：因是清秋所以水云觉凉。

念奴娇·赤壁怀古 ①

北宋·苏轼

　　大江东去 ②，浪淘尽 ③，千古风流人物 ④。故垒西边 ⑤，人道是：三国周郎赤壁 ⑥。乱石穿空，惊涛拍岸，卷起千堆雪 ⑦。江山如画，一时多少豪杰。

　　遥想公瑾当年 ⑧，小乔初嫁了 ⑨，雄姿英发 ⑩。羽扇纶巾 ⑪，谈笑间樯橹灰飞烟灭 ⑫。故国神游 ⑬，多情应笑我，早生华发 ⑭。人生如梦，一樽还酹江月 ⑮。

【题 解】

　　此词通过对月夜江上壮美景色的描绘，借对古代战场的凭吊和对风流人物才略、气度、功业的追念，曲折地表达了作者怀才不遇、功业未就的忧愤之情，同时表现了作者关注历史和人生的旷达之心。全词借古抒怀，雄浑苍凉，大气磅礴，笔力遒劲，境界宏阔，将写景、咏史、抒情融为一体，给人以撼魂荡魄的艺术力量，曾被誉为"古今绝唱"。

【注释】

① 念奴娇：词牌名。又名"百字令"、"酹江月"等。赤壁：此指黄州赤壁，一名"赤鼻矶"，在今湖北黄冈西。而三国古战场的赤壁，文化界认为在今湖北赤壁市蒲圻县西北。

② 大江：指长江。

③ 淘：冲洗，冲刷。

④ 风流人物：指杰出的历史名人。

⑤ 故垒：过去遗留下来的营垒。

⑥ 周郎：指三国时吴国名将周瑜，字公瑾，少年得志，二十四岁为中郎将，掌管东吴重兵，吴中皆呼为"周郎"。下文中的"公瑾"即指周瑜。

⑦ 雪：比喻浪花。

⑧ 遥想：形容想得很远。

⑨ 小乔初嫁了：《三国志·吴志·周瑜传》载，周瑜从孙策攻皖，"得桥公两女，皆国色也。策自纳大桥，瑜纳小桥。"乔，本作"桥"。其时距赤壁之战已经十年，此处言"初嫁"，是言其少年得意，倜傥风流。

⑩ 雄姿英发（fā）：谓周瑜体貌不凡，言谈卓绝。英发，谈吐不凡，见识卓越。

⑪ 羽扇纶（guān）巾：古代儒将的便装打扮。羽扇，羽毛制成的扇子。纶巾，青丝制成的头巾。

⑫ 樯橹（qiáng lǔ）：这里代指曹操的水军战船。樯，挂帆的桅杆。橹，一种摇船的桨。"樯橹"一作"强虏"，又作"樯虏"，又作"狂虏"。

⑬ 故国神游："神游故国"的倒文。"故国"这里指旧地，当年的赤壁战场。"神游"指在想象、梦境中游历。

⑭ "多情"二句："应笑我多情，早生华发"的倒文。华发（fà），

花白的头发。

⑮ 一樽还（huán）酹（lèi）江月：古人以酒浇在地上祭奠。这里指洒
酒酹月，寄托自己的感情。樽，酒杯。

【名句】

大江东去，浪淘尽，千古风流人物。

游金山寺①

北宋·苏轼

我家江水初发源，宦游直送江入海②。
闻道潮头一丈高，天寒尚有沙痕在③。
中泠南畔石盘陀④，古来出没随涛波。
试登绝顶望乡国，江南江北青山多。
羁愁畏晚寻归楫⑤，山僧苦留看落日。
微风万顷靴文细，断霞半空鱼尾赤⑥。
是时江月初生魄⑦，二更月落天深黑。
江心似有炬火明⑧，飞焰照山栖鸟惊。
怅然归卧心莫识，非鬼非人竟何物？
江山如此不归山，江神见怪惊我顽。
我谢江神岂得已⑨，有田不归如江水⑩。

【题解】

这首诗是苏轼在熙宁四年（1071）赴任杭州通判时经过镇江金山

寺所作。诗题为游寺，通篇寓情于景。其写蜀人远宦，写冬季来游，写金山特色，写登山望乡，都很分明。中间由泛述金山，而进一步写傍晚江干断霞，深夜江中炬火，层次依然分明。此诗略去对寺景的刻画描写，着重写登高眺远之景，将古与今、虚与实、情与景融为一体。尤其是在对景物的刻画中，渗透着浓郁的乡情，特别真挚动人。

【注 释】

① 金山寺：在今江苏镇江西北的长江边的金山上，宋时山在江心。
② 古人认为长江的源头是岷山，苏轼的家乡眉山正在岷江边。镇江一带的江面较宽，古称海门，所以说"直送江入海"。
③ 苏轼登寺在冬天，水位下降，所以他写曾听人说长江涨潮时潮头有一丈多高，而岸边沙滩上的浪痕，也令人想见那种情形。
④ 中泠：泉名，在金山西。石盘陀：形容石块巨大。
⑤ 归楫：从金山回去的船。楫原是船桨，这里以部分代整体，指船。
⑥ 这两句的意思是：微风吹皱水面，泛起的波纹像靴子上的细纹，落霞映在水里，如金鱼重叠的红鳞。
⑦ 初生魄：新月初生。苏轼游金山在农历十一月初三，所以这么说。
⑧ 炬火：或指江中能发光的某些水生动物，或者只是月光下诗人看到的幻象。
⑨ 谢：告诉。
⑩ 如江水：古人发誓的一种方式。

题西林壁①

北宋·苏轼

横看②成岭侧③成峰，远近高低各不同④。

不识⑤庐山真面目⑥，只缘⑦身在此山中。

【题解】

《题西林壁》以言理为特色。这种诗风是宋人在唐诗之后另辟的一条蹊径，用苏轼的话来说，便是"出新意于法度之中，寄妙理于豪放之外"。形成这类诗的特点是：语浅意深，因物寓理，寄至味于淡泊。从这首诗来看，语言的表述是简明的，而其内涵却是丰富的，诗语的本身是形象性和逻辑性的高度统一。鲜明的感性与明晰的理性交织在一起，互为因果，这就是人们为什么千百次地把后两句当作哲理警句的原因。

【注释】

① 题西林壁：写在西林寺的墙壁上。西林寺在庐山西麓。题，意为书写、题写。西林，指西林寺，在江西庐山。

② 横看：从正面看。庐山总是南北走向，横看就是从东面向西面看。

③ 侧：侧面。

④ 各不同：各不相同。

⑤ 不识：不能认识，辨别。

⑥ 真面目：指庐山真实的景色，形状。

⑦ 缘：因为，由于。

【名句】

不识庐山真面目，只缘身在此山中。

望海楼晚景 五首选一

北宋·苏轼

其 二

横风吹雨入楼斜，壮观应须好句夸。
雨过潮平江海碧，电光时掣紫金蛇。

【题 解】

本诗组共有五首，这是其中第二首。这首诗写的是一幅望海楼的雨景。开头时气势很猛，转眼间却是雨收云散，海阔天晴，变幻得使人目瞪口呆。其实不只自然界是这样，人世间的事情，往往也是如此。

水调歌头

北宋·苏轼

落日绣帘卷，亭下水连空。知君为我新作，窗户湿青红①。长记平山堂上②，欹枕江南烟雨，渺渺没孤鸿。认得醉翁语，山色有无中。

一千顷，都镜净，倒碧峰。忽然浪起掀舞，一叶白头翁。堪笑兰台公子③，未解庄生天籁④，刚道有雌雄⑤。一点浩然气⑥，千里快哉风。

【题解】

这首词上片由新建之亭及亭前景象忆及早年在扬州平山堂见到的山光水色。由此及彼展开思路，对先师的怀念，对快哉亭前风景与平山堂前风光相似之观感，还隐隐透露今日词人遭厄运与当年醉翁受挫相仿。下片写亭前所见长江景观。"忽然浪起掀舞，一叶白头翁"两句更是突出地刻画了一个不怕风吹浪打出没于浪涛之间的老船工的形象。此词富于联想象征，写景之中抒发心志，气魄宏大而有感染力量。

【注释】

① 作：建造。湿青红：湿润的青漆、红漆颜色。湿字承上"新作"，形容油漆新涂，鲜润清新。

② 平山堂：在今江苏扬州市，欧阳修所建。

③ 兰台公子：指宋玉，他曾任兰台令，相传兰台故址在湖北钟祥县境内。

④ 天籁：万物发出的自然之声，这里指风声。

⑤ 刚道：硬要说，偏说。

⑥ 浩然气：《孟子·公孙丑》"吾善养吾浩然之气"，古人把这浩然之气看作是一种最高的正气和节操。

永遇乐

北宋·苏轼

彭城夜宿燕子楼，梦盼盼，因作此词。①

明月如霜，好风如水，清景无限。曲港跳鱼，圆荷泻露，寂寞无人见。紞如三鼓②，铿然一叶③，黯黯梦云惊断④。夜茫茫，重寻无处，觉来小园行遍。

天涯倦客，山中归路，望断故园心眼⑤。燕子楼空，佳人何在，空锁楼中燕。古今如梦，何曾梦觉，但有旧欢新怨。异时对，黄楼夜景⑥，为余浩叹。

【题 解】

此词是词人夜宿燕子楼感梦抒怀之作，抒发对人生宇宙的思考与感慨，词人由人去楼空而悟得"古今如梦，何曾梦觉"之理。这首词深沉的人生感慨包含了古与今、倦客与佳人的绵绵情事，传达了一种含有某种禅意玄思的人生空幻、淡漠感，隐藏着某种要求彻底解脱的出世意念。词中"燕子楼空"三句，千古传诵，深得后人赞赏。

【注 释】

① 彭城：即今江苏徐州。燕子楼：唐徐州尚书张建封（一说张建封之子张愔）为其爱妓盼盼在宅邸所筑小楼。
② 纵如：击鼓声。
③ 铿然：清越的音响。
④ 梦云：夜梦神女朝云。云，喻盼盼。典出宋玉《高唐赋》楚王梦见神女："朝为行云，暮为行雨"。惊断：惊醒。
⑤ 心眼：心愿。
⑥ 黄楼：徐州东门上的大楼，苏轼任徐州知州时建造。

【名 句】

燕子楼空，佳人何在，空锁楼中燕。

儋 耳

北宋·苏轼

霹雳收威暮雨开^①，独凭栏槛倚崔嵬^②。
垂天雌霓云端下^③，快意雄风海上来。
野老已歌丰岁语，除书欲放逐臣回。
残年饱饭东坡老，一壑能专万事灰。

【题 解】

当时，苏轼已六十五岁高龄，从儋耳（今海南儋县）内迁廉州（州治在今广西合浦），《儋耳》诗即作于此时。作者晚年思想很矛盾，由于政治上一再遭受打击，经常发出"心似已灰之木"（《自题金山画像》）一类的感慨。但其思想深处仍是"报国心犹在"（《望湖亭》），全诗的基调正如清人汪师韩所说："崚嶀雄姿，经挫折而不稍损抑。浩然之气，于此见其心声。"（《苏诗选评》）

【注 释】

① 霹雳：疾猛之雷。古人常以雷霆之怒、霹雳之威喻皇帝的威怒，这里既是写实景，也是以霹雳收威暗喻哲宗去世，徽宗继位，朝政更新。
② 崔嵬：山高貌。
③ 霓：虹。《埤雅》："虹常双见，鲜盛者雄，其暗者雌。"又说，雄称"虹"，雌称"霓"。

望江南超然台作 ①

北宋·苏轼

春未老，风细柳斜斜。试上超然台上望，半壕春水一城花，烟雨暗千家。

寒食后 ②，酒醒却咨嗟 ③。休对故人思故国，且将新火试新茶，诗酒趁年华。

【题 解】

此词上片写登上超然台所见到的城中景色，下片作者因景生情，通过描绘春日景象和作者感情、神态的复杂变化，寄寓了作者对有家难回、有志难酬的无奈与怅惘，同时表达了作者豁达超脱的襟怀和"用之则行，舍之则藏"的人生态度。全词含蓄深沉，短小玲珑，以诗为词，独树一帜，连珠妙语似随意而出，清新自然，显示出作者深厚的艺术功力。

【注 释】

① 超然台：在密州（今山东诸城）城北。当时苏轼任密州地方官。
② 寒食：清明前一两日。旧俗寒食节不举火，节后举火称新火。
③ 咨嗟：叹息。

望海潮 ①

北宋·秦观

梅英疏淡，冰澌溶泄 ②，东风暗换年华 ③。金谷俊游 ④，铜驼巷陌 ⑤，

新晴细履平沙。长记误随车，正絮翻蝶舞，芳思交加^⑥。柳下桃蹊，乱分春色到人家。

西园夜饮鸣笳^⑦。有华灯碍月，飞盖妨花。兰苑未空，行人渐老，重来是事堪嗟^⑧。烟暝酒旗斜^⑨，但倚楼极目，时见栖鸦。无奈归心，暗随流水到天涯。

【题解】

这是一首伤春怀旧之作。这首词先是追怀往昔客居洛阳时结伴游览名园胜迹的乐趣，继写此次重来旧地时的颓丧情绪，虽然风景不殊，但词人却丧失了当年那种勃勃的兴致。倚楼之际，于苍茫暮色中，见昏鸦归巢，归思转切。结构上，景起情结，今昔交错，虚实交融，含蓄委婉。语言字斟句酌、千锤百炼，对比的运用效果显著，明艳的春色与肃杀的暮景对照，昔日"俊游"与今日"重来"感情相比，幽婉而凝重地表现出词人凄苦郁闷的愁情，足见功力之深厚。

【注释】

① 望海潮：柳永创调。此调咏钱塘（今浙江杭州），当是以钱塘作为观潮胜地取意。

② 冰澌（sī）溶泄：冰块融化流动。

③ 此句是说东风吹起，不知不觉又换了岁月。

④ 金谷：金谷园，在洛阳西北。俊游：同游的好友。

⑤ 铜驼巷陌：古洛阳宫门南四会道口，有二铜驼夹道相对，后称铜驼陌。巷陌，街道。

⑥ 芳思：春天引起了错综复杂的情思。

⑦ 西园：宋时洛阳有董氏西园，为著名的园林。后世泛指风景优美的园林。鸣笳：奏乐助兴。胡笳是古代传自北方少数民族的一种乐器。

⑧ 是事：事事。

⑨烟暝：烟雾弥漫，天色昏暗。

江城子

北宋·秦观

西城杨柳弄春柔。动离忧，泪难收。犹记多情，曾为系归舟。碧野朱桥当日事，人不见，水空流。

韶华不为少年留①。恨悠悠，几时休。飞絮落花时候一登楼。便作春江都是泪，流不尽，许多愁。

【题 解】

此词为秦观前期的暮春别恨之作。词之上片由"西城杨柳弄春柔"的描写，引起对往事的回忆，抒发暮春伤别之情；下片由"韶华不为少年留"的感叹，到"飞絮落花时候一登楼"的描写，进一步抒发愁情别恨。这首愁情词虚化了具体的时空背景，由春愁、离恨写起，再写失恋之愁和叹老嗟卑之愁，仿佛将词人一生所经历之愁都浓缩在一首词中了，很富有表现力和艺术感染力。将愁恨之泪化作春江，却仍"流不尽，许多愁"！极尽夸张之能事。

【注 释】

①韶华：青春年华。

八六子

北宋·秦观

倚危亭，恨如芳草，萋萋划尽还生^①。念柳外青骢别后，水边红袂分时，怆然暗惊。

无端天与娉婷，夜月一帘幽梦，春风十里柔情。怎奈向^②，欢娱渐随流水，素弦声断，翠绡香减，那堪片片飞花弄晚，濛濛残雨笼晴。正销凝^③，黄鹂又啼数声。

【题解】

该词是秦观写于元丰三年（1080）的一首怀人之作，当时秦观三十二岁，他此时还未能登得进士第，更未能谋得一官半职。在这种处境下，回想起以往与佳人欢娱的美好时光，展望今后的前程，使他不能不感怀身世而有所慨叹。从艺术上看，整首词缠绵悱恻，柔婉含蓄，融情于景，抒发了对某位佳人的深深追念，鲜明地体现了秦观婉约词情韵兼胜的风格特征。

【注释】

①划（chǎn）：削去，铲平。

②怎奈向：宋代方言，表示无可奈何之意。"向"是语气助词。

③销凝："销魂凝魂"的简称。黯然神伤、茫然出神之义。

满庭芳

北宋·秦观

晓色云开,春随人意,骤雨才过还晴。古台芳榭①,飞燕蹴红英②。舞困榆钱自落,秋千外、绿水桥平。东风里,朱门映柳,低按小秦筝③。多情,行乐处,珠钿翠盖④,玉辔红缨⑤。渐酒空金榷⑥,花困蓬瀛。豆蔻梢头旧恨,十年梦、屈指堪惊。凭阑久,疏烟淡日,寂寞下芜城⑦。

【题解】

这首词,从天气景物写到人事,又从人相会写到离别,情调是由愉悦转为忧郁,色调从明快渐趋暗淡,词人的心情随着时间和环境的改换而在发生着变化,却又写得那样婉转含蓄,不易琢磨。全词章法绵绵,意旨深远,语辞清丽自然又精练工妙,情调婉约忧伤;写景状物细腻,生动表现出景物中人的思想情怀。

【注释】

① 芳榭:华丽的水边楼台。

② 蹴(cù):踢,蹬踏。

③ 秦筝:似瑟的弦乐器,相传为秦时蒙恬所造,故称。

④ 珠钿翠盖:以珠宝镶嵌的车身,以翠羽装饰的车篷盖。此处泛指华贵的车子。

⑤ 玉辔红缨:用玉装饰的马笼头,上系红缨结。泛指华丽的骏马。

⑥ 金榷(què):金制的饮酒器。

⑦ 芜城:指扬州城。南朝宋竟陵王刘诞作乱后,扬州城邑荒芜。后因之称扬州为"芜城"。

满庭芳

北宋·秦观

山抹微云，天连衰草，画角声断谯门^①。暂停征棹，聊共引离尊^②。多少蓬莱旧事^③，空回首、烟霭纷纷^④。斜阳外，寒鸦万点，流水绕孤村。

消魂^⑤。当此际，香囊暗解，罗带轻分。谩赢得青楼薄幸名存^⑥。此去何时见也？襟袖上、空惹啼痕。伤情处，高城望断，灯火已黄昏。

【题解】

这首词是秦观最杰出的词作之一。此词虽写艳情，却能融入前尘似梦的身世之感。而且词中写景、抒情汇为一气，错综变化，脍炙人口。起拍开端"山抹微云，天连衰草"，雅俗共赏，只此一个对句，便足以流芳词史了。"抹"与"连"两个动词表现出风景画中的精神，显出高旷与辽阔中的冷峻与衰飒，与全词凄婉的情调吻合。接着将"多少蓬莱旧事"消弭在纷纷烟霭之中，概括地表现离别双方内心的伤感与迷茫。"斜阳外"三句宕开写景，别意深蕴其中，下片用白描直抒伤心恨事，展示自己落拓江湖不得志的感受。

【注释】

① 连：一作"黏"。谯门：城门。
② 引：举。尊：同"樽"，酒杯。
③ 蓬莱旧事：男女爱情的往事。
④ 烟霭：指云雾。
⑤ 消魂：形容因悲伤或快乐到极点而心神恍惚不知所以的样子。
⑥ 谩：徒然。薄幸：薄情。

浣溪沙

北宋·秦观

漠漠轻寒上小楼^①，晓阴无赖似穷秋^②。淡烟流水画屏幽^③。
自在飞花轻似梦^④，无边丝雨细如愁^⑤。宝帘闲挂小银钩^⑥。

【题 解】

这是一首伤春之作，被誉为《淮海词》中小令的压卷之作。阴冷的春天早晨，词人独上小楼，空房内画屏竖立，显得格外清幽。待慢慢挂起窗帘，观落花轻飘，细雨蒙蒙，令人触目伤情，描写隽永传神，创造出全词最佳境界。"飞花"、"细雨"为实写物态；"梦"、"愁"为虚写心境，合而喻之，虚实相生，已臻灵秀之境。

【注 释】

① 漠漠：寂静无声之貌。轻寒：阴天，有些冷。
② 晓阴：早晨天阴着。无赖：无聊、无趣。穷秋：秋天走到了尽头。
③ 淡烟流水：画屏上轻烟淡淡，流水潺潺。幽：意境悠远。
④ 自在：自由自在。
⑤ 丝雨：细雨。
⑥ 宝帘：缀着珠宝的帘子。闲挂：很随意地挂着。

画堂春

北宋·秦观

落红铺径水平池，弄晴小雨霏霏^①。杏园憔悴杜鹃啼，无奈春归。柳外画楼独上，凭阑手捻花枝^②，放花无语对斜晖，此恨谁知？

【题解】

这首词表达了秦观落第后的不快心情，是一首伤春之作。从词人给我们描绘的这幅春归图里，分明看见他面对春归景色，正在慨叹春光速人易老，感伤人生离多聚少，青春白白流逝。全词蕴藉含蓄，寄情悠远，具有言尽而意无穷的余味。

【注释】

① 弄晴：展现晴天。霏霏：形容雨雪密集的样子。
② 捻：以指搓转。

减字木兰花^①

北宋·秦观

天涯旧恨，独自凄凉人不问。欲见回肠，断尽金炉小篆香^②。黛蛾长敛^③，任是春风吹不展。困倚危楼，过尽飞鸿字字愁。

【题解】

　　此词写闺怨，抒写闺中女子怅怨之情，沉痛而伤感。首句即点明闺阁中人伤别念远的忧郁愁情。上片开头写怀远之愁怨和孤寂。孤独到无人关注，此孤独从外到内心，到了极端忧愁和凄凉的地步。接着把哀愁回肠比喻成铜香炉里一寸寸烧断的小篆香。下片写能够给万物带来生机的春风吹不展紧锁的眉头，借愁字来表达伊人被愁苦纠缠无法开解的心灵创痛。全词含蓄蕴藉，清俊超逸，形神兼备。尤其是"过尽飞鸿字字愁"一句，言尽而情未尽，"愁"正与飞鸿在长空绵延远去。

【注释】

　　① 减字木兰花：此调将《偷声木兰花》上下片起句各减三字，故名。
　　② 篆（zhuàn）香：比喻盘香和缭绕的香烟。
　　③ 黛蛾：指眉。

登快哉亭①

北宋·陈师道

城与清江曲②，泉流乱石间。
夕阳初隐地，暮霭已依山③。
度鸟欲何向④，奔云亦自闲⑤。
登临兴不尽，稚子故须还⑥。

【题解】

　　陈师道笔下的自然山水风物，不是纯粹的天然天籁，都有着幽微寄托，表达了诗人寓于自然景物之中的特有感情。穷困与荒居终究封杀不住诗人跃动的山水自然之心，但风光满眼，似乎仍不免化作深愁的种子。全诗苍劲有力，虽不用奇字僻典，然而意兴无穷，纯以气格胜。这种风格，得力于杜甫，但也与陈师道孤傲的性格有关。

【注释】

　　① 快哉亭：故址在今江苏省徐州市。
　　② "城与"句：依江建城，城随江流转向而同其曲折。与，共。
　　③ "夕阳"二句：夕阳西下，云雾在山中升起，是形容晚景。初隐地，刚刚沉入地平线下。暮霭，傍晚时候山林间升起的雾气。
　　④ 度鸟：飞鸟。李白诗："天涯有度鸟。"杜甫诗："途远欲何向。"
　　⑤ 奔云：流云。陶潜《归去来兮辞》："云无心以出岫，鸟倦飞而知还。"
　　⑥ "登临"二句：意谓家中有稚子候门，只得未尽兴而返。

登快阁①

北宋·黄庭坚

痴儿了却公家事②，快阁东西倚晚晴③。
落木千山天远大④，澄江一道月分明⑤。
朱弦已为佳人绝⑥，青眼聊因美酒横⑦。
万里归船弄长笛⑧，此心吾与白鸥盟⑨。

【题解】

　　这是黄庭坚在泰和知县任上登快阁时所作的抒情诗。诗人说，我这个呆子办完公事，登上了快阁，在这晚晴余晖里，倚栏远眺。起首处诗人从"痴儿了却公家事"说起，透露了对官场生涯的厌倦和对登快阁亭欣赏自然景色的渴望；然后，渐入佳境，诗人陶醉在落木千山、澄江月明的美景之中，与起首处对"公家事"之"了却"形成鲜明对照。尾句引出了诗人的"归船"、"白鸥"之想，意味隽永，想象无穷。

【注 释】

①快阁：在吉州泰和县（今属江西）东澄江（赣江）之上，以江山广远、景物清华著称。此诗作于元丰五年（1082）作者任泰和令时。

②此句意思是说，自己并非大器，只会敷衍官事。痴儿，作者自指，清谈家崇尚清谈，反对务实的观点，认为一心想把官事办好的人是"痴儿"，黄庭坚这里反用其意，以"痴儿"自许。

③东西：东边和西边，指在阁中四处周览。倚：倚靠。

④落木：落叶。

⑤澄江：指赣江。澄，澄澈、清澈。

⑥"朱弦"句：《吕氏春秋·本味》："钟子期死，伯牙破琴绝弦，终身不复鼓琴，以为世无足复为鼓琴者。"朱弦：这里指琴。佳人：美人，引申为知己、知音。

⑦青眼：黑色的眼珠在眼眶中间，青眼看人则是表示对人的喜爱或重视、尊重，指正眼看人。聊：姑且。

⑧弄：演奏。

⑨与白鸥盟：后人以与鸥鸟盟誓表示毫无机心，这里是指无利禄之心，借指归隐。

【名句】

落木千山天远大，澄江一道月分明。

南乡子

北宋·黄庭坚

重阳日，宜州城楼宴集，即席作。

诸将说封侯，短笛长歌独倚楼。万事尽随风雨去，休休，戏马台南金络头^①。

催酒莫迟留，酒味今秋似去秋。花向老人头上笑，羞羞，白发簪花不解愁。

【题解】

这首词是作者的一首绝笔词。词的开头两句就描绘了一组对立的形象：诸将侃侃而谈，议论立功封侯，而自己却悄然独立，和着笛声，倚楼长歌。此词借助笛声与歌声把读者带入了一种悠长深远的意境中，超然之情蕴含于不言之中，自有一种韵外之致，味外之旨。"吹笛倚楼"用唐赵嘏《长安秋望》诗中的名句"残星几点雁横塞，长笛一声人倚楼"，正切此词写重九登高远望之意。

【注释】

① 戏马台：一名"掠马台"，项羽所筑，在今江苏徐州市南。晋安帝

义熙十二年（416），刘裕北征，九月九日会僚属于此，赋诗为乐，谢瞻与谢灵运各赋《九日从宋公戏马台集送孔令》一首。金络头：精美的马笼头，代指功名。

鄂州南楼书事①

北宋·黄庭坚

四顾山光接水光②，凭栏十里芰荷香③。
清风明月无人管，并作南楼一味凉④。

【题解】

　　这首诗描写的是夏夜登楼眺望的情景。"明月"在诗中起了重要的作用：因为有朗朗的明月，才能在朦胧中看到难以区别的山水一色的景象，才知道闻见的花香是十里芰荷散发的芬芳。特别妙的是诗的后两句，本来只有清风送爽，可是因为皎洁的月光，它那么柔和、恬静，所以诗人觉得清风带着月光，月光就像清风，它们融合在一起送来了凉爽和舒适。

【注释】

　　① 鄂州：在今湖北省武汉、黄石一带。南楼：在武昌蛇山顶。
　　② 四顾：向四周望去。山光、水光：山色、水色。
　　③ 十里：形容水面辽阔。芰（jì）：菱角。
　　④ 并：合并在一起。一味凉：一片凉意。

雨中登岳阳楼望君山二首①

北宋·黄庭坚

其 一

投荒②万死鬓毛斑，生出瞿塘③滟滪关。
未到江南④先一笑，岳阳楼上对君山。

其 二

满川风雨独凭栏⑤，绾结湘娥十二鬟⑥。
可惜不当⑦湖水面，银山堆里看青山。

【题 解】

　　诗人自绍圣初因修国史被政敌诬陷遭贬，到徽宗即位，政治地位才略有改善。建中靖国元年（1101），作者出了四川，次年，又从湖北沿江东下，经过岳阳，准备回到故乡去。这时，他已被贬七年，流转在四川湖北一带，环境非常恶劣，又到了对于古人来说算是高龄的五十七岁。长途漂泊，旅况萧条，在风雨中独上高楼，所以一方面为自己能够在投荒万死之后平安地通过滟滪天险活着生还而感到庆幸，另一方面回首平生，瞻望前路，又不能不痛定思痛，黯然神伤。

【注 释】

　　①岳阳楼：即岳阳城西门楼，下临洞庭湖。君山：洞庭湖中的一座小岛。
　　②投荒：贬官到荒僻的地方。
　　③瞿塘：峡名，在四川省奉节县附近。滟滪关：滟滪堆是矗立在瞿

塘峡口江中的一块大石头。附近的水流得非常急，是航行很危险
的地带。

④ 江南：这里泛指长江下游南岸。包括作者的故乡分宁在内。

⑤ 川：这里指洞庭湖。

⑥ 这句写风雨凭栏时所见的君山。绾结：（将头发）向上束起。十二鬟：
是说君山丘陵起伏，有如女神各式各样的发髻。

⑦ 当：正对着，指在湖面上面对着湖水。

卖花声·题岳阳楼①

北宋·张舜民

木叶下君山，空水漫漫。十分斟酒敛芳颜②。不是渭城西去客，
休唱阳关③。

醉袖抚危阑④，天淡云闲。何人此路得生还？回首夕阳红尽处，
应是长安⑤。

【题解】

此词道出了谪贬失意的心情，是题咏岳阳楼的词中颇具代表性的一
篇。全词沉郁悲壮，起伏跌宕，扣人心弦，写得层次分明，情意厚重，
深挚含蓄，悲壮凄凉，将作者对无端遭贬谪的迁愁谪恨写得淋漓尽致，
具有较强的艺术感染力。

【注释】

① 卖花声：唐教坊曲名，后用为词牌名。

② 敛芳颜：收敛容颜，肃敬的样子。
③ 阳关：古关名，今甘肃敦煌县西南。此处指古曲《阳关三叠》，
　　又名《阳关曲》，以王维《送元二使安西》诗引申谱曲，增添词句，
　　抒写离情别绪。因曲分三段，原诗三反，故称"三叠"。
④ 危：高。
⑤ 长安：此指汴京。

忆秦娥

北宋·李之仪

用太白韵

清溪咽。霜风洗出山头月。山头月。迎得云归，还送云别。

不知今是何时节。凌歊望断音尘绝①。音尘绝。帆来帆去，天
际双阙②。

【题解】

　　这是一首写景抒怀的小词。上片写景：有清溪、霜风、山月，还有
山月下随风飘动的流云。一个"咽"字，传出了"清溪"哽哽咽咽的声
音。云归云别，烘云托月，使皎洁的山月，更见皎洁。词人触景生情，
怀念帝乡之感油然而生。词人盼望帝京，而"音尘绝"则可见词人的失
望与怅惘。

【注释】

① 凌歊（xiāo）：凌歊台。南朝宋孝武帝曾登此台，并筑离宫于此，遗址在今安徽当涂县西。

② 双阙：古代宫门前两边供瞭望用的楼，代指帝王的住所。

六州歌头

北宋·贺铸

少年侠气，交结五都雄^①。肝胆洞，毛发耸^②。立谈中，死生同。一诺千金重^③。推翘勇，矜豪纵^④。轻盖拥，联飞鞚，斗城东^⑤。轰饮酒垆，春色浮寒瓮，吸海垂虹^⑥。间呼鹰嗾犬，白羽摘雕弓，狡穴俄空^⑦。乐匆匆。

似黄粱梦，辞丹凤；明月共，漾孤篷^⑧。官冗从，怀倥偬^⑨；落尘笼，簿书丛。鹖弁如云众，供粗用，忽奇功。笳鼓动，渔阳弄，思悲翁。不请长缨，系取天骄种，剑吼西风。恨登山临水，手寄七弦桐，目送归鸿。

【题解】

本词作于元祐三年（1088），当时西夏屡犯边界，词人以侍卫武官之阶出任和州管界巡检，目睹朝廷对西夏所抱的屈辱态度，十分不满，但他人微言轻，不可能铮铮于朝廷之上，只能将一股抑塞悲愤之气发之为声，写下这首曲词悲壮、声情激越的《六州歌头》。全词感情充沛，叙事与抒情结合，抒发了作者报国无门、忧国忧民的情怀。

【注 释】

① 五都：泛指北宋的各大城市。

② 肝胆洞，毛发耸：待人真诚，肝胆照人，遇到不平之事，便会怒发冲冠，具有强烈的正义感。

③ 一诺千金：喻一言既出，驷马难追，诺言极为可靠。

④ 推翘勇，矜豪纵：推崇的是出众的勇敢，狂放不羁傲视他人。

⑤ "轻盖拥"三句：轻车簇拥联镳驰逐，出游京郊。盖，车盖，代指车。鞿，有嚼口的马络头。飞，飞驰的马。斗城，汉长安故城，这里借指汴京。

⑥ "轰饮酒垆"三句：在酒店里豪饮，酒坛浮现出诱人的春色，少侠们像长鲸和垂虹那样饮酒，顷刻即干。

⑦ "间呼鹰嗾犬"三句：他们间或带着鹰犬去打猎，刹那间便荡平了狡兔的巢穴。嗾，指使犬的声音。

⑧ 漾孤篷：驾孤舟漂流于水中。

⑨ 冗从：散职侍从官。倥偬：事多、繁忙。

下水船

北宋·贺铸

芳草青门路①，还拂京尘东去。回想当年离绪，送君南浦②，愁几许。尊酒流连薄暮，帘卷津楼风雨。　　凭阑语，草草蘅皋赋③，分首惊鸿不驻④。灯火虹桥，难寻弄波微步。漫凝伫，莫怨无情流水，明月扁舟何处。

【题 解】

本词主要以再离别勾起对往日的忆念，在浓重的离情别绪渲染中，对往日恋情进行深刻的追思。词人由离而生情，勾起对往日的回忆，由往日的离情，写到对往日恋人的追思。借助于"尊酒流连"、凭阑无语、幻觉感悟、枉然凝伫等一系列形象化动作，表现了对恋人永难摆脱的缠绵依恋之情。"莫怨"两字，又将离别的愁情、情场的失意与宦海风波融合在一起，使该词所抒之情更为浑厚，意境更为深沉。

【注 释】

① 青门：原指汉代长安东南门霸城门，因门青色故称青门，这里代指宋汴京城东门。
② 南浦：送别之地的代称。
③ 蘅皋赋：当指曹植《洛神赋》，因赋中有"尔乃税驾乎蘅皋"等句。
④ 惊鸿：形容女性轻盈如雁之身姿。如曹植《洛神赋》："其形也，翩若惊鸿，宛若游龙，荣曜秋菊，华茂春松。"

天门谣·登采石蛾眉亭

北宋·贺铸

牛渚天门险①，限南北、七雄豪占②。清雾敛，与闲人登览。
待月上潮平波滟滟，塞管轻吹新阿滥③。风满槛，历历数④、西州更点⑤。

【题 解】

词人以雄劲笔力描绘天门山的险峻和历史上群豪纷争的状况。如此要地如今却只供"闲人登览"，其中可见词人兴亡之慨。词人想象月夜

天门山的景色，水波、羌笛以及更点，表现了夜色的清幽宁静，见出词人心胸之旷达。全词意境旷达深远，读来令人荡气回肠。

【注 释】

① 牛渚：山名，在安徽当涂西北长江边。其山脚突出于长江部分，叫采石矶。古时为大江南北重要津渡，也为兵家必争之地。
② 七雄豪占：牛渚山采石矶历来为战略要地。吴、东晋、宋、齐、梁、陈及南唐七代均建都于金陵。
③ 塞管：即羌笛。阿滥：笛曲，即《阿滥堆》。
④ 历历：清晰。
⑤ 西州：西州城，在金陵西。更点：晚上报时的更鼓声。

风流子

北宋·张耒

木叶亭皋下^①，重阳近，又是捣衣秋。奈愁入庾肠^②，老侵潘鬓，谩簪黄菊，花也应羞。楚天晚，白蘋烟尽处，红蓼水边头。芳草有情，夕阳无语，雁横南浦，人倚西楼。　　　玉容知安否？香笺共锦字，两处悠悠。空恨碧云离合^③，青鸟沉浮^④。向风前懊恼，芳心一点，寸眉两叶，禁甚闲愁？情到不堪言处，分付东流。

【题 解】

张耒（1054—1114），宋代文学家，苏门四学士之一。这是一首描写思乡之情与思念妻子的词。上片写出秋景秋色中的思乡之情。景语皆含情。"香笺"四句，写游子对闺中人的怀想。接着转以想象之笔设想妻子思念游子时的痛苦情状，表达了游子对妻子深挚的爱情和痛苦的思恋。结尾两句抒发情到深处，欲说还休，韵味悠长。

【注 释】

① 亭皋（tíng gāo）：指水边平地。

② 愁入庾肠：北周时庾信曾做过《愁赋》，有"谁知一寸心，乃有万斛愁"句，表达乡关之思，羁旅异域之苦。此处作者自喻。

③ 碧云离合：指离别。江淹《休上人怨别》诗有"日暮碧云合，佳人殊未来"之句，这里借写对闺中人的怀思。

④ 青鸟：神话中西王母饲养的鸟，能传递信息。后常以此指传信的使者。

惜分飞

北宋·毛滂

泪湿阑干花著露，愁到眉峰碧聚。此恨平分取，更无言语空相觑。　　断雨残云无意绪①，寂寞朝朝暮暮。今夜山深处，断魂分付潮回去。

【题 解】

全词写与琼芳恨别相思之情。词人追忆两人恨别之状，"泪湿阑干花著露"，用白居易《长恨歌》"玉容寂寞泪阑干，梨花一枝春带露"诗意，写女子离别时泪流潸潸，如春花挂露。词人与心上人别后的凄凉寂寞，思念之情非常强烈。词人将刻骨铭心的相思，淋漓尽致地表达出来。此词感情自然真切，音韵凄婉，直抒胸臆，达到了"语尽而意不尽，意尽而情不尽"的艺术效果。

【注 释】

① 意绪：心意，情绪。

虞美人

北宋·李廌

玉阑干外清江浦 ①，渺渺天涯雨 ②。好风如扇雨如帘，时见岸花汀草涨痕添。　　青林枕上关山路 ③，卧想乘鸾处 ④。碧芜千里思悠悠，惟有霎时凉梦到南州 ⑤。

【题 解】

该词是词人写春夏之交的雨景并由此而勾起的怀人情绪。清江烟雨，是阑干内人物所接触到的眼前景物；渺渺天涯，是一个空远无边的境界。见到天涯的雨，很自然地会联想到离别的人，一种怀人的孤寂感不免要涌上心头。怀人念远的词，容易写得凄抑，读者往往会感到心情上的不舒畅，这词却能扫除一切流泪断肠的字面。

【注 释】

① 清江浦：又名沙河，在今江苏淮阴市北淮河与运河汇合处。

② 渺渺：形容雨大，迷蒙一片。

③ 青林：喻梦魂。

④ 乘鸾：秦穆公之女弄玉好乐，萧史善箫，穆公为筑凤楼，二人吹箫，
凤凰来集，遂乘而仙去。

⑤ 南州：南方。

蝶恋花

北宋·赵令畤

卷絮风头寒欲尽①。坠粉飘红，日日香成阵。新酒又添残酒困。
今春不减前春恨。

蝶去莺飞无处问。隔水高楼，望断双鱼信②。恼乱横波秋一寸③。
斜阳只与黄昏近。

【题 解】

这是一首伤春怀人之作。上片写暮春景色。落红成阵，柳絮纷飞，
春色恼人，杯酒难解新愁与旧愁。下片抒写怀人的情思。蝶去莺飞，江
水隔阻，秋波望断，全无消息，而时近黄昏，更觉心绪烦乱。全词抒情
细腻，婉丽多姿。词中以惜花托出别恨，以暮色渲染出音信断绝的愁苦、
郁闷。全词情景交融，细腻地营造出清丽哀愁的词境。

【注 释】

① "卷絮"句：意思是说落花飞絮，天气渐暖，已是暮春季节。

② 双鱼信：书简。古诗："客从远方来，遗我双鲤鱼。呼儿烹鲤鱼，

中有尺素书。"

③ 秋一寸：眼目。

转调二郎神

北宋·徐伸

　　闷来弹鹊①，又搅碎、一帘花影。漫试著春衫，还思纤手，熏彻金猊烬冷②。动是愁端如何向，但怪得、新来多病。嗟旧日沈腰③，如今潘鬓④，怎堪临镜？　　重省。别时泪渍，罗衣犹凝⑤。料为我厌厌，日高慵起，长托春醒未醒⑥。雁足不来⑦，马蹄难驻，门掩一庭芳景。空伫立，尽日阑干倚遍，昼长人静。

【题解】

　　这首词表现了丰富的想象力，描写真切，用笔细腻，善于捕捉典型的场景和生活细节，用以传情，充分发挥了形象思维的特点，创造了独具特色的艺术境界，因此感人至深。如结尾"空伫立，尽日阑干倚遍，昼长人静"，已经成为词中名句，以景传情，以情感人，其艺术魅力历千年而不衰。

【注释】

① 弹鹊：用弹弓把喜鹊赶走。

② 漫：随意，漫不经心。金猊烬冷：金猊炉内香灰已冷。金猊，狮形的铜香炉。

③ 沈腰：瘦腰。

④ 潘鬓：未老头白。

⑤ 凝：凝结。

⑥ 酲：醉酒。

⑦ 雁足：雁足传书，代指信使。

【名句】

空伫立，尽日阑干倚遍，昼长人静。

南柯子·春景

北宋·田为

梦怕愁时断，春从醉里回。凄凉怀抱向谁开？些子清明时候被莺催①。

柳外都成絮，栏边半是苔。多情帘燕独徘徊，依旧满身花雨又归来。

【题 解】

这首词上片写离情相思，下片写久别盼归。开篇以对句起，点出"愁"字，开门见山，直抒愁怀。凄凉怀抱，无可告语，可见知心人不在身边，因而感到格外孤寂难堪。春天对于愁人来说，似乎是可有可无的。该词言情体物颇有韵致而又含蓄。

【注释】

① 些子：少许，一点儿。

蝶恋花

北宋·谢逸

豆蔻梢头春色浅①。新试纱衣，拂袖东风软。红日三竿帘幕卷。画楼影里双飞燕。　　拢鬓步摇青玉碾②。缺样花枝，叶叶蜂儿颤。独倚阑干凝望远。一川烟草平如剪③。

【题解】

这首词明写春景，暗抒怀人之情。上片写景。风和日丽，春光明媚。画楼双燕，帘幕高卷。下片写人。凝妆登楼，倚阑远望，唯见"一川烟草平如剪"。全词含蓄婉转，余意不尽。

【注释】

① 豆蔻：植物名，春日开花。诗词中常用以比喻少女。
② 步摇：古代妇女首饰。
③ 烟草：形容草色如烟。

帝台春·芳草碧色

北宋·李甲

芳草碧色，萋萋遍南陌。暖絮乱红，也似知人，春愁无力。忆得盈盈拾翠侣^①，共携赏、凤城寒食^②。到今来，海角逢春，天涯为客。

愁旋释，还似织；泪暗拭，又偷滴。漫伫立，倚遍危阑，尽黄昏，也只是暮云凝碧。拚则而今已拚了，忘则怎生便忘得？又还问鳞鸿^③，试重寻消息。

【题 解】

这是一首伤春词，写天涯倦客春日依栏怀人之情。词人漂泊遥远异地，突然看到一片春色，不禁忆起过去曾发生过的令人难忘的春梦往事，尽管已时过境迁，但衷情难忘，春梦常伴在自己的生活中。词的上片写海角春愁，下片写依栏盼音。

【注 释】

① 盈盈拾翠侣：指体态丰盈、步履轻盈的踏青拾翠的伴侣。
② 凤城：指京城。
③ 鸿：鱼雁。相传鱼雁可以传书。

点绛唇

北宋·魏夫人

波上清风，画船明月人归后，渐消残酒。独自凭阑久。

聚散匆匆，此恨年年有，重回首。淡烟疏柳。隐隐芜城漏①。

【题解】

　　这首词写月夜送别，侧重点在居者的忧思、别后月夜的伫望和凝想。清新雅洁，幽怨缠绵。上片写景，明月清风，画船载酒，转眼夜阑人散，残酒渐消，独自凭栏，不胜怅惘。下片抒情，叹人生聚散匆匆，别恨年年。抒发了离愁别绪，是有感于人生聚散无常而作。

【注释】

　　① 芜城：扬州别称。

临江仙

北宋·陈与义

　　忆昔午桥桥上饮①，坐中多是豪英。长沟流月去无声②。杏花疏影里，吹笛到天明。

　　二十余年如一梦，此身虽在堪惊。闲登小阁看新晴③。古今多少事，渔唱起三更④。

【题解】

　　这首词是陈与义退居青墩镇僧舍时所作。当时作者四十六或四十七岁，他追忆起二十多年前的洛阳旧游，那时是徽宗政和年间，当时天下太平无事，可以有游赏之乐。其后金兵南下，北宋灭亡，陈与义流离逃难，备尝艰苦，而南宋朝廷在南迁之后，仅能自立，回忆二十多年的往事，真是百感交集。但是当他作词以抒发此种悲慨之时，并不直抒胸臆，而是用委婉的笔调唱叹而出。

【注释】

① 午桥：桥名，在洛阳县南十里外。
② 长沟：此句即杜甫《旅夜书怀》"月涌大江流"之意，谓时间如流水般逝去。
③ 新晴：指雨后初晴时的月色。
④ 渔唱：打鱼人的歌儿。这里作者叹惜前朝兴废的历史。

【名句】

杏花疏影里，吹笛到天明。

登岳阳楼 二首选一

北宋·陈与义

其 一

洞庭之东江水西，帘旌不动夕阳迟①。
登临吴蜀横分地②，徙倚湖山欲暮时③。
万里来游还望远，三年多难更凭危④。
白头吊古风霜里⑤，老木沧波无限悲。

【题 解】

　　这首诗写了诗人登楼的所见所感，虽是抒写到岳阳楼游玩，但心系国家政事，忧国忧民，借登楼谱写了一首爱国诗篇。诗人从大处着墨，以洞庭湖和长江为背景，在一个宏观视野中隆重推出岳阳楼。诗人已届四十，到了不惑之年。"风霜"明指自然事物，实喻社会现实，语意双关，可谓"状难写之景，如在目前，含不尽之意，见于言外"（欧阳修《六一诗话》引梅尧臣语）。

【注 释】

　①帘旌（jīng）：酒店或茶馆的招子。夕阳迟：夕阳缓慢地下沉。迟，缓慢。
　②吴蜀横分地：三国时吴国和蜀国争夺荆州，吴将鲁肃曾率兵万人驻扎在岳阳。横分，这里指瓜分。
　③徙倚：徘徊。
　④三年多难：宋钦宗靖康元年（1126）春天北宋灭亡，到写此诗时已有三年。凭危：指登楼。凭，靠着。危，指高处。
　⑤吊古：哀吊，凭吊。

夏日登车盖亭 ① 十首选一

北宋·蔡确

其 二

　　纸屏石枕竹方床，手倦抛书午梦长。
　　睡起莞然成独笑 ②，数声渔笛在沧浪 ③。

【题 解】

　　这是《夏日登车盖亭》十首中的一首。作者因为写了这组诗接连几次受贬。但这首诗并没有太深的含义，只是写作者在水亭纳凉时的一种感受。他高卧水亭，酣然入梦，醒后听见数声渔笛，认为自己的闲逸与渔家的身居江湖已很接近，所以独自发笑。诗中的"手倦抛书"形容入睡情态，"睡起莞然成独笑"写睡后悠然自得的感觉，特别是独自哑然失笑，都写得形象入微。

【注 释】

　　① 车盖亭：亦称车盖云亭，简称车盖亭。车盖亭俗称凉伞石，位于安陆城西北十五公里处，与广水平林镇隔河相对。
　　② 莞然：微笑的样子。
　　③ 沧浪：青苍色。借指青苍色的水。

微雨登城 二首选一

北宋·刘敞

其 一

雨映寒空半有无①，重楼闲上倚城隅②。
浅深山色高低树，一片江南水墨图③。

【题 解】

　　这首诗展现了一幅雨映寒空、山深树幽、倚楼眺望的水墨画，运用

白描手法，描绘出一幅江南水墨图。"水墨图"前着以"江南"二字，"山色"的清逸潇洒之致，就给读者留下了想象的余地。虽无细腻的景物刻画，却更能显示景物的绰约多姿，更能引发读者悠远的联想。

【注 释】

① 半有无：是说空中细雨丝丝，若有若无。
② 重楼：层楼。城隅：城角。
③ 水墨图：水墨画，指不施色彩纯用水墨绘制的画图。

烛影摇红·题安陆浮云楼①

南宋·廖世美

霭霭②春空，画楼森耸凌云渚。紫薇③登览最关情，绝妙夸能赋。惆怅相思迟暮④。记当日、朱阑共语。塞鸿难问，岸柳何穷，别愁纷絮。

催促年光，旧来流水知何处？断肠何必更残阳，极目伤平楚⑤。晚霁⑥波声带雨⑦。悄无人、舟横野渡。数峰江上，芳草天涯，参差⑧烟树。

【题 解】

这是一首登楼怀远之词。该词熔裁前人诗词，又自出境界。"紫薇"两句咏古，说杜牧曾登临此楼，写下绝妙诗篇。杨柳最易牵惹人们的离愁别绪，而人的别愁，又如同无穷数的岸柳之无穷数的柳絮那样多，那样纷起乱攒。空余岸柳，别愁无限，词人直抒胸臆。

【注 释】

① 安陆：今湖北省安陆市。浮云楼：即浮云寺楼。
② 霭霭：云气密集的样子。
③ 紫薇：星名，位于北斗东北。
④ 迟暮：黄昏，晚年。屈原《离骚》有"日月忽其不淹兮，春与秋其代序。惟草木之零落兮，恐美人之迟暮。"淹，时间长。
⑤ 平楚：登高望远，树林处树梢齐平，称平楚。也可代指平坦的原野。
⑥ 霁：雨雪停止。
⑦ 带雨：韦应物《滁州西涧》："春潮带雨晚来急，野渡无人舟自横。"
⑧ 参差：高下不齐貌。

朝中措

南宋·朱敦儒

登临何处自销忧？直北看扬州①。朱雀桥边晚市②，石头城下新秋③。

昔人何在？悲凉故国④，寂寞潮头。个是一场春梦⑤，长江不住东流！

【题 解】

这首词暗示出南宋王朝前途濒危，表达了词人对国家的忧患和关心。词中上片所写，正是从建康望扬州的情事。在当时，建康还是登临销忧之地。下片表现经乱后的情思。江山犹是，人物全非。回首前尘往事，真如一场春梦，所以说"个是一场春梦"。结句是江河日下意，象征国家的情势越来越恶劣，不断走下坡路，寄寓作者关心祖国的思想感情。

【注释】

①扬州:金兵攻下洛阳后,宋高宗从扬州移居建安,扬州成了抗金前线。

②朱雀桥:建安城正南门朱雀门外的大桥,六朝时曾是繁华的地方。

③石头城:即建安,今南京城。

④故国:六朝都曾在南京建都,故国指六朝。

⑤春梦:意喻六朝往事如同一场春梦。

霜天晓角·题采石蛾眉亭①

南宋·韩元吉

倚天绝壁②,直下江千尺。天际两蛾凝黛③,愁与恨④,几时极⑤!

暮潮风正急,酒阑闻塞笛⑥。试问谪仙何处⑦?青山外⑧,远烟碧。

【题解】

此词虽名为题咏山水之作,但寓有作者对时局的感慨,流露出他对祖国河山和历史的无限热爱。韩元吉一贯主张北伐抗金,恢复中原故土,但反对轻举冒进。他愁的是金兵进逼,南宋当局抵抗不力,东南即将不保;恨的是北宋覆亡,中原故土至今未能收复。"几时极"三字,把这愁恨之情扩大加深。该词向来被认作是咏采石矶的名篇。它以景语发端,又以景语结尾;中间频用情语作穿插。但无论是景语或情语,都饶有兴致。

【注 释】

① 采石峨眉亭：采石矶，在安徽当涂县西北牛渚山下突出于江中处。峨眉亭建立在绝壁上。

② 倚天：一作"倚空"。

③ 两蛾凝黛：把长江两岸东西对峙的梁山比作美人的黛眉。

④ 愁与恨：古代文人往往把美人的蛾眉描绘成为含愁凝恨的样子。

⑤ 极：穷尽，消失。

⑥ 塞笛：边笛，边防军队里吹奏的笛声。当时采石矶就是边防的军事重镇（1161年虞允文曾大败金兵于此）。闻塞笛，暗示了作者的感触。

⑦ 谪仙：李白，唐人称为谪仙。他晚年住在当涂，并且死在那里。

⑧ 青山：在当涂东南，山北麓有李白墓。

江阴浮远堂 ①

南宋·戴复古

横冈下瞰大江流 ②，浮远堂前万里愁。
最苦无山遮望眼，淮南极目尽神州 ③。

【题 解】

诗人借助江、山来烘托表现深愁，于是使原来抽象的情感显得十分形象、真切。只因无山遮隔，才致使中原沦丧之地尽收眼底，触目辛酸，令人生悲。由于"无山"，故能"极目"，因"极目"而视通万里，由此而生"万里愁"。望之则不忍，不望又不能，于是深悔这次登上供北望的浮远堂为多此一举了。该诗充分表达了诗人对国耻不雪、国土不归的极度悲愤之情。

【注 释】

① 江阴：今属江苏。浮远堂：堂名浮远，取苏轼《同王胜之游蒋山》
诗中"江远欲浮天"意。

② 瞰：向下看，俯视。

③ 淮南：指今江苏、安徽省长江以北、淮河以南之地。南宋与金议和，
划淮为界。故由长江南岸的江阴北望中原，要从淮南看过去。极目：
穷尽眼力。神州：原指全国。

柳梢青·岳阳楼

南宋·戴复古

袖剑飞吟^①。洞庭青草^②，秋水深深。万顷波光，岳阳楼上，一
快披襟^③。　　　　不须携酒登临。问有酒、何人共斟？变尽人间，
君山^④一点，自古如今。

【题 解】

戴复古生活在南宋后期，其时收复北方领土已经无望，南方的偏安
局面也在风雨飘摇之中。所以词人面对"自古如今"岿然不动的"一点"
君山，难免要想起备受践踏的"偌大"中国。可是当时的统治者流连光
景或苟且度日，有谁能共饮词人之酒呢？

【注 释】

① 袖剑飞吟：相传吕洞宾三醉岳阳楼，留诗于壁上，曰："朝游百越

暮苍梧，袖里青蛇胆气粗。三入岳阳人不识，朗吟飞过洞庭湖。"青
蛇"，指剑。"袖剑"即"袖里青蛇"之意。"飞吟"，即"朗吟飞过"
之意。作者即以吕洞宾的行动自比。

② 洞庭青草：青草湖是洞庭湖的一部分，二湖相通，总称洞庭湖。

③ 一快披襟：宋玉《风赋》"楚襄王游于兰台之宫，宋玉、景差侍。
有风飒然而至，王乃披襟而当之，曰：'快哉此风。'"

④ 君山：在洞庭湖。

永遇乐·秋夜有感

南宋·李纲

秋色方浓，好天凉夜，风雨初霁。缺月如钩，微云半掩，的烁
星河碎①。爽来轩户，凉生枕簟②，夜永悄然无寐。起徘徊，凭栏凝伫，
片时万情千意。

江湖倦客，年来衰病，坐叹岁华空逝。往事成尘，新愁似锁，
谁是知心底。五陵萧瑟，中原杳杳，但有满襟清泪。烛兰釭③，呼
童取酒，且图径醉。

【题 解】

李纲（1083—1140），北宋末、南宋初抗金名臣，民族英雄。号
梁溪先生，祖籍福建邵武。他能诗文，写有不少爱国诗篇。亦能词，其
词作形象鲜明生动，风格沉雄劲健。著有《梁溪先生文集》《梁溪词》等。
本首词作抒发词人忧时伤国的情怀。上片写秋夜景色，在凉爽的秋夜中
词人却无法入睡。下片写词人感叹年华白白逝去，抒发报国无门，郁郁
不得志的心绪。但更多的是忧国运，身被排斥，无能为力，只有暗垂泪，
只能酒醉中片刻安慰。

【注 释】

① 的烁：光亮、鲜明貌。
② 枕簟：枕席。泛指卧具。
③ 兰缸：燃兰膏的灯，亦用以指精致的灯具。

浣溪沙

南宋·张元幹

山绕平湖波撼城。湖光倒影浸山青。水晶楼下欲三更。
雾柳暗时云度月，露荷翻处水流萤①。萧萧散发到天明②。

【题 解】

　　首句"山绕平湖波撼城"，真实地展现了连绵不断的山势与波涛汹涌的水势。"波撼城"是化用唐孟浩然《望洞庭湖赠张丞相》诗"八月湖水平，涵虚混太清。气蒸云梦泽，波撼岳阳城"的句意。月夜登楼眺望流连忘返，婉转地表达出词人沉浸于清旷秀丽的大自然之中的情趣。全词情景相生，密切相连。词人不仅把几个自然物景——飞云度月、湖光倒影、青山、岸柳和露荷，巧妙地结合成一幅和谐统一的画面，而且更突出景中人领略自然美景的特有的神情。

【注 释】

① 水流萤：月下荷叶露珠闪光，晶莹如萤火。
② 萧萧：疏散貌。

唐多令

南宋·刘过

安远楼小集，侑觞歌板之姬黄其姓者，乞词于龙洲道人，为赋此《唐多令》。同柳阜之、刘去非、石民瞻、周嘉仲、陈孟参、孟容。时八月五日也。

芦叶满汀洲，寒沙带浅流。二十年重过南楼①。柳下系舟犹未稳，能几日，又中秋。

黄鹤断矶头②，故人曾在否？旧江山浑是新愁③。欲买桂花同载酒，终不似，少年游。

【题 解】

这是一首名作，后人誉为"小令中之工品"。词写秋日重登二十年前旧游地武昌南楼，所见所思，缠绵凄怆。在表层山水风光乐酒流连的安适下面，可以感到作者心情的沉重、失落，令人辛酸。这淡淡而深深的哀愁，如满汀洲的芦叶，如带浅流的寒沙，不可胜数莫可排遣。面对大江东去、黄鹤断矶，竟无豪情可抒！

【注 释】

①南楼：指安远楼，在武昌黄鹄山（又称黄鹤山）上。当时武昌是南宋和金人交战的前方。

②黄鹤断矶：黄鹤矶，在武昌城西，上有黄鹤楼。

③浑是：全是。

浪淘沙

南宋·韩疁①

莫上玉楼看，花雨斑斑，四垂罗幕护朝寒②。燕子不知春去也，飞认栏杆。

回首几关山，后会应难，相逢只有梦魂间。可奈梦随春漏短③，不到江南。

【题解】

此词所写的不是一般的离愁别恨。词人表面上似乎在替一位女子抒发怀念远客江南的爱人的幽怨，实则是借此寄托北方人民怀念南宋朝廷的亡国之痛。

【注释】

① 韩疁：生卒年不详，字子耕，号萧闲，有《萧闲词》一卷，不传。
② 朝寒：早晨的寒冷。
③ 春漏：春日的更漏。多指春夜。

蝶恋花

南宋·朱淑真

楼外垂杨千万缕。欲系青春，少住春还去。独自风前飘柳絮，随春且看归何处。

绿满山川闻杜宇^①。便做无情，莫也愁人苦。把酒送春春不语，黄昏却下潇潇雨^②。

【题 解】

作者独出心裁，把天空随风飘舞的柳絮，描写为似乎要尾随春天归去，去探看春的去处，把它找回来。远望着这暮春的山野，听到传来的杜鹃鸟的凄厉叫声，词人在想：杜鹃即使无情，也为"春去"而愁苦。看到在黄昏中忽然下起的潇潇细雨，词人用一个"却"字，把"雨"变成了对春的送行，把暮雨同送春紧密相连，更耐人寻味。

【注 释】

① 杜宇：杜鹃鸟。

② 潇潇雨：暴雨、疾雨。潇潇是雨声。

菩萨蛮·咏梅

南宋·朱淑真

湿云不渡溪桥冷。蛾寒初破东风影^①。溪下水声长，一枝和月香。人怜花似旧，花不知人瘦。独自倚栏杆，夜深花正寒。

【题 解】

这首词是体现朱淑真"清新婉丽、蓄思含情"（宋代魏端礼评语）

之优秀风格的代表作。夜深了，连不畏苦寒的梅花尚且因寒气包围似乎瑟瑟有声，而本已瘦弱伶仃的女词人竟思绪联翩无法拥衾入睡，还在"独自倚栏杆"。"花不知人瘦"是别出心裁的拟人句，在赋予"花"以人性的同时，又巧妙地渗透了词人对花的情愫。词人的爱梅咏梅正是她热爱美、热爱生活、热爱现实人生的艺术体现。

【注 释】

① 蛾寒："蛾"在此通"俄"，为俄顷、不久之意。"蛾寒"犹轻寒、嫩寒之意。

谒金门·春半

南宋·朱淑真

春已半①，触目此情无限。十二阑干闲倚遍②，愁来天不管。
好是风和日暖，输与莺莺燕燕③。满院落花帘不卷，断肠芳草远④。

【题 解】

这是一首写春愁闺怨的词。这首词中作者抒发日日思念意中人却无法相见的痛苦之情。"十二阑干闲倚遍，愁来天不管。"形象地表现了她的愁绪。朱淑真心中虽也有恋人，但她却不能违背"父母之命，媒妁之言"，不得不嫁给一个庸俗之徒，故她痛苦的感情非常强烈。但朱淑真写得隐晦，因为在古代婚后思念情人被视为非法，故难以明言。

【注 释】

① 春已半：化用李煜《清平乐》中："别来春半，触目愁肠断。"
② 十二阑干：指十二曲栏杆。语出李商隐《碧城三首》中的"碧城
　十二曲阑干"。
③ 输与：比不上、不如。
④ 芳草：在古代诗词中，多象征所思念的人。

忆王孙

南宋·李重元

萋萋芳草忆王孙①，柳外楼高空断魂。杜宇声声不忍闻，欲黄昏，
雨打梨花深闭门。

【题 解】

　　此词抒写春闺相思。见芳草而念王孙，登楼眺望而不见人归来。眼
前雨打梨花，窗外杜宇声声。春色恼人，动人愁思。结尾两句，渲染出
黄昏时分的凄恻气氛。伤离意绪，也就浮现纸上。全词清雅情深，轻柔
细腻，为词人的代表作。

【注 释】

　　① 萋萋：草茂盛貌。王孙：旧诗词中对男子的称呼。

鹧鸪天·惜别

南宋·严仁

一曲危弦断客肠^①。津桥掜柂转牙樯^②。江心云带蒲帆重，楼上风吹粉泪香。

瑶草碧，柳芽黄。载将离恨过潇湘。请君看取东流水，方识人间别意长。

【题解】

词人写楼上别筵情景：宴席将散，一曲哀弦，愁肠欲断。万种愁情，借琴曲传出，令人魄荡魂销。以悠悠不尽的东流江水，喻绵绵不断的离别愁情，令人回味不绝。作者借景抒情，层次分明，步步推进，蕴蓄着浓厚的惜别之情，是融情于景的典范。

【注释】

① 一曲危弦：弹奏一曲。危，高。弦，泛指乐器。
② 掜柂（liè duò）：柂通"舵"。扭转船舵。牙樯：饰以象牙的帆樯。

一丛花令

南宋·叶梦得

伤高怀远几时穷？无物似情浓。离愁正引千丝乱^①，更东陌^②、飞絮濛濛。嘶骑渐遥^③，征尘不断，何处认郎踪？

双鸯池沼水溶溶④，南北小桡通⑤。梯横画阁黄昏后⑥，又还是、斜月帘栊⑦。沉恨细思，不如桃杏，犹解嫁东风⑧。

【题 解】

此词写一位女子的恋人离开后，她独处深闺的相思和愁恨。上片写情郎远去，自己伤别的情景；下片写别后的寂寥处境及怨恨心态。写景和抒情不像常用的明分前后两截的结构，而是交替使用，景中有情、情中有景，彼此渗透，自然地结合在一起。词的结尾两句，通过形象而新奇的比喻，表现了女主人公对爱情的执著、对青春的珍惜、对幸福的向往、对无聊生活的抗议、对美好事物的追求，是历来传诵的名句。

【注 释】

①千丝：指很多柳条。丝，指杨柳的长条。

②陌：田间小路。

③嘶骑：嘶叫的马声。

④溶溶：宽广的样子。

⑤桡：划船的桨，这里指船。

⑥梯横：是说可搬动的梯子已被横放起来，即撤掉了。画阁：有彩绘装饰的楼阁。

⑦帘栊：带帘子的窗户。

⑧解：知道，能。嫁东风：原意是随东风飘去，即吹落。嫁，这里用其比喻义。李贺《南园十三首》诗之一："可怜日暮嫣香落，嫁与东风不用媒。"

【名 句】

沉恨细思，不如桃杏，犹解嫁东风。

八声甘州·寿阳楼八公山作^①

南宋·叶梦得

故都迷岸草^②，望长淮、依然绕孤城。想乌衣年少，芝兰秀发，戈戟云横^③。坐看骄兵南渡^④，沸浪骇奔鲸。转盼东流水，一顾功成。

千载八公山下^⑤，尚断崖草木，遥拥峥嵘。漫云涛吞吐，无处问豪英。信劳生、空成今古^⑥，笑我来、何事怆遗情。东山老^⑦，可堪岁晚，独听桓筝^⑧。

【题解】

词人随高宗南渡，系主战派人物之一，对朝廷内的主和派颇为不满，却无力改变，内心感到压抑。至寿阳登临八公山吊古，一方面仰慕当年谢石、谢玄在前线指挥作战，得到朝廷中谢安等人的有力支持；另一方面又想到历史上的英雄人物，为国事劳心劳力，也不过"空成今古"。因烦恼是排遣不掉的，所以结尾又有"可堪岁晚，独听桓筝"的凄凉寂寞和不满之情的倾吐。

【注释】

① 寿阳楼八公山：寿阳即今安徽寿县，战国楚考烈王和汉淮南王刘安均都此。八公山在城北，相传刘安时有八仙登此山，遂以为名。

② 故都：指寿阳。

③ 乌衣：巷名，建康淮河南，东晋谢氏家族聚集之地。年少：指谢玄。时谢玄四十岁，相对其叔谢安等而言。芝兰秀发：称赞谢玄的才略。戈戟云横：指谢玄带领雄兵作战。

④ 骄兵：指苻坚之兵。苻坚南下时声势浩大，号称百万，攻晋前曾说："以吾之众旅，投鞭于江，足断其流。"（《晋书·苻坚载记》）

自以为并吞江南，稳操胜券。

⑤ 千载：从淝水之战到作者写作本词有七百六十多年，千载是举其
成数。

⑥ 劳生：用《庄子》"劳我以生"语意。

⑦ 东山老：指谢安。他在未出仕前曾隐居浙江上虞的东山，故云。淝
水之战，谢安有策划、决策的大功。后因小人挑唆，受到孝武帝的
猜忌。

⑧ 桓筝：指桓伊之筝。桓伊善音乐，为江南第一。他在反击苻坚之战
中曾立战功。

贺新郎

南宋·叶梦得

睡起流莺语。掩苍台、房栊向晚，乱红无数①。吹尽残花无人见，
唯有垂杨自舞。渐暖霭、初回清暑。宝扇重寻明月影②，暗尘侵、
上有乘鸾女③。惊旧恨，遽如许。

江南梦断横江渚。浪粘天、葡萄涨绿④，半空烟雨。无限楼前
沧波意，谁采蘋花寄取？但怅望、兰舟容与⑤。万里云帆何时到？
送孤鸿、目断千山阻。谁为我，唱《金缕》⑥？

【题解】

此词应是词人晚年居福州时所作。上片叙述词人初夏午睡起来，对
花事凋零的残春景象的感叹，"吹尽残花"两句，隐含着影射时局之意。
睹"宝扇"而"重寻明月影"，有叹惜山河破碎之意。"惊旧恨"，当
是念及靖康之耻。下片写遥望江山，触景生情。抒写了由于大江横截，

有家不能归的怅恨。"采花"而"怅望兰舟",化用柳宗元诗句,表达对有高风亮节的人的怀念之情。"万里云帆"应理解为对抗金大潮的期待。

【注 释】

① 乱红:落花。
② "宝扇"句:白绢团扇,状似圆月。
③ 乘鸾女:此指扇画上的月宫仙女。
④ 葡萄涨绿:李白诗:"遥看汉水鸭头绿,恰似葡萄初醅。"此处谓江水上涨,绿如葡萄。
⑤ 容与:安闲的样子。
⑥《金缕》:《贺新郎》之调,又名《金缕歌》、《金缕曲》等。

点绛唇·绍兴乙卯登绝顶小亭

南宋·叶梦得

缥缈危亭①,笑谈独在千峰上。与谁同赏。万里横烟浪。
老去情怀,犹作天涯想②。空惆怅。少年豪放。莫学衰翁样③。

【题 解】

此词是宋高宗绍兴五年(1135)作者去任隐居吴兴卞山时,登临卞山绝顶亭有感而发之作。绝顶亭,在吴兴西北弁山峰顶。宋室南渡八年,未能收复中原大片失地,而朝廷却一味地向敌求和,与敌妥协,使爱国志士不能为国效力,英雄豪杰也无用武之地。作者作为南宋主战派人物之一,对此深以为恨。词中抒发了作者归居后既旷达豪迈又不免孤寂惆怅的矛盾情怀。

【注 释】

① 缥缈：隐隐约约。
② 天涯想：指恢复中原万里河山的梦想。
③ 衰翁：衰老之人。

昭君怨

南宋·万俟咏

春到南楼雪尽，惊动灯期花信①。小雨一番寒，倚栏干。
莫把栏干频倚，一望几重烟水。何处是京华，暮云遮。

【题 解】

此词抒写了闺中人春日怨情，也是作者借以自况之作。明写春信，暗抒怨情。含蓄蕴藉，委曲细腻。强言莫倚，是因为倚栏干也只能"一望几重烟水"，重重叠叠的烟水云山遮断了故国的望眼。全词语淡情深，清新高雅，一波三折，将客中思归的情怀抒写得委婉动人。

【注 释】

① 灯期：指元宵灯节期间。花信：指群花开放的消息。

凤凰台上忆吹箫①

南宋·李清照

香冷金猊②，被翻红浪③，起来慵自梳头④。任宝奁尘满⑤，日上帘钩。生怕离怀别苦，多少事、欲说还休。新来瘦，非干病酒⑥，不是悲秋。

休休，这回去也，千万遍《阳关》，也则难留⑦。念武陵人远⑧，烟锁秦楼⑨。惟有楼前流水，应念我、终日凝眸。凝眸处⑩，从今又添，一段新愁。

【题解】

这首词写离愁，由物到人，由表及里，步步深入，揭示人物灵魂的深处。"新愁""新瘦"遥相激射，也十分准确地表现了"离怀别苦"的有增无减。除了下片用了两个典故外，语言基本上是从生活中提炼出来的，自然中节，一片宫商，富有凄婉哀怨的音乐色彩。前人所谓"以浅俗之语，发清新之思"。

【注释】

① 凤凰台上忆吹箫：词牌名。

② 金猊：狮形铜香炉。

③ 红浪：红色被铺乱摊在床上，犹如波浪。

④ 慵：懒。

⑤ 宝奁：华贵的梳妆镜匣。

⑥ 干：关涉。

⑦ 也则：依旧。

⑧ 武陵人远：指陶渊明《桃花源记》中的渔夫故事。此处借指爱人去

的远方。

⑨ 烟锁秦楼：谓独居妆楼。秦楼，即凤台，相传春秋时秦穆公之女弄玉与其夫萧史乘凤飞升之前的住所。

⑩ 眸（móu）：指瞳神，眼珠。

钓 台①

南宋·李清照

巨舰只缘因利往②，扁舟亦是为名来。
往来有愧先生德③，特地通宵过钓台④。

【题解】

此诗对汉隐士严子陵表示崇敬之情，对为名缰利锁所羁的世人作了形象的刻画。诗人承认自己挣脱不开名缰利锁，同时也是不愿为名缰利锁所羁。把当时临安行都，朝野人士卑怯自私的情形，描绘得淋漓尽致。这时，诗人也没有饶恕自己的苟活苟安，竟以为无颜面对严子陵的盛德，所以"特地通宵过钓台"，既生动又深刻地表达愧怒之心。和当时那些出卖民族、出卖人民的无耻之徒相比，确是可敬得多了。

【注释】

① 钓台：相传为汉代严子陵垂钓之地，在桐庐（今属浙江）县东南。西汉末年，严光（字子陵）与刘秀是朋友，刘秀称帝（汉光武帝）后请严光做官，光拒绝，隐居在浙江富春江。其垂钓之所后人称为钓台，亦名严滩。

② 巨舰：大船。

③ 先生德：先生，指严光。北宋范仲淹守桐庐时，于钓台建"严先生祠堂"，并为之作记，其中云："先生之德，山高水长。"

④ 通宵过钓台：严光不为名利所动，隐居不出，后人每每自愧不如，故过钓台者，常于夜间往来。李清照诗即化用此诗意。

八咏楼①

南宋·李清照

千古风流八咏楼，江山留与后人愁。
水通南国三千里，气吞江城十四州。

【题 解】

李清照在金华避乱时，曾住在八咏楼附近，她在登楼时写下本诗。她以满腔的爱国主义激情，留下了意境深邃、气势纵横的名篇。这首诗充分表现了八咏楼的气魄、金华重镇的形势和她的爱国炽情。

【注 释】

① 八咏楼：在浙江省金华市城南婺江北岸。

苏武慢^①

南宋·蔡伸

雁落平沙，烟笼寒水，古垒鸣笳声断。青山隐隐，败叶萧萧，天际暝鸦零乱。楼上黄昏，片帆千里归程，年华将晚。望碧云空暮，佳人何处，梦魂俱远。

忆旧游，邃馆朱扉^②，小园香径，尚想桃花人面^③。书盈锦轴，恨满金徽^④，难写寸心幽怨。两地离愁，一尊芳酒凄凉，危阑倚遍。尽迟留、凭仗西风，吹干泪眼。

【题 解】

本词揭示了游子悲凉的心境，抒发了浓重的羁旅之愁和强烈的归思之意。上阕前几句写景。"年华将晚"，"佳人何处"，感叹美人迟暮，为全篇主旨。"片帆千里"，极写羁旅之苦。下阕写相思。写信、弹琴寄恨，都不减相思。"两地"、"一尊"又一对句，写出借酒浇愁的幽恨。最后只得借风吹干眼泪，痛苦达到极点。这首词层层递进，依次抒写离愁别恨，缠绵悱恻，颇令读者感怀。

【注 释】

① 苏武慢：此调系咏苏武古调演化。

② 邃馆：深院中的楼馆。

③ 桃花人面：化用崔护诗："去年今日此门中，人面桃花相映红。人面不知何处去，桃花依旧笑春风。"

④ 金徽：系琴弦的金丝绳，此指代琴。

满江红·登黄鹤楼有感

南宋·岳飞

遥望中原，荒烟外、许多城郭。想当年、花遮柳护，凤楼龙阁。万岁山前珠翠绕①，蓬壶殿里笙歌作。到而今，铁骑满郊畿②，风尘恶③。

兵安在？膏锋锷④。民安在？填沟壑⑤。叹江山如故，千村寥落。何日请缨提锐旅，一鞭直渡清河洛⑥。却归来，再续汉阳游⑦，骑黄鹤。

【题解】

这首词写于南宋绍兴四年（1134）作者出兵收复襄阳六州驻节鄂州（今湖北武昌）时。高宗绍兴七年（1137），伪齐刘豫被金国所废后，岳飞曾向朝廷提出请求增兵，以便伺机收复中原，但他的请求未被采纳。次年春，岳飞奉命从江州（今江西九江市）率领部队回鄂州（今湖北武汉市）驻屯。在鄂州，岳飞到黄鹤楼登高，北望中原，写下了这样一首抒情感怀词。这首词由文法入词，从"想当年"、"到而今"、"何日"说到"却归来"，以时间为序，结构严谨，层次分明，语言简练明快，已具豪放词的特点。

【注释】

①万岁山：即万岁山艮岳，宋徽宗政和年间所造,消耗了大量民力民财。
②铁骑：指金国军队。郊畿：指汴京所在处的千里地面。
③风尘：指战乱。风尘恶，是说敌人占领中原，战乱频仍，形势十分险恶。
④膏：滋润，这里做被动词。锋：兵器的尖端。锷：剑刃。
⑤沟壑：溪谷。
⑥缨：绳子。请缨：请求杀敌立功的机会。河洛：黄河、洛水。这里

泛指中原。

⑦ 汉阳：今湖北武汉市（在武昌西北）。

满江红

南宋·岳飞

怒发冲冠①，凭栏处、潇潇雨歇②。抬望眼，仰天长啸③，壮怀激烈。三十功名尘与土④，八千里路云和月⑤。莫等闲⑥、白了少年头，空悲切。

靖康耻⑦，犹未雪。臣子恨，何时灭！驾长车，踏破贺兰山缺⑧。壮志饥餐胡虏肉，笑谈渴饮匈奴血。待从头、收拾旧山河，朝天阙⑨。

【题 解】

岳飞此词，激励着中华民族的爱国心，是一首脍炙人口的名篇。此词表现了作者抗击金兵、收复故土、统一祖国的强烈的爱国精神，流传很广，深受人民的喜爱。从艺术上看，这首词感情激荡，气势磅礴，风格豪放，结构严谨，一气呵成，有着强烈的感染力。"待从头、收拾旧山河，朝天阙。"以此收尾，既表达要胜利的信心，也表明了对朝廷和皇帝的忠诚。岳飞在这里不直接说凯旋、胜利等，而用了"收拾旧山河"，显得既诗意又形象。

【注 释】

① 怒发冲冠：气得头发竖起，以至于将帽子顶起，形容愤怒至极。冠指帽子。

② 潇潇：形容雨势急骤。

③ 长啸：大声呼叫。

④ 此句意为三十年来，建立了一些功名，如同尘土。

⑤ 此句形容南征北战、路途遥远、披星戴月。

⑥ 等闲：轻易，随便。

⑦ 靖康耻：宋钦宗靖康二年（1127），金兵攻陷汴京，掳走徽、钦二帝。

⑧ 贺兰山：贺兰山脉位于宁夏回族自治区与内蒙古自治区交界处。

⑨ 朝天阙：朝见皇帝。天阙，本指宫殿前的楼观，此指皇帝生活的地方。

【名句】

三十功名尘与土，八千里路云和月。

壮志饥餐胡虏肉，笑谈渴饮匈奴血。

池州翠微亭①

南宋·岳飞

经年②尘土满征衣③，特特④寻芳⑤上翠微⑥。

好水好山看不足⑦，马蹄催趁月明归。

【题解】

这首诗主要记述登临池州翠微亭观览胜景的心理状态和出游情形，表现了作者对祖国山河的无限热爱之情。在艺术上运思巧妙，不具体描述景物，重在抒写个人感受。把情感的变化作为全诗的线索，突出了这次出游登临的喜悦。

【注释】

① 池州：今安徽贵池。翠微亭：在贵池南齐山顶上。

② 经年：常年。

③ 征衣：离家远行的人的衣服。这里指从军的衣服。

④ 特特：特地、专门。亦可解作马蹄声，二义皆通。

⑤ 寻芳：游春看花。

⑥ 翠微：指翠微亭

⑦ 看不足：看不够。

霜天晓角

南宋·范成大

晚晴风歇，一夜春威折^①。脉脉花疏天淡^②，云来去，数枝雪^③。胜绝，愁亦绝^④。此情谁共说。惟有两行低雁，知人倚，画楼月。

【题解】

这首词以"梅"为题，写出了怅惘孤寂的忧愁。傍晚，天晴了，风歇了。梅花脉脉含情，就连安详淡远的天空也仿佛在向人致意呢。景物很美，而"愁亦绝"。"绝"字重叠，就更突出了景物美人更愁这层意思。越是写得含蓄委婉，就越使人感到其感情的深沉和执著。以淡景写浓愁，以良宵反衬孤寂无侣的惆怅，运密入疏，寓浓于淡，这种艺术手法是颇耐人寻味的。

【注 释】

① 春威：春寒凛冽的威力。
② 脉脉：形容梅花含情不语的样子。
③ 数枝雪：数枝白梅如雪。
④ 绝：到极点、顶峰。

秦楼月

南宋·范成大

楼阴缺^①，栏干影卧东厢月。东厢月，一天风露，杏花如雪。
隔烟催漏金虬咽^②，罗帏暗淡灯花结^③。灯花结，片时春梦，江南天阔。

【题 解】

此词描写闺中少妇春夜怀人的情景十分真切，但是并非实写闺情，而是别有寄托的作品。所谓寄托，即托词中少妇的怀人之情寄作者本人的爱君之意。这在宋词中也是很常见的。至于这首词的价值，则主要在于表现情景的艺术技巧，因此还可以把它当作真实的闺情词来欣赏。

【注 释】

① 楼阴缺：高楼被树阴遮蔽，只露出未被遮住的一角。指树阴未遮住的楼阁一角。
② 金虬（qiú）：铜龙，造型为龙的铜漏，古代滴水计时之器。

③ 灯花结：灯芯烧结成花，旧俗以为有喜讯。

小重山^①

南宋·章良能

柳暗花明春事深，小阑红芍药，已抽簪^②。雨馀风软碎鸣禽^③。迟迟日，犹带一分阴。

往事莫沉吟。身闲时序好、且登临。旧游无处不堪寻。无寻处、惟有少年心。

【题 解】

这首词写春日感怀。上阕写春景。芍药抽簪，鸣禽声声，日色迟迟而带一分阴，韵味隽永。下阕抒情。不沉吟往事而择晴日登临，在大自然中放松情绪，实长寿秘诀。"旧游"三句是对人生的大彻大悟，其哲理意味，颇令人深思。

【注 释】

① 小重山：此调始见《花间集》，多写宫怨题材。
② 簪：喻花蕾。
③ 碎鸣禽：化用杜荀鹤诗："风暖鸟声碎，日高花影重"句。

浣溪沙

南宋·张孝祥

霜日明霄水蘸空①，鸣鞘声里绣旗红②。淡烟衰草有无中。
万里中原烽火北，一樽浊酒戍楼东③。酒阑挥泪向悲风④。

【题 解】

这首词登高抒怀，感慨悲壮。上阕写极目眺望所见之景。长空、绣
旗、淡烟、衰草，高旷中蕴含无穷肃杀之气。下阕感怀。万里中原乃遥
想所至；一樽浊酒乃为慰藉而饮。而酒尽挥泪，愈见沉痛。

【注 释】

①此句意为秋日的太阳照耀着晴空，水天一色，秋高气爽。霄：天空。
②鸣鞘（shāo）声：挥动马鞭发出的响声。鞘通"梢"，指鞭梢。
③戍楼：驻有防守军队的城楼。
④酒阑：酒喝得已有几分醉意的时候。

六州歌头

南宋·张孝祥

长淮望断，关塞莽然①平。征尘②暗，霜风劲，悄边声。黯销凝。
追想当年事③，殆④天数，非人力；洙泗⑤上，弦歌⑥地，亦膻腥⑦。
隔水毡乡，落日牛羊下，区脱纵横。看名王⑧宵猎，骑火一川明，

笳鼓悲鸣，遣人惊。

念腰间箭，匣中剑，空埃蠹，竟何成！时易失，心徒壮，岁将零。渺神京⑨。干羽方怀远，静烽燧，且休兵。冠盖使，纷驰骛，若为情！闻道中原遗老，常南望、翠葆霓旌。使行人到此，忠愤气填膺，有泪如倾。

【题 解】

　　这是南宋初期爱国词中的名篇。词写临淮观感。上片描写了沦陷区的凄凉景象和敌人的骄纵横行。北望中原，山河移异。金人南侵，举火宵猎，笳鼓悲鸣，几千年文化之邦沦为犬羊窟穴。下片写南宋朝廷苟且偷安，中原父老渴望光复，自己的报国志愿难以实现。边境上冠盖往来，使节纷驰，一片妥协求和的气氛，使作者为之痛心疾首。此词淋漓痛快，笔饱墨酣，读之令人深受鼓舞。

【注 释】

　　① 莽然：草木丛生貌。

　　② 征尘：路上的尘土。

　　③ 当年事：指靖康间金兵南侵灭北宋事。

　　④ 殆：大概、也许。

　　⑤ 洙泗：古代鲁国的两条河，洙水和泗水，流经曲阜。此处代指中原地区。

　　⑥ 弦歌：弹琴唱歌，此指礼乐教化。

　　⑦ 膻腥：牛羊的气味。

　　⑧ 名王：古代少数民族对贵族头领的称呼。

　　⑨ 神京：帝都；首都。

八声甘州·灵岩陪庾幕诸公游①

南宋·吴文英

渺空烟四远，是何年、青天坠长星。幻苍厓云树，名娃金屋②，残霸宫城③。箭径酸风射眼，腻水染花腥。时靸双鸳响④，廊叶秋声。

宫里吴王沉醉，倩五湖倦客⑤，独钓醒醒。问苍波无语，华发奈山青。水涵空、阑干高处，送乱鸦、斜日落渔汀。连呼酒、上琴台去⑥，秋与云平。

【题解】

这首词是作者游苏州灵岩山时所作。开头紧贴"灵岩"之"灵"字，说此山是天上星星坠落而成，联想浪漫。"幻"字续写灵岩云树贴天，吴王建宫馆于此的史实。"酸风射眼"转写怀古之情，昭示出吴王之所以败亡的根源。下阕第一句，承上将吴王失败的原因点明，认为范蠡是明智的"倦客"。"问苍波无语"呼应开头，唤起今世之忧。接着感叹自己壮志未酬的哀愁。全词将景物、历史和词人自身的感情融为一体，意境苍茫，感情沉郁，读之催人泪下。

【注释】

① 灵岩：又名石鼓山，在苏州市西南的木渎镇西北。山顶有灵岩寺，相传为吴王夫差所建馆娃宫遗址。庾幕：幕府僚属的美称。此指苏州仓台幕府。

② 名娃：指西施。

③ 残霸：指吴王夫差，他曾先后破越败齐，争霸中原，后为越王勾践所败，身死国灭，霸业有始无终。

④ 靸（sǎ）：拖鞋。在这里作动词用。双鸳：鸳鸯履，女鞋。

⑤ 五湖倦客：指范蠡。

⑥ 琴台：在灵岩山上。

唐多令

南宋·吴文英

何处合成愁？离人心上秋^①。纵芭蕉不雨也飕飕^②。都道晚凉天气好，有明月，怕登楼。

年事梦中休^③，花空烟水流。燕辞归、客尚淹留^④。垂柳不萦裙带住^⑤，漫长是，系行舟。

【题 解】

　　这首词反映了词人漂泊生涯中的失意情怀。词的上阕是就眼前之景抒发离别之愁。下阕拓宽一步，展示自己的心灵背景和深层意绪，把与友人的惜别赋予了较深层的内涵，使读者更能体会词人命笔时的复杂心情和离别之际的纷纷意绪。

　　全词第一段对于羁旅秋思着墨较多，渲染较详，为后边描写蓄足了力量。第二段写字中怀人，着笔简洁明快，发语恰到好处，毫无拖沓之感。较之作者的其他作品，此词确有其独到之处。

【注 释】

① 心上秋："心"上加"秋"字，即合成"愁"字。

② 飕飕（sōu）：形容风雨的声音。这里指风吹蕉叶之声。

③ 年事：指岁月。

④ "燕辞归"句: 曹丕《燕歌行》: "群燕辞归鹄南翔, 念君客游多思肠。
　慊慊思归恋故乡, 君何淹留寄他方。"此用其意。客, 作者自指。淹留,
　停留。
⑤ 萦: 旋绕, 系住。裙带: 指别去的女子。

夜合花

南宋·吴文英

　　柳暝河桥, 莺晴台苑, 短策频惹春香①。当时夜泊, 温柔便入深乡。
词韵窄, 酒杯长, 剪蜡花, 壶箭催忙②。共追游处, 凌波翠陌③, 连
棹横塘。

　　十年一梦凄凉④, 似西湖燕去, 吴馆巢荒。重来万感, 依前唤
酒银罂⑤。溪雨急, 岸花狂。趁残鸦, 飞过苍茫。故人楼上, 凭谁
指与, 芳草斜阳。

【题 解】

　　这首词是作者入京途中, 行到苏州, 怀念恋人的作品。故地重游,
已蕴有怜香惜玉之情。"当时夜泊"几句追忆与恋人在此地的一段温情。
"十年一梦"、"凄凉", 是因为恋人如燕离去, 留下无尽的思念。景
色依旧, 再无佳人, 只剩我一人独自悲愁。此作抒写怀人之情, 极尽其
委曲缠绵之能事, 颇值一读。

【注 释】

　　① 短策: 马鞭。

② 壶箭：又称漏箭，古代以铜壶盛水滴漏，壶中立有刻度之箭以计时。

③ 凌波：语出贺铸《青玉案》："凌波不过横塘路，但目送、芳尘去。"

④ 十年一梦：语出杜牧《遣怀》诗："十年一觉扬州梦，赢得青楼薄幸名。"

⑤ 罍：大腹小口的酒器。

齐天乐

南宋·吴文英

　　烟波桃叶西陵路①，十年断魂潮尾。古柳重攀，轻鸥骤别，陈迹危亭独倚。凉飔乍起②，渺烟碛飞帆③，暮山横翠。但有江花，共临秋镜照憔悴④。

　　华堂烛暗送客，眼波回盼处，芳艳流水。素骨凝冰，柔葱蘸雪⑤，犹忆分瓜深意⑥。清尊未洗，梦不湿行云⑦，漫沾残泪。可惜秋宵，乱蛩疏雨里。

【题 解】

　　这首词的内容是忆恋小妾。上阕写故地重游，昔日"江花"依旧，佳人不在，极尽哀愁。下阕第一句追忆离别情景。"素骨"、"柔葱"，状写佳人的妖媚；"分瓜深意"写二人的亲密无间。"梦不湿行云"写出对佳人的无尽思念。最后以"秋宵"、"乱蛩疏雨"结束，凄凉景衬凄凉情，更增无限凄凉。

【注 释】

　　① 西陵：地名，在今钱塘江之西。

② 凉飔（sī）：凉风。

③ 碛：沙洲。

④ 秋镜：秋水如镜。

⑤ 柔葱：喻手指。

⑥ 分瓜：段成式诗："犹怜最小分瓜日。"

⑦ 行云：指美人。

高阳台

南宋·吴文英

丰乐楼分韵得"如"字①

修竹凝妆，垂杨驻马，凭栏浅画成图。山色谁题？楼前有雁斜书。东风紧送斜阳下，弄旧寒、晚酒醒余。自消凝、能几花前，顿老相如②？

伤春不在高楼上，在灯前欹枕，雨外熏炉。怕舣游船③，临流可奈清臞④？飞红若到西湖底，搅翠澜、总是愁鱼。莫重来，吹尽香绵，泪满平芜⑤。

【题 解】

这首词是词人晚年故地重游，将身世之叹融进景色描写中，厚实沉重。上阕写景。楼前景色如画，由"东风紧送斜阳"逼出"顿老相如"。词人炼意炼句，用心精细。下阕第一句"伤春不在高楼上"，将忆旧伤别之情托出，跌宕起伏。"怕舣游船"句，实"怕"在水中见到自己清瘦的倒影！"飞红"三句伤春。"吹尽"、"泪满"一联凄凉萧瑟，触动词人无限哀情。这哀情，不仅是个人的，也是家国的。

【注 释】

① 丰乐楼：在临安（今杭州）丰豫门外，原名耸翠楼，据西湖之会，
　千峰连环，一碧万顷，为游览之最。
② 相如：司马相如，汉代文豪，所作有《子虚》、《上林》、《大人》、
　《长门》等赋。这里是作者自指。
③ 舣：船拢岸停泊。
④ 清臞：清瘦。
⑤ 平芜：平旷的草地。

鹧鸪天·化度寺作①

南宋·吴文英

池上红衣伴倚阑②，栖鸦常带夕阳还。殷云度雨疏桐落，明月
生凉宝扇闲。

乡梦窄③，水天宽。小窗愁黛淡秋山④。吴鸿好为传归信，杨柳
阊门屋数间⑤。

【题 解】

本篇是一首思乡悲秋感怀之词。词人寓居杭州西部江涨桥附近的
化度寺时，见秋景变化而心生感触，思念远在苏州的家人，因此写下
这一首词，抒发了怅惘之情。这首词由六幅素雅的图画构成，时间不
限于一日，画面分属两地，秀丽深曲。全词意境清隽绵邈，用笔疏淡
有致，情味深远。

【注释】

① 化度寺:《杭州府志》载:"化度寺在仁和县北江涨桥,原名水云,宋治平二年(1065)改。"
② 红衣:莲花。
③ 乡梦窄:思乡的梦太短。
④ 愁黛:愁眉。
⑤ 阊门:苏州西门。这里指作者的姬妾所居之处。

丑奴儿慢·麓翁飞翼楼观雪①

南宋·吴文英

东风未起,花上纤尘无影。峭云湿,凝酥深坞,乍洗梅清。钓卷愁丝,冷浮虹气海空明。若耶门闭②,扁舟去懒,客思鸥轻。

几度问春,倡红冶翠,空媚阴晴。看真色、千岩一素,天澹无情。醒眼重开,玉钩帘外晓峰青。相扶轻醉,越王台上,更最高层。

【题解】

词人陪同麓翁登上飞翼楼近看雪景,不由得心旷神怡。见到雪景,想起伊人这时也可能紧闭门户,闲居室内吧。而我(指词人)却因被大雪所阻,性又疏懒,不敢像王徽之雪夜访戴逵一样乘着扁舟去若耶溪旁寻找芳踪,所以只能在飞翼楼上,面对雪景而神驰天外。词人与史云麓兴致勃勃地相约:我们俩一定要去越王台踏青访古,并再次痛饮一场,带着醉意,互相扶携着去登越王台的最高层。

【注 释】

① "麓翁"即史宅之，史弥远之子。
② 若耶：溪名，在姑苏城外，向北流入太湖，相传为西施浣纱处，故亦称浣纱溪。

莺啼序·春晚感怀

南宋·吴文英

残寒正欺病酒，掩沉香绣户①。燕来晚、飞入西城，似说春事迟暮②。画船载、清明过却，晴烟冉冉吴宫树③。念羁情④、游荡随风，化为轻絮。

十载西湖，傍柳系马，趁娇尘软雾。溯红渐招入仙溪，锦儿偷寄幽素。倚银屏、春宽梦窄，断红湿歌纨金缕。暝堤空，轻把斜阳，总还鸥鹭。

幽兰渐老，杜若还生⑤，水乡尚寄旅。别后访六桥无信⑥，事往花委，瘗玉埋香⑦，几番风雨？长波妒盼，遥山羞黛，渔灯分影春江宿，记当时短楫桃根渡⑧。青楼仿佛，临分败壁题诗，泪墨惨淡尘土。

危亭望极⑨，草色天涯，叹鬓侵半苎⑩。暗点检离痕欢唾，尚染鲛绡⑪，嚲凤迷归⑫，破鸾慵舞。殷勤待写，书中长恨，蓝霞辽海沉过雁，漫相思弹入哀筝柱。伤心千里江南⑬，怨曲重招，断魂在否？

【题 解】

　　这首词集中地表现了词人的伤春伤别之情，在结构上也体现出其词时空交错的显著特点。全词四片，前两片写生离，后两片写死别。首片描述清明春寒袭人、残春柳絮添愁的景象和词人病酒醉眠、羁情游荡的伤春恨别之情。第二片追忆客游西湖十载间与情侣的艳遇欢情。第三片写别后重访西湖，以"事往花委、瘗玉埋香"之暮春风雨葬埋残花景象，隐喻情侣遭不测风雨而亡逝的悲剧。第四片哀悼情侣离魂。"危亭"三句慨叹岁月流逝，鬓发半白，年老愁深。本片以开阔之境写长恨之情，最后以招魂古曲收束全词，更显沉郁凝重。

【注 释】

① 沉香：亦名"水沉香"。《本草纲目·木部一》云"木之心节，置水则沉，故名沉水，亦曰水沉。半沉者为栈香，不沉者为黄熟香"。

② 迟暮：黄昏，晚年。

③ 冉冉：一指慢慢；渐渐。另指柔媚美好貌。

④ 羁情：离情。

⑤ 杜若：一种植物，又名燕子花。

⑥ 六桥：指西湖外湖堤桥。外湖六桥，乃苏轼所建，名昭波、锁澜、望山、压堤、东浦、跨虹。

⑦ 瘗：掩埋。

⑧ 桃根渡：渡口名，在今南京秦淮河与青溪合流处。

⑨ 危：高。

⑩ 苎：麻科，背面白色。此喻指白发。

⑪ 鲛绡（qiāo）：传说鲛人织绡，极薄，后以泛指薄纱。

⑫ 軃（duǒ）：下垂，抛弃。

⑬ 千里江南：《楚辞·招魂》有"目极千里兮伤春心，魂兮归来哀江南"。此化用其意。

秋晚登城北门

南宋·陆游

幅巾藜杖北城头^①，卷地西风满眼愁。

一点烽传散关信，两行雁带杜陵秋^②。

山河兴废供搔首，身世安危人倚楼。

横槊赋诗非复昔^③，梦魂犹绕古梁州。

【题 解】

当诗人登上北城门楼时，首先感到的是卷地的西风。时序已近深秋，西风劲吹，百草摧折，寒气袭人，四野呈现出一片肃杀景象。当这种萧条凄凉景象映入诗人眼帘时，愁绪不免袭上心来。这首诗写法是记叙与抒情相结合，开头两句记叙出游的地点、时间和感受，第二联写远望烽火，第三联由失地而想到"山河兴废"和"身世安危"，主要写了诗人登城楼的所见所感。这首诗边记事边抒情，层次清楚，感情激愤，爱国热情跃然纸上。

【注 释】

① 幅巾：不着冠，只用一幅丝巾束发；藜杖：藜茎做成的手杖。

② 杜陵：在今陕西西安市东南。秦置杜县，汉宣帝陵墓在此，故称杜陵。诗中用杜陵借指长安。长安为宋以前多代王朝建都之地。故在这里又暗喻故都汴京。

③ 横槊赋诗：指行军途中，在马上横戈吟诗。"横槊赋诗"在这里借指乾道八年（1172）陆游于南郑任四川宣抚使幕府职时在军中作诗事，他经常怀念的，正是"铁马秋风大散关"的戎马生涯。

登拟岘台①

南宋·陆游

层台缥缈②压城堙③，倚杖来观浩荡春。
放尽樽前千里目④，洗空衣上十年尘⑤。
萦回水抱中和气⑥，平远山如蕴藉人⑦。
更喜机心⑧无复在，沙边鸥鹭⑨亦相亲。

【题 解】

这首诗通过写诗人登临拟岘台的所见所感，生动地写出了诗人深深地陶醉于浩荡春意的心旷神怡之感与恬淡平和的心境。春日登临，心头一片恬静，因此看得山山水水都那么清秀，那么悠然。情景交融，物我合一；表达诗人心醉美景，浑然忘机。

【注 释】

① 拟岘台：在今江西省临川县东隅城垣上。宋孝宗淳熙七年（1180）
正月，陆游在抚州做地方官，登临此台。

② 缥缈：隐约，形容台很高，上面有云雾笼罩，看起来若有若无。

③ 堙（yīn）：古时城门外的土山。

④ 此句意为开怀畅饮，放眼千里，观赏春色。

⑤ 十年尘：十年间宦游四方所沾的尘土。尘，暗喻世俗官场的污浊。

⑥ 中和气：指河流水势平缓，含蕴着雍容和平之气。

⑦ 蕴藉人：含蓄有修养的人。

⑧ 机心：巧诈阴谋之心。

⑨ 鸥鹭：两种水鸟，生活在河流岸边。

江城子

南宋·卢祖皋

画楼帘幕卷新晴。掩银屏，晓寒轻。坠粉飘香，日日唤愁生。暗数十年湖上路，能几度，著娉婷①？

年华空自感飘零。拥春醒②。对谁醒？天阔云闲，无处觅箫声。载酒买花年少事，浑不似、旧心情。

【题 解】

这首词的主题是伤春怨别、感叹飘零，以一个"愁"字贯穿全词，委婉低回。作者在抒写感伤时跌宕起伏，感叹年华易老，韶华易逝而旧梦难再的孤寂落寞心情。上片因新晴而卷帘，因见飞红成阵而生愁情，抚今追昔，痛惜十年前风尘碌碌，艳遇之少，辜负美景，冷落佳人。下片换头自叹飘零，感叹今日之衰老寂寥。

【注 释】

①娉婷：姿态美好貌。这里借指美人。
②醒：病酒。

宴清都①

南宋·卢祖皋

春讯飞琼管②。风日薄，度墙啼鸟声乱。江城次第③，笙歌翠合，绮罗香暖。溶溶涧渌冰泮④。醉梦里，年华暗换。料黛眉、重锁隋堤，芳心还动梁苑。

新来雁阔云音，鸾分鉴影⑤，无计重见。啼春细雨，笼愁淡月，恁时庭院。离肠未语先断。算犹有、凭高望眼。更那堪、衰草连天，飞梅弄晚。

【题 解】

这首词惜春伤别，极力铺排，写得细致委婉。江城早已春意一片，但词人尚在醉梦中，他最先想到的是佳人一片芳心还牵挂着自己。"隋堤"，指分别处；"梁苑"，是行者漂泊之所。此两句意新语工，尤耐人寻味。下阕开头写音书断绝，"啼春"、"笼愁"，极尽悲凉。离肠早断，极目望去又是衰草连天，梅花飘落。残景更增愁情。

【注 释】

①宴清都：周邦彦创调。

②琼管：玉制律管。

③次第：处处，到处。

④渌（lù）：水清的样子。

⑤鸾分鉴影：《异苑》："宾王一鸾三年不鸣，夫人曰：闻见影则鸣。悬镜照之，鸾睹形悲鸣。中宵一奋而绝。"

八　归

南宋·史达祖

秋江带雨，寒沙萦水，人瞰画阁愁独①。烟蓑散响惊诗思②，还被乱鸥飞去③，秀句难续。冷眼尽归图画上，认隔岸、微茫云屋④。想半属、渔市樵村，欲暮竟然竹⑤。

须信风流未老，凭持尊酒⑥，慰此凄凉心目。一鞭南陌，几篙官渡，赖有歌眉舒绿⑦。只匆匆残照，早觉闲愁挂乔木⑧。应难奈故人天际，望彻淮山⑨，相思无雁足⑩。

【题解】

这首词抒写作者秋日傍晚在江边即景伤怀的愁苦。全词采用铺叙手法，感慨甚深，笼罩着浓浓的悲凉气氛。上阕写雨中登"画阁"所见景物。起调清冷，映衬出画阁人的清愁，并表现出对江上渔樵的羡慕，隐含出世之心，为思人做铺垫。下阕抚今思昔，以酒浇愁，且表达出对远方故人的思念。此作情景相生，哀伤低回，极有韵味。

【注释】

① 瞰：俯视。

② 烟蓑：捕鱼人。烟雨迷茫中身披蓑衣，指渔夫。

③ 乱鸥：群鸥乱飞。

④ 云屋：苍黑若云之状。

⑤ 然：同"燃"。

⑥ 凭持尊酒：凭此酒杯饮酒。

⑦ 歌眉：指歌女之眉。舒绿：舒展愁眉，古人以黛绿画眉，绿即指眉。

⑧ 乔木：此处指故乡。

⑨ 淮山：指扬州附近之山。

⑩ 无雁足：古代传说，雁足可以传书，无雁足即谓无书信。

玉蝴蝶

南宋·史达祖

晚雨未摧宫树①，可怜闲叶，犹抱凉蝉②。短景归秋③，吟思又接愁边。漏初长，梦魂难禁，人渐老、风月俱寒。想幽欢。土花庭甃④，虫网阑干。

无端啼蛄搅夜⑤，恨随团扇⑥，苦近秋莲⑦。一笛当楼，谢娘悬泪立风前。故园晚、强留诗酒，新雁远、不致寒暄。隔苍烟。楚香罗袖，谁伴婵娟⑧。

【题解】

此词是词人流贬后所作。本词上下两片以写景为主，以景起兴，情因景生，景随情变。词人悲秋伤老，描写了黄昏秋雨摧伤宫树，凉蝉犹抱疏叶的萧瑟景象，烘托词人凄凉孤寂之情怀，传达出词人寒夜里的烦乱心绪，并以恨、苦二字暗示出自己的处境。"隔苍烟"二句将思虑投向为"苍烟"所阻隔的远方故园，倾诉了对罗袖飘香的情侣孤独无伴的关切，情味深长凄婉。

【注 释】

① 宫树：本指宫廷之树，此处泛指，"宫"字修饰"树"。

② "可怜"二句：语出王安石《题葛溪驿》："鸣蝉更乱行人耳，犹

抱疏桐叶半黄。"

③ 短景：指夏去秋来，白昼渐短。

④ 甃（zhòu）：井壁。

⑤ 啼蛄：蝼蛄，通称喇喇蛄，有的地区叫土狗子，一种昆虫，昼伏夜出，穴居土中而鸣。

⑥ 恨随团扇：相传汉成帝班婕妤作《怨诗行》，序云："婕妤失宠，求供养太后于长信宫，乃作怨诗以自伤，托辞于纨扇云。"

⑦ 苦近秋莲：莲心苦，故用以作比。

⑧ 婵娟：形容仪态美好，借指美人。

冶 城①

南宋·刘克庄

断镞遗枪不可求，西风古意满原头。
孙刘数子如春梦②，王谢千年有旧游③。
高塔不知何代作，暮笳似说昔人愁。
神州只在阑干北，几度来时怕上楼。

【题解】

刘克庄登临冶城之际，面对北方河山无力恢复的形势，心有郁积不得抒发，从而写下了这一名篇。诗人之所以"怕上层楼"，并不是个人原因，而是"神州只在阑干北"。北方沦陷已久，诗人担心登临远望，徒增山河破碎的伤感罢了。"怕上楼"而终于上楼，诗人的内心是何等的矛盾。诗人将对南宋王朝命运的忧虑融入个人登临的意绪，丰富了诗歌的意境，提升了诗歌的格调。

【注 释】

① 冶城: 冶城在今江苏省南京市。历史上南京最早的名称就是"冶城"。冶城是曾经的兵器制造中心，也是历来兵家的必争之地。

② 孙刘数子: 化用辛弃疾名句"天下英雄谁敌手，曹刘"。

③ 王谢: 化用刘禹锡"旧时王谢堂前燕，飞入寻常百姓家"。王谢风流，盛极一时。

贺新郎·九日

南宋·刘克庄

湛湛长空黑①，更那堪、斜风细雨，乱愁如织。老眼平生空四海，赖有高楼百尺。看浩荡、千崖秋色。白发书生神州泪，尽凄凉、不向牛山滴②。追往事，去无迹。

少年自负凌云笔③。到而今、春华落尽④，满怀萧瑟。常恨世人新意少，爱说南朝狂客⑤。把破帽、年年拈出。若对黄花孤负酒⑥，怕黄花、也笑人岑寂⑦！鸿去北，日西匿⑧。

【题 解】

这是一首重阳节登高抒怀之作。先以"湛湛长空黑"烘托出胸中块垒。满天密布深黑的乌云，再加上阵阵斜风细雨，使人心乱如麻，愁思似织。登高楼后触目伤怀，自己本是一介书生，如今垂垂老矣，忧国之心尚在，个人受谤废黜都不介意，只有恢复神州，是他最大的心愿。叹息如今已是才华消尽，只余暮年萧瑟之感。作者在感愤之余，觉得自己既然不能改变这种局面，逢此佳节也只能赏黄花以遣怀，借酒浇愁。

【注 释】

① 湛湛 (zhàn)：深远的样子。

② 牛山：在山东临淄县南。

③ 凌云笔：高超的大手笔。

④ 此句意谓豪情已消尽。春华：春天的花朵，比喻文采。

⑤ 南朝狂客：指孟嘉。晋孟嘉为桓温参军，曾于重阳节共登龙山，风吹帽落而不觉。

⑥ 黄花：菊花。

⑦ 岑寂：寂寞。

⑧ 匿：隐藏。

一萼红·登蓬莱阁①有感

南宋·周密

步深幽。正云黄天淡，雪意未全休。鉴曲②寒沙，茂林③烟草，俯仰千古悠悠④。岁华晚、飘零渐远，谁念我、同载五湖舟⑤？磴⑥古松斜，厓阴苔老，一片清愁。

回首天涯归梦，几魂飞西浦，泪洒东州⑦。故国山川，故园心眼，还似王粲登楼⑧。最负他、秦鬟妆镜⑨，好江山、何事此时游！为唤狂吟老监⑩，共赋消忧。

【题 解】

词人的感受是通过登阁所见景物曲曲传达出来的。在故国沦亡、陵迁谷变的情况下，词人独登古阁，思绪万千。时值冬季，天色阴沉，雪意未休，这种凄凉的气氛很好地烘托了词人的悲凉心境。词人采用艳丽的词语极力铺陈山川的美丽，意在反衬亡国的惨痛。江山如此娇美，为什么偏在惨遭蹂躏之后才来游赏呢？抒发对故国山河的感怀，对宋朝大好江山丧失的痛惜。综观全词，写景空远，抒情婉曲，结构细密，引事用典十分贴切，充分体现出词人深厚的词学功底和创作才能。所以这首词一直被推为《草窗词》的压卷之作。

【注 释】

① 一萼红：词牌名。蓬莱阁：古时在浙江绍兴卧龙山下，州治设厅之后，五代时吴越王建，以唐元稹《以州宅夸于乐天诗》"谪居犹得近蓬莱"得名。

② 鉴曲：鉴湖一曲。《新唐书·贺知章传》"有诏赐镜湖剡川一曲"，镜湖即鉴湖。

③ 茂林：指兰亭。王羲之《兰亭序》："此处有崇山峻岭，茂林修竹。"

④ 俯仰：又作"俛仰"。《兰亭序》"俛仰之间，已为陈迹。"

⑤ 五湖舟，范蠡事，这里说"谁念我、同载五湖舟"，不过自己惆怅着独游无伴而已。

⑥ 磴：通"嶝"，坂也。指山路，石级。

⑦ "回首"三句说自己在外飘零，曾几度回忆会稽。作者自注："阁在绍兴，西浦东州皆其地。"

⑧ 王粲登楼：王粲有《登楼赋》。周氏原籍济南，南渡后人早已侨居江南，故即认会稽为他的故乡。

⑨ 秦鬟妆镜：乐府《陌上桑》："秦氏有好女，自名为罗敷。""秦鬟"字面当借用罗敷事，可能指绍兴的秦望山。秦望山在会稽的东南，以秦始皇曾登之得名。"妆镜"仍绾合上文"鉴湖"。

⑩ 狂吟老监：指贺知章。

高阳台·送陈君衡被召

南宋·周密

照野旌旗，朝天车马，平沙万里天低。宝带金章①，尊前茸帽风欹②。秦关汴水经行地，想登临、都付新诗。纵英游，叠鼓清笳，骏马名姬。

酒酣应对燕山雪，正冰河月冻，晓陇云飞。投老残年，江南谁念方回③？东风渐绿西湖柳，雁已还，人未南归。最关情，折尽梅花，难寄相思。

【题解】

这是一首送别词，抒发对被朝廷征召北去的朋友的感慨。写陈君衡被召，临行时车马旌旗繁多，路途迢迢，推想陈氏此去定豪纵携姬。替对方设想那边景象，表现出关切之情。"投老残年"以下转写自己暮年的寂寞，对君衡的怀念。此词对君衡"被召"的态度隐晦，既有关切，又有婉讽，表现了前朝文人的复杂心态。

【注释】

① 宝带金章：官服有宝玉饰带，金章即金印。

② 茸帽：毛皮帽。

③ 方回：指北宋词人贺方回。周密此处以贺方回自比。

玉京秋①

南宋·周密

长安独客②，又见西风。素月丹枫，凄然其为秋也。因调夹钟羽一解③。

烟水阔。高林弄残照，晚蜩凄切④。碧砧度韵，银床飘叶⑤。衣湿桐阴露冷，采凉花⑥，时赋秋雪⑦。叹轻别，一襟幽事，砌蛩能说⑧。

客思吟商还怯⑨。怨歌长、琼壶暗缺⑩。翠扇恩疏⑪，红衣香褪⑫，翻成消歇。玉骨西风，恨最恨、闲却新凉时节。楚箫咽⑬，谁倚西楼淡月⑭。

【题 解】

此词抒写客中秋思，应是宋亡前词人客居临安时所作。上片从秋容、秋声、秋色几个方面绘出一幅高远而萧瑟的图景，衬托词人独客京华及相思离别的幽怨心情。下片感慨情人疏隔、前事消歇，"怨歌长、琼壶暗缺"句不仅仅限于寄托离愁别恨，也隐含着长年沉沦下僚、郁郁不得志的喟叹。结尾刻画出侧耳细听远处箫声悲咽，举头凝望朦胧淡月的主人公的幽独形象，凄寂情状不言自见。全首词结构严密，井然有序，语言精练，着笔清雅，确为千锤百炼之作。

【注 释】

① 玉京秋：词牌名。周密自度曲，属夹钟羽调，词咏调名本意。
② 长安：此处借指南宋都城临安。
③ 夹钟羽一解：夹钟羽，一种律调。一解，一阙。
④ "晚蜩"句：柳永《雨霖铃》："寒蝉凄切，对长亭晚，骤雨初歇。"

蜩，蝉。

⑤ 银床：指井上辘轳架。

⑥ 凉花：指菊花、芦花等秋日开放的花，此地系指芦花。

⑦ 秋雪：指芦花，即所采之凉花。

⑧ 砌蛩：台阶下的蟋蟀。

⑨ 吟商：吟咏秋天。商，五音之一。

⑩ 琼壶暗缺：敲玉壶为节拍，使壶口损缺。

⑪ 翠扇恩疏：由于天凉，主人已捐弃扇子。

⑫ "红衣"句：古代女子有赠衣给情人以为表记的习俗。

⑬ 楚箫咽：相传为李白所写《忆秦娥》："箫声咽，秦娥楚断秦楼月。"

⑭ 谁倚：各本作"谁寄"，此从《词综》卷十九、知不足斋丛书本《蘋
洲渔笛谱》。

八声甘州·记玉关踏雪事清游

南宋·张炎

辛卯岁，沈尧道同余北归①，各处杭、越。逾岁，尧道来问寂寞，语笑数日，又复别去。赋此曲，并寄赵学舟。②

记玉关踏雪事清游③，寒气脆貂裘。傍枯林古道，长河饮马，此意悠悠。短梦依然江表，老泪洒西州④。一字无题处，落叶都愁。

载取白云归去，问谁留楚佩，弄影中洲？折芦花赠远，零落一身秋。向寻常野桥流水，待招来，不是旧沙鸥。空怀感，有斜阳处，却怕登楼。

【题 解】

　　这首词作于作者在越州居住时，展现了一幅冲风踏雪的北国羁旅图。北风凛冽，寒气袭人，两三个"南人"在那枯林古道上艰难行进。全词贯穿始终的是一股荡气回肠的"词气"，使读者极能渗透到作者的感情世界之中。写身世飘萍和国事之悲感哀婉动人。"记玉关踏雪事清游，寒气脆貂裘。"以"记"字领起，气势较为开阔、笔力劲峭。"此意悠悠"，此句虽简，然则写出作者内心无限的忧思。

【注 释】

　　① 辛卯岁，沈尧道同余北归：元世祖至元二十八年（1291），作者同沈尧道同游燕京（今北京）后从北归来。沈尧道，名钦，张炎词友。
　　② 赵学舟：人名，张炎词友。
　　③ 此句指北游的生活。他们未到玉门关，这里用玉关泛指边地风光。
　　④ 西州：古城名，在今南京市西。此代指故国旧都。

渡江云

南宋·张炎

　　山阴久客，一再逢春，回忆西杭，渺然愁思。

　　山空天入海，倚楼望极，风急暮潮初。一帘鸠外雨①，几处闲田，隔水动春锄。新烟禁柳，想如今、绿到西湖。犹记得、当年深隐，门掩两三株。

　　愁余。荒洲古溆②，断梗疏萍，更漂流何处？空自觉、围羞带减，影怯灯孤。长疑即见桃花面，甚近来、翻致无书。书纵远，如何梦也都无?

【题解】

　　这首词写于南宋覆亡之后。时年作者已四十七岁。此时,家亡国破,一身孤旅,作为故国王孙,其作品自多漂泊之感,怀旧之伤。上片写山阴风景,抒故国之思。下片抒怀忆友。久客他乡,飘萍无定,别后不仅无书,至今"梦也都无"。全词借"桃花面"邈远和无书、无梦的空虚,写出双方沦落的悲楚,哀怨缠绵,清丽雅洁。

【注释】

　　① 鸠外雨:春雨。
　　② 溆:水浦。

南乡子·题南剑州妓馆①

南宋·潘牥

　　生怕倚阑干②,阁下溪声阁③外山。惟有旧时山共水④,依然,暮雨朝云去不还。
　　应是蹑飞鸾⑤,月下时时整佩环。月又渐低霜又下,更阑⑥,折得梅花独自看⑦。

【题解】

　　此词乃重临旧地,怀旧悼亡之作。作者抒发了对已经远离、遍寻不

着的一个已经从良的曾被他所眷恋的歌妓的留恋与怅惘之情。如今这里只剩下历劫不变的自然风景，还同往日一样；那个如仙的女子，却永远不会回来了。词人多么希望他所钟爱的人回来跟自己共叙离别之苦、思念之情。在这百无聊赖之时，只有"折得梅花独自看"了！梅花姿质韵秀，品格高洁，看到它，似乎看到了所爱者的影像。万千思绪，皆从这"独自看"三字中传出。

【注 释】

① 南剑州：现在的福建南平。
② 阑干：栏杆。
③ 阁：楼阁。
④ 山共水：指山和水。
⑤ 蹑飞鸾：乘坐飞鸾。
⑥ 更阑：指天快亮了。
⑦ 此句化用姜夔《疏影》词："想佩环月夜归来，化作此花幽独。"

丑奴儿·书博山道中壁①

南宋·辛弃疾

少年不识愁滋味②，爱上层楼。爱上层楼，为赋新词强说愁③。
而今识尽愁滋味④，欲说还休⑤。欲说还休，却道天凉好个秋。

【题 解】

这是宋代大词人辛弃疾被弹劾去职、闲居带湖时所作的一首词。通过"少年"时与"而今"的对比，表现了作者受压抑、遭排挤、报国无路的痛苦，也是对南宋朝廷的讽刺与不满。上片写少年不识愁滋味。下片写而今历尽艰辛，"识尽愁滋味"。全词突出渲染了一个"愁"字，以此作为贯串全篇的线索，构思精巧，感情真率而又委婉，言浅意深，令人回味无穷。

【注释】

① 博山：在今江西省广丰县西南。因状如庐山香炉峰，故名。淳熙八年（1181）辛弃疾罢职退居上饶，常过博山。
② 少年：指年轻的时候。不识：不懂，不知道。
③ "为赋"句：为了写出新词，没有愁而硬要说有愁。强（qiǎng）：勉强地，硬要。
④ 识尽：尝够，深深懂得。
⑤ 欲说还休：无愁而勉强说愁。休，停止。

【名句】

爱上层楼，为赋新词强说愁。

贺新郎·同父见和再用韵答之

南宋·辛弃疾

老大那堪说。似而今、元龙臭味①，孟公瓜葛②。我病君来高歌饮，惊散楼头飞雪。笑富贵千钧如发。硬语盘空③谁来听？记当时、只有西窗月。重进酒，换鸣瑟。

事无两样人心别。问渠侬：神州毕竟，几番离合？汗血盐车^④无人顾，千里空收骏骨^⑤。正目断关河路绝。我最怜君中宵舞^⑥，道"男儿到死心如铁"。看试手，补天裂^⑦。

【题 解】

作者与陈亮都是南宋时期著名的爱国词人，都怀有恢复中原的大志。但南宋统治者不思北复中原。因而他们的宏愿久久不得实现。当时，词人正落职闲居上饶，陈亮特地赶来与他共商抗战恢复大计。二人同游鹅湖，狂歌豪饮，赋词见志，成为文学史上的一段佳话。这首词，就是当时相互唱和中的一篇佳品。此词的突出特点在于，把即事叙景与直抒胸臆巧妙结合起来，用凌云健笔抒写慷慨激昂、奔放郁勃的感情，显露出悲壮沉雄发扬奋厉的格调。

【注 释】

① 元龙臭味：陈登，字元龙，三国时英雄人物。臭味，气味。此处引申为志向、志趣。

② 孟公瓜葛：陈遵，字孟公。《汉书·陈遵传》："遵嗜酒，每大饮，宾客满堂，辄关门，取客车辖投井中。虽有急，终不得去。"瓜葛，关系、联系。

③ 硬语盘空：形容文章的气势雄伟，矫健有力。

④ 汗血盐车：汗血，汗血马。骏马拉运盐的车子，比喻人才埋没受屈。

⑤ 千里空收骏骨：战国时，燕昭王要招揽贤才，郭隗喻以"千金买骏骨"的故事。后因以"买骏骨"指燕昭王用千金购千里马骨以求贤的故事，喻招揽人才。

⑥ "我最怜君"句：《晋书·祖逖传》"与司空刘琨俱为司州主簿，共被同寝。中夜，闻荒鸡鸣，蹴琨觉曰：'此非恶声也。'因起舞。"

⑦ 补天裂：女娲氏补天。

水调歌头·舟次扬州和人韵①

南宋·辛弃疾

　　落日塞尘起②，胡骑猎清秋③。汉家组练十万④，列舰耸高楼。谁道投鞭飞渡⑤，忆昔鸣髇血污，风雨佛狸愁⑥。季子正年少，匹马黑貂裘⑦。

　　今老矣，搔白首，过扬州⑧。倦游欲去江上，手种橘千头⑨。二客东南名胜，万卷诗书事业，尝试与君谋⑩：莫射南山虎，直觅富民侯⑪！

【题 解】

　　此词上片颇类英雄史诗的开端，然而其雄壮气势到后半片却陡然一转，反添落寞之感，通过这种跳跃性很强的分片，有力表现出作者失意和对时政不满而无奈气愤的心情。下片写壮志消磨，全推在"今老矣"三字上，行文腾挪，用意含蓄，个中酸楚愤激，耐人寻味，愤语、反语的运用，也有强化感情色彩的作用。

【注 释】

①"舟次扬州和人韵"一作"舟次扬州和杨济翁（即杨炎正，诗人杨万里的族弟）、周显先韵（东南一带名士）。"下文"二客"即此意。
②塞尘起：边疆发生了战事。
③胡骑猎清秋：古代北方的敌人经常于秋高马肥之时南犯。猎，借指发动战争。
④组练：组甲练袍，指军队。
⑤投鞭飞渡：用投鞭断流事。前秦苻坚举兵南侵东晋，号称九十万大军，他曾自夸说："以吾之众旅，投鞭于江，足断其流。"（《晋书·苻

坚载记》)结果淝水一战，大败而归。此喻完颜亮南侵时的嚣张气焰，
并暗示其最终败绩。

⑥ "忆昔"二句：指南宋绍兴三十一年（1161）金主完颜亮南侵失败
为其部下所杀事。鸣髇，即鸣镝，是一种响箭，射时发声。血污，
指死于非命。佛狸，后魏太武帝拓跋焘小字佛狸，曾率师南侵，此
借指金主完颜亮。

⑦ "季子"二句：苏秦字季子，战国时的策士，以合纵策游说诸侯佩
六国相印。这里指自己如季子年少时一样有一股锐气，寻求建立功
业，到处奔跑，貂裘积满灰尘，颜色变黑。

⑧ "今老"三句：谓今过扬州，人已中年，不堪回首当年。搔白首，
暗用杜甫《梦李白》诗意："出门搔白首，若负平生志。"

⑨ "倦游"二句：欲退隐江上，种橘消愁。橘千头：三国时丹阳太守
李衡曾命人到武陵龙阳洲种橘千株。临终时对其儿说：我家有"千
头木奴"，足够你岁岁使用。（《襄阳耆旧传》）

⑩ "二客"三句：称颂友人学富志高，愿为之谋划。名胜，名流。万
卷诗书事业，化用杜甫诗意："读书破万卷，下笔如有神。……致
君尧舜上，再使风俗淳。"

⑪ "莫射"二句：《史记·李将军列传》载：汉李广居蓝田南山中，
闻郡有虎，尝自射之。又据《汉书·食货志》载："武帝末年悔征
战之事，乃封丞相为富民侯。"这两句是感叹朝廷偃武修文，做军
事工作没有出路。

摸鱼儿①

南宋·辛弃疾

淳熙己亥，自湖北漕移湖南②，同官王正之置酒小山亭③，为赋。

更能消、几番风雨④，匆匆春又归去。惜春长怕花开早⑤，何况

落红无数^⑥。春且住，见说道、天涯芳草无归路^⑦。怨春不语。算只有殷勤，画檐蛛网，尽日惹飞絮^⑧。

长门事^⑨，准拟佳期又误。蛾眉曾有人妒，千金纵买相如赋，脉脉此情谁诉^⑩？君莫舞，君不见^⑪、玉环飞燕皆尘土^⑫。闲愁最苦。休去倚危栏^⑬，斜阳正在，烟柳断肠处。

【题解】

此词是一首忧时感世之作。上片描写抒情主人公对春光的无限留恋和珍惜之情；下片以比喻手法反映全词情调婉转凄恻，柔中寓刚。词中表层写的是美女伤春、蛾眉遭妒，实际上是作者借此抒发自己壮志难酬的愤慨和对国家命运的关切之情。全词托物起兴，借古伤今，熔身世之悲和家国之痛于一炉，沉郁顿挫，寄托遥深。

【注释】

①摸鱼儿：词牌名。

②漕：漕司的简称，指转运使。

③同官王正之：作者调离湖北转运副使后，由王正之接任原来职务，故称"同官"。王正之，名正己，是作者旧交。

④消：经受。

⑤怕：一作"恨"。

⑥落红：落花。

⑦无：一作"迷"。

⑧"算只"三句：想来只有檐下蛛网还殷勤地沾惹飞絮，留住春色。

⑨长门：汉代宫殿名，武帝皇后失宠后被幽闭于此，司马相如《长门赋序》："孝武陈皇后，时得幸，颇妒。别在长门宫，愁闷悲思，闻蜀郡成都司马相如天下工为文，奉黄金百万，为相如、文君取酒，因以悲愁之辞，而相如为文以悟主上，陈皇后复得幸。"

⑩ 脉脉：绵长深厚。

⑪ 君：指善妒之人。

⑫ 玉环飞燕：杨玉环、赵飞燕，皆貌美善妒。

⑬ 危栏：高楼上的栏杆。

祝英台近·晚春

南宋·辛弃疾

宝钗分①，桃叶渡②，烟柳暗南浦③。怕上层楼，十日九风雨。断肠片片飞红④，都无人管，更谁劝、啼莺声住。

鬓边觑⑤，试把花卜归期，才簪又重数。罗帐灯昏，哽咽梦中语：是他春带愁来，春归何处？却不解、带将愁去。

【题 解】

这是一首描写离别相思的词篇。如果我们联系辛弃疾的思想和他一生的经历来看，这首词很可能寄托了作者由于祖国长期遭受分裂、不得统一而引起的悲痛。这首词是写深闺女子暮春时节怀人念远、寂寞惆怅的相思之情。作者用曲折顿挫的笔法，把执著的思念表达得深刻细腻、生动传神。它的风格在辛词中是别具一格的。

【注 释】

① 宝钗分：钗为古代妇女簪发首饰。分为两股，情人分别时，各执一股为纪念。宝钗分，即夫妇离别之意。

② 桃叶渡：在南京秦淮河与青溪合流之处。这里泛指男女送别之处。

③ 南浦：水边，泛指送别的地方。江淹《别赋》："送君南浦，伤如之何。"

④ 飞红：落花。

⑤ 觑：细看，斜视。

南乡子·登京口北固亭有怀①

南宋·辛弃疾

何处望神州②？满眼风光北固楼③。千古兴亡多少事？悠悠④！不尽长江滚滚流。

年少万兜鍪⑤，坐断东南战未休⑥。天下英雄谁敌手？曹刘⑦！生子当如孙仲谋⑧。

【题 解】

这是一首怀古词。极目远眺，我们的中原故土在哪里呢？映入眼帘的只有北固楼周遭一片美好的风光了！弦外之音是中原已非我有了！三国时代的孙权年纪轻轻就统率千军万马，雄踞东南一隅，何等英雄气概！若问天下英雄谁配称他的敌手呢？作者又自答曰："曹刘。"作者通过对古代英雄人物的歌颂，讽刺南宋统治者在金兵的侵略面前不敢抵抗、昏庸无能。全词饱含着爱国、卫国的强烈感情。

【注 释】

① 京口：江苏镇江市。北固亭：在镇江市区东北长江边的北固山上。

② 神州：原指全国。这里指被金人占领的江北中原沦陷地区。

③ 北固楼：即北固亭。

④ 悠悠：长远的样子。

⑤ 年少万兜鍪（dōu móu）：指二十来岁就能统率上万兵马的孙权。兜鍪，战士的头盔，这里借指士兵。

⑥ 坐断：占据。

⑦ 曹刘：曹操和刘备。

⑧ 生子当如孙仲谋：这是曹操称赞孙权的话。仲谋指孙权，字仲谋。

【名句】

千古兴亡多少事？悠悠！不尽长江滚滚流。

水龙吟·过南剑双溪楼

南宋·辛弃疾

举头西北浮云①，倚天万里须长剑②。人言此地，夜深长见，斗牛光焰③。我觉山高，潭空水冷，月明星淡④。待燃犀下看，凭栏却怕，风雷怒，鱼龙惨⑤。

峡束苍江对起，过危楼欲飞还敛⑥。元龙老矣，不妨高卧，冰壶凉簟⑦。千古兴亡，百年悲笑，一时登览⑧。问何人又卸，片帆沙岸，系斜阳缆？

【题解】

南剑，州名，即今福建省南平市，剑溪、西溪交汇处。双溪楼，一名双溪阁，在府城外的剑津上。词的上片是写登楼所见，此地历史的回顾及其与现实的对比；下片则即景抒情，把双溪会合的气势和作者壮志难伸的激荡胸怀结合来写，抒发登楼远眺时那种怀古伤时、悲己笑人的感慨。词的结尾部分应当是作者从朝中被排挤出来后，对新生的光宗政权难以信任的一种影射。

【注 释】

① 此句化用《古诗十九首》："西北有高楼，上与浮云齐。"

② 此句化用宋玉《大言赋》："方地为车，圆天为盖，长剑耿介倚天外。"作者在双溪楼上，因望见双峰而发兴，引起用倚天长剑上抉西北浮云的联想。

③ 这三句由人言引出剑津的历史故事。据《晋书·张华传》，吴国灭亡前后，斗宿和牛宿星之间常有紫气。张华向豫章人雷焕请教天文吉凶，雷焕认为是宝剑的精气上冲于天所致，并指出地在豫章丰城。张华于是补雷焕为丰城令，掘县狱屋的地基，得至两把宝剑，即龙泉和太阿。一剑赠张华，后张华死，剑不知所在。雷焕留一剑，他死后，其子持剑经延平津，剑从腰间跃出落水，派人入水寻取，只见两龙各长数丈，光彩照水，于是失剑。

④ 这三句就是作者对交剑潭周围景物的印象，以环境的空寂凄冷，喻示壮志同现实的冲突。

⑤ 这四句用温峤在牛渚矶下照深潭的典故。

⑥ 这两句形象地描写了苍峡至双溪阁之间的形胜：两溪江水到此会合，遇到两岸青山的阻扼，激流澎湃，冲击不成，徐徐流去的样子。危楼：高楼，指双溪阁。

⑦ 元龙：即陈登。这是以有远大志向的元龙自比，但元龙已老，大业无成，所以不妨高卧百尺楼，饮冰壶，睡凉簟。

⑧ 千古兴亡：指张华、温峤、陈登的时代兴亡交替。

满江红·题冷泉亭

南宋·辛弃疾

直节堂堂，看夹道冠缨拱立①。渐翠谷群仙东下，珮环声急②。谁信天峰飞堕地③，傍湖千丈开青壁？是当年玉斧削方壶，无人识④。

山木润，琅玕湿⑤。秋露下，琼珠滴。向危亭横跨，玉渊澄碧⑥。醉舞且摇鸾凤影，浩歌莫遣鱼龙泣⑦。恨此中风物本吾家，今为客⑧！

【题 解】

冷泉亭，在临安西十五里武林山（又名灵隐山）飞来峰下。作者此词是乾道七年（1171）秋在临安所作。词中描写的是飞来峰和冷泉亭的美景，重点写苍松翠柏、青葱石壁和横跨湖中的危亭。全词着力于景物的刻画描摹，使人身临其境。此词并不仅仅为了冷泉亭的美景而写作，歇拍的两句"恨此中风物本吾家，今为客"，才是词的主旨所在。全词大费笔墨写尽冷泉亭的胜景，就是为了说作者的故居同样有此美景这一句，传达出作者不尽的乡愁。

【注 释】

① 直节：喻竹。堂堂：形容高大。冠缨：喻松。

② 珮环：喻水声叮咚。

③ 天峰飞堕地：用飞来峰故事。

④ 方壶：传说渤海中五座神山之一。

⑤ 琅玕：美玉，此指山石。

⑥ 危亭：高亭。玉渊：指湖。

⑦ 鸾凤影：形容舞姿倒映在湖中，如鸾飞凤舞。鱼龙泣：鱼类闻歌而静止，如哭泣。

⑧ 此句意为作者家乡在济南，大明湖风光秀丽，不减西湖，作者见西湖引起思乡情绪。

菩萨蛮·书江西造口壁①

南宋·辛弃疾

郁孤台下清江水②，中间多少行人泪。西北望长安③，可怜无数山。青山遮不住，毕竟东流去。江晚正愁余④，山深闻鹧鸪⑤。

【题解】

此词写作者登郁孤台（今江西省赣州市城区西北部贺兰山顶）远望，"借水怨山"，抒发国家兴亡的感慨。上片由眼前景物引出历史回忆，抒发家国沦亡之创痛和收复无望的悲愤；下片借景生情，抒愁苦与不满之情。全词抒发了作者对朝廷苟安江南的不满和自己一筹莫展的愁闷，表达了蕴藉深沉的爱国情思，艺术水平高超，堪称词中瑰宝。

【注释】

① 造口：一名皂口，在江西万安县南六十里。
② 郁孤台：今江西省赣州市城区西北部贺兰山顶，又称望阙台，因"隆阜郁然，孤起平地数丈"得名。清江：赣江与袁江合流处旧称清江。
③ 长安：今陕西省西安市，为汉唐故都。此处代指宋都汴京。
④ 愁余：使我发愁。
⑤ 鹧鸪：鸟名。传说其叫声如云"行不得也哥哥"，啼声凄苦。

【名句】

青山遮不住，毕竟东流去。

水龙吟①·登建康赏心亭②

南宋·辛弃疾

楚天千里清秋，水随天去秋无际。遥岑远目③，献愁供恨，玉簪螺髻④。落日楼头，断鸿声里⑤，江南游子。把吴钩看了⑥，阑干拍遍，无人会，登临意。

休说鲈鱼堪脍，尽西风，季鹰归未⑦？求田问舍，怕应羞见，刘郎才气⑧。可惜流年⑨，忧愁风雨⑩，树犹如此⑪！倩何人唤取⑫，红巾翠袖⑬，揾英雄泪⑭？

【题解】

这首词是作者在建康通判任上所作。全词通过写景和联想抒写了作者恢复中原国土、统一祖国的抱负和愿望无法实现的失意、感慨，深刻揭示了英雄志士有志难酬、报国无门、抑郁悲愤的苦闷心情，极大地表现了作者诚挚无私的爱国情怀。

【注释】

① 水龙吟：词牌名。
② 建康：今江苏南京。赏心亭：《景定建康志》："赏心亭在（城西）下水门城上，下临秦淮，尽观赏之胜。"

③ 遥岑：远山。

④ 玉簪螺髻：玉做的簪子，像海螺形状的发髻，这里比喻高矮和形状各不相同的山岭。

⑤ 断鸿：失群的孤雁。

⑥ 吴钩：古代吴地制造的一种宝刀。这里应该是以吴钩自喻，空有一身才华，但是得不到重用。

⑦ “休说”三句：用西晋张翰典，见《晋书·张翰传》。另外，《世说新语·识鉴篇》也有记载：张翰在洛阳做官，在秋季西风起时，想到家乡莼菜羹和鲈鱼脍的美味，便立即辞官回乡。后来的文人将思念家乡称为莼鲈之思。季鹰指张翰，字季鹰。

⑧ “求田问舍”三句：典出《三国志·魏书·陈登传》，东汉末年，有个人叫许汜，去拜访陈登。陈登胸怀豪气，喜欢交结英雄，而许汜见面时，谈的却都是“求田问舍”（买地买房子）的琐屑小事。陈登看不起他，晚上睡觉时，自己睡在大床上，叫许汜睡在下床。许汜很不满，后来他把这件事告诉了刘备。刘备听了后说：“当今天下大乱的时候，你应该忧国忧民，以天下大事为己任，而你却求田问舍。要是碰上我，我将睡在百尺高楼上，叫你睡在地下。”求田问舍，置地买房。刘郎，刘备。才气，胸怀、气魄。

⑨ 流年：流逝的时光。

⑩ 风雨：比喻飘摇的国势。

⑪ 树犹如此：出自北周诗人庾信《枯树赋》：“树犹如此，人何以堪！”又典出《世说新语·言语》：“桓公北征经金城，见前为琅邪时种柳，皆已十围，慨然曰：‘木犹如此，人何以堪！’攀枝执条，泫然流泪。”此处以“树”代“木”，抒发自己不能抗击敌人、收复失地，虚度时光的感慨。

⑫ 倩：请托。

⑬ 红巾翠袖：女子装饰，代指女子。

⑭ 揾（wèn）：擦拭。

汉宫春·会稽秋风亭观雨

南宋·辛弃疾

亭上秋风，记去年袅袅①，曾到吾庐。山河举目虽异，风景非殊。功成者去，觉团扇、便与人疏。吹不断，斜阳依旧，茫茫禹迹都无②。

千古茂陵词在，甚风流章句，解拟相如。只今木落江冷，眇眇愁余。故人书报，莫因循、忘却莼鲈③。谁念我，新凉灯火，一编《太史公书》。

【题 解】

这首词写于嘉泰三年（1203），辛弃疾时年六十四岁，在知绍兴府兼浙江东路安抚使任上。到任不久，可能对朝廷的黑暗腐败更有所了解，后悔这次不该出山，因此，作者登亭观雨，有感而作此词。词的上片写作者登上秋风亭，举目远望"山河虽异，风景非殊"。绍兴与铅山的山河形状虽然不同，但却都是一片笙歌宴乐的太平景象。最后"谁念我"挑灯读书，隐晦透露了作者的凄凉之感。

【注 释】

① 袅袅：微风吹拂。
② 禹迹：相传夏禹治水，足迹遍于九州，后因称中国的疆域为禹迹。
③ 莼鲈：咏思乡之情、归隐之志。

一剪梅①·游蒋山②，呈叶丞相③

南宋·辛弃疾

独立苍茫醉不归④。日暮天寒，归去来兮⑤。探梅踏雪几何时。今我来思，杨柳依依⑥。

白石冈头曲岸西⑦。一片闲愁，芳草萋萋。多情山鸟不须啼。桃李无言，下自成蹊。

【题解】

这首词作于宋孝宗淳熙元年（1174）春，在建康，此词乃作者送别叶氏之后，独自游蒋山时所作。以此呈叶氏，目的在于争取理解与支持。据说，叶氏调任丞相，曾向朝廷"力荐弃疾慷慨有大略"（《宋史·辛弃疾传》），可能与此词相关。词中将山鸟与桃李加以对比，以为山鸟多情，日夜啼叫，留不住春归步伐；桃李无言，却能够将春色带往千家万户。所谓咏物明志，对此叶氏自然心中有数，不必明言。

【注释】

①一剪梅：宋人创调。

②蒋山：亦名钟山，在建康（今江苏南京）东南。

③叶丞相：叶衡，字梦锡，婺州金华人。绍兴十八年进士。后官至右丞相兼枢密使。

④独立苍茫：杜甫《乐游园歌》："此身饮罢无归处，独立苍茫自咏诗。"

⑤归去来兮：陶渊明《归去来兮辞》："归去来兮，田园将芜，胡不归。"

⑥"今我"二句：《诗经·小雅·采薇》："昔我往矣，杨柳依依。今我来思，雨雪霏霏。"

⑦白石冈头：疑为石子冈。在蒋山西，与曲折北流之秦淮河相邻。

点绛唇·丁未冬过吴松作^①

南宋·姜夔

燕雁无心^②，太湖西畔随云去^③。数峰清苦，商略黄昏雨^④。
第四桥边^⑤，拟共天随住^⑥。今何许^⑦？凭阑怀古，残柳参差舞。

【题解】

此词通篇写景，极淡远之致，而胸襟之洒落方可概见。上片写景，写燕雁随云，南北无定，实以自况，一种潇洒自在之情，写来飘然若仙。下片因地怀古，使无情物着有情色，道出了无限沧桑之感。全词虽只四十一字，却深刻地传出了姜夔"过吴松"时"凭栏怀古"的心情，委婉含蓄，引人遐想。

【注释】

① 丁未：即宋孝宗淳熙十四年（1187）。吴松：今吴江市，属江苏省。
② 燕雁：指北方幽燕一带的鸿雁。燕雁无心：羡慕飞鸟的无忧无虑，自由自在。
③ 太湖：江苏南境的大湖泊。
④ 商略：商量、酝酿，准备。
⑤ 第四桥：吴松城外的甘泉桥。
⑥ 天随：晚唐陆龟蒙，自号天随子。
⑦ 何许：何处，何时。

翠楼吟

南宋·姜夔

月冷龙沙^①，尘清虎落^②，今年汉酺初赐^③。新翻胡部曲^④，听毡幕、元戎歌吹^⑤。层楼高峙^⑥，看槛曲萦红，檐牙飞翠。人姝丽，粉香吹下，夜寒风细。

此地宜有词仙，拥素云黄鹤，与君游戏。玉梯凝望久，叹芳草萋萋千里。天涯情味，仗酒祓清愁^⑦，花销英气。西山外，晚来还卷，一帘秋霁。

【题 解】

这首词是淳熙十三年（1186）冬，作者在武昌参加安远楼落成典礼时所作。全词通过咏翠楼落成盛典，抒发感时忧国之悲。上阕开头将视点投向西北沙漠和边塞，"汉酺初赐"是婉讽南宋朝廷的。"新翻胡部曲"两句，写金人的得意与欢乐。以上是抒写当时社会背景。"层楼高峙"以下咏楼的特色及佳人登楼之雅趣。下阕开头处，强调超凡脱俗的人生追求。又用《庄子》"乘彼白云，至于帝乡"的典故和黄鹤楼的典故，进一步表述自己向往已久的飘然欲仙的感觉。"叹芳草"句作了一个陡转，"酒祓清愁，花销英气"写自己与南渡后大多数文人的共同心态，只有在酒中寻求解脱。

【注 释】

①龙沙：泛指塞外。

②虎落：遮护城堡或营寨的栅栏，为防边而设。

③汉酺：逢吉庆，朝廷令天下大饮酒欢乐，称"大酺"，汉酺即汉人"大酺"，相对于金人而言。

④ 胡部曲：指西北少数民族乐曲。

⑤ "听毡幕"句：指听得到金人帐篷传来的军乐声。元戎，军队统帅；
　　也可以指兵车、部队。

⑥ 层楼：指安远楼。

⑦ 祓（fú）：消除。

一萼红

南宋·姜夔

古城阴①。有官梅几许，红萼未宜簪②。池面冰胶，墙腰雪老，
云意还又沉沉。翠藤共、闲穿径竹，渐笑语、惊起卧沙禽。野老林泉③，
故王台榭，呼唤登临。

南去北来何事？荡湘云楚水，目极伤心。朱户粘鸡④，金盘簇
燕⑤，空叹时序侵寻。记曾共、西楼雅集，想垂柳、还袅万丝金。
待得归鞍到时，只怕春深。

【题 解】

这首词是作者写自己客居长沙时登高所见。上阕依次写来，色彩纷
呈，极富兴趣。下阕开头"南去北来何事"紧承上阕游览，而引发出以
下"伤心"。"朱户"、"金盘"又接"空叹"，流露出备受压抑的愤
懑，全篇以伤春作结，使人嗟叹伤感。

【注 释】

① 城阴：城北。

② "红萼"：谓梅花含苞欲放。

③ 野老：老百姓。

④ 朱户粘鸡：指古时富贵人家正月初七贴画鸡于门以避邪的习俗。

⑤ 金盘：富家华贵器皿。簇燕：《武林旧事》载：立春日供春盘，有"翠缕红丝，金鸡玉燕，备极精巧。"

念奴娇·登多景楼^①

南宋·陈亮

危楼还望，叹此意，今古几人曾会？鬼设神施^②，浑认作，天限南疆北界。一水横陈，莲冈三面，做出争雄势。六朝何事，只成门户私计。

因笑王谢诸人，登高怀远，也学英雄涕。凭却江山，管不到，河洛腥膻无际^③。正好长驱，不须反顾，寻取中流誓。小儿破贼，势成宁问强对^④。

【题 解】

词中以形象化的语言，概括了作者对京口地形的分析，嘲笑了历史上无所作为的六朝统治集团，提出了进兵中原的积极主张，表现了作者卓越的政治见解和统一祖国的坚定立场。词的上片对京口的有利地形做了形象的描绘，揭露并批判了把长江看作是"天限南疆北界"的错误。下片用史实来说服南宋当权者，要求他们坚定信心，不要顾虑重重。只要坚持抗金，胜利是必然的。这是一首批判现实、鼓舞斗志的抒情词，目的在于使南宋统治者认清形势，振作精神。

【注 释】

① 多景楼：在江苏镇江市北固山甘露寺内。
② 鬼设神施：形容江山构造神巧，非人工所为。
③ 河洛：代中原地区。腥膻：代北方敌人。
④ 强对：强敌。

水龙吟·春恨

南宋·陈亮

闹花深处层楼①，画帘半卷东风软。春归翠陌，平莎茸嫩②，垂杨金浅③。迟日催花④，淡云阁雨⑤，轻寒轻暖。恨芳菲世界⑥，游人未赏，都付与莺和燕。

寂寞凭高念远，向南楼、一声归雁。金钗斗草⑦，青丝勒马⑧，风流云散。罗绶分香⑨，翠绡封泪，几多幽怨！正消魂又是，疏烟淡月，子规声断。

【题 解】

这首词初看起来，是一首伤春念远的词。上阕写春光烂漫，又作转折，说春色如此美妙，却无人欣赏。下阕开头既已点明全词的"念远"主旨，接下来通过回忆，写昔日邂逅的情境与别后的"幽怨"，后又回到眼前，烟月迷离，子规声咽，一片凄清景致，更增几多离愁。陈亮乃南宋气节之士，其创作绝少儿女情长。故有人认为此作寄托了恢复之志。

【注释】

① 闹花：形容繁花似闹。层楼：原本作"楼台"，据别本改。

② 平莎：平原。

③ 金浅：指嫩柳的浅淡金黄颜色。

④ 迟日：长日。

⑤ 阁雨：停雨。阁，犹搁，停止。

⑥ 芳菲：芳华馥郁。

⑦ 斗草：古代女子况采百草嬉戏。一种游戏。

⑧ 青丝勒马：用青丝绳做马络头。古乐府《陌上桑》："青丝系马尾，黄金络马头。"

⑨ 罗绶分香：指离别。秦观《满庭芳》词："消魂，当此际，香囊暗解，罗带轻分。"罗绶，罗带。

水调歌头·登多景楼

南宋·杨炎正

寒眼乱空阔，客意不胜秋。强呼斗酒，发兴特上最高楼。舒卷江山图画，应答龙鱼悲啸①，不暇顾诗愁。风露巧欺客，分冷入衣裘。

忽醒然，成感慨，望神州。可怜报国无路，空白一分头。都把平生意气，只做如今憔悴，岁晚若为谋。此意仗江月，分付与沙鸥②。

【题解】

此词上片先写秋意后写登楼。深秋季节，满目荒寒，眼前是一片空阔的长江，秋意瑟瑟，使作客异乡的人更增添了无限的愁思。从多景楼的最高处倚栏四望，祖国的山河如此多娇，呈现在眼前的是一幅美不胜

收的"江山图画"。英雄困于末路,志士沦于下位,平生的肝胆意气,只能使自己更加消损憔悴,随着光阴的流逝而冉冉老去,难以有所作为。这首词慷慨激越、愤世伤时之情溢于言表。

【注 释】

① 龙鱼:作者将波涛汹涌之声想象为江水之下龙鱼相互应答的悲啸之音。

② 沙鸥:指栖息沙洲的鸥一类的水鸟。

水调歌头

南宋·杨炎正

把酒对斜日,无语问西风。胭脂何事,都做颜色染芙蓉。放眼暮江千顷,中有离愁万斛①,无处落征鸿。天在阑干角,人倚醉醒中。

千万里,江南北,浙西东。吾生如寄,尚想三径菊花丝②。谁是中州豪杰,借我五湖舟楫,去作钓鱼翁。故国且回首,此意莫匆匆。

【题 解】

这是一首十分明显的感怀秋日的词。作者与辛弃疾是至交。杨炎正是一位力主抗金的志士,由于统治者推行不抵抗政策,他的卓越才能、远大抱负无从施展。这首词通过对自家身世的倾诉,来表达他那忧国忧民的爱国热情。真实地表现了他那种感时抚事、郁郁不得志的心理活动。虽然这首词哀怨伤感是主要氛围,但作者并非完全消沉,一蹶不振。全词立意炼句不同一般,豪放、沉郁而又风姿绰约,艺术上有其特殊之处。

【注释】

① 斛：容量单位，一斛本为十斗，后来改为五斗。

② 三径菊花丝：化用陶渊明《归去来兮辞》"三径就荒，松菊犹存"的诗意，寄寓田园之思。

水调歌头·焦山

南宋·吴潜

铁瓮古形势^①，相对立金焦^②。长江万里东注，晓吹卷惊涛。天际孤云来去，水际孤帆上下，天共水相邀。远岫忽明晦，好景画难描。

混隋陈，分宋魏，战孙曹^③。回头千载陈迹，痴绝倚亭皋。惟有汀边鸥鹭，不管人间兴废，一抹度青霄。安得身飞去，举手谢尘嚣。

【题解】

这首词由写景、怀古、抒情三者组成，层层生发，一气呵成，显得十分自然。作者对历史无限追忆，"天下英雄谁敌手"，能在这里一展宏图，多好！可是，面对现实，官小权轻，难有用武之地，何必想入非非呢！作者用明净、圆熟的语言，创造了一个高远、清新的意境，表现了豪迈、开朗的胸襟。读起来爽口惬心，发人意兴。

【注释】

① 铁瓮：指镇江古城，是三国孙权所建，十分坚固，当时号称铁瓮城。

② 金焦：指金山、焦山，二山均屹立大江中（金山现已淤连南岸），

西东相对，十分雄伟。

③ "混隋陈"三句：写镇江的攻守征战，镇江在历史上的重要地位。

浪淘沙·云藏鹅湖山①

南宋·章谦亨②

台上凭栏干，犹怯春寒。被谁偷了最高山？将谓六丁移取去③，不在人间。

却是晓云闲，特地遮拦。与天一样白漫漫。喜得东风收卷尽，依旧追还。

【题解】

这首词，给人印象最深的当是它的构思。"云藏鹅湖山"本是极平常的自然现象，但出现在作者笔下，劈头就是"被谁偷了最高山？"本来是云遮山，词中却说"晓云闲"，"特地遮拦"；本来是风吹云散，山岳重现，词中却说"喜得东风收卷尽，依旧追还。"作者从人们司空见惯的题材中发现情趣，并用幽默生动的语言表现出来，因而使词篇具有强烈的艺术感染力。

【注释】

① 鹅湖山：在今江西省上饶市铅山县境内。

② 章谦亨：字牧叔，一字牧之，吴兴（今浙江湖州）人，生卒年不详。历官京西路提举常平茶盐。嘉熙二年（1238），除直秘阁，为浙东提刑，兼知衢州。

③ 六丁：六丁（丁卯、丁巳、丁未、丁酉、丁亥、丁丑）为阴神，为
天帝所役使，道士则可用符箓召请，以供驱使，道教中的火神。

贺新郎

南宋·李玉

篆缕消金鼎①，醉沉沉、庭阴转午，画堂人静。芳草王孙知何处②？
惟有杨花糁径③。渐玉枕、腾腾春醒，帘外残红春已透，镇无聊、
殢酒厌厌病④。云鬟乱，未忺整⑤。

江南旧事休重省，遍天涯寻消问息，断鸿难倩⑥。月满西楼凭阑久，
依旧归期未定。又只恐瓶沉金井⑦，嘶骑不来银烛暗，枉教人立尽
梧桐影。谁伴我，对鸾镜？

【题 解】

全词由室内写到室外，由自己写到对方，是一首春闺怀人之作。上
阕由思妇恋"王孙"的愁情写起，接着描写思妇缓慢起床、鬟发乱而不
愿梳理的细节，表现其心怀哀怨的情感状态。接下来写"王孙"音信全无，
自己却茫然期待的怅惘。虽担心对方恩断义绝，但仍在盼望他重回自己
身旁。弃妇之怨被写得淋漓尽致。此词绮丽风华，情韵并盛，风流蕴藉。

【注 释】

① 篆缕：指香烟袅袅上升，如线如篆字。
② 芳草王孙：泛指男子。

③ 糁（shēn）：泛指散粒状的东西。

④ 殢（tì）酒：困于酒。

⑤ 忺（xiān）：高兴。

⑥ 倩：请，央求。

⑦ 瓶沉金井：指彻底断绝，希望破灭。金井，饰有雕栏的井。

长亭怨慢·重过中庵故园①

南宋·王沂孙

泛孤艇、东皋过遍②。尚记当日，绿阴门掩。屐齿莓苔③，酒痕罗袖事何限。欲寻前迹，空惆怅，成秋苑。自约赏花人，别后总，风流云散。

水远。怎知流水外，却是乱山尤远。天涯梦短。想忘了，绮疏雕槛。望不尽，冉冉斜阳，抚乔木，年华将晚。但数点红英，犹识西园凄婉。

【题解】

这首词为记事感怀之作，写重过故友旧园时的复杂心绪，流露了对往事的无限依恋和因时光荏苒而产生的迟暮之感。上阕通过"绿阴门掩"等真实细节，以感伤的笔触将读者带入词人的故地重游。但已物是人非，让人顿感孤寂惆怅。下阕仍即景写情。"流水外"，"乱山尤远"，而友人更在远山之外，怎不令人愁思无限。"斜阳"、"乔木"、"年华"叹青春流逝，伤感不已。结尾又回到现实，"数点红英，犹识西园凄婉"，增强了词作的画面感。全词笔调伤感凄凉，意境空灵高远，怨怅之情溢满字间，哀婉动人。

① 中庵：元刘敏中号中庵，有《中庵乐府》。
② 东皋：指中庵寓居之地。皋，水边的高地。
③ 齿：木屐底部前后各二齿，可踏雪踏泥。

摸鱼儿

南宋·朱嗣发

对西风、鬓摇烟碧，参差前事流水。紫丝罗带鸳鸯结，的的镜盟钗誓①。浑不记，漫手织回文，几度欲心碎。安花著蒂，奈雨覆云翻，情宽分窄②，石上玉簪脆。

朱楼外，愁压空云欲坠。月痕犹照无寐。阴晴也只随天意，枉了玉消香碎。君且醉。君不见、长门青草春风泪。一时左计，悔不早荆钗，暮天修竹③，头白倚寒翠。

【题解】

这首词刚一看似乎是写一位弃妇的痛苦心情，其实更有深意。上阕开头展现一位被西风吹乱鬓发的妇人形象，牵起对于往事的回忆。下阕即景抒怀，表达被弃的痛苦。"阴晴"句转作自慰，但又不甘心"被弃"的遭遇。最后终于意识到痛苦的根源：是错结了富贵鸳鸯。

【注 释】

① 的的：确确，实实在在。

② 分窄：缘分太浅。

③ 暮天修竹：杜甫诗："天寒翠袖薄，日暮倚修竹。"

三奠子·留襄州①

金·高宪

上楚山②高处，回望襄州。兴废事，古今愁。草封诸葛庙，烟锁仲宣楼③。英雄骨，繁华梦，几荒邱。　　　雁横别浦，鸥戏芳洲。花又老，水空流。昔人何处在？倦客若为留？习池饮④，庞陂钓⑤，鹿门⑥游。

【题解】

此词是词人留居襄州时登临怀古之作。词人登上楚山，很自然地就看见了山下的襄州。词人触景生情，又联想到曾在襄州发生过的历史风云、兴废大事，还有许多著名人物及他们的经历和业绩，不由感慨不已。词人从历史的烟雾中又回到现实里，眼前是颇具生机的秋景，但沉重的历史感、沧桑感，使词人的思绪又回到对历史和人生的观照上。前面是对历史和人生的慨叹，结尾又隐含着浓浓的豪气，颇有气势。

【注释】

① 襄州：东汉时为襄阳郡，西魏时置襄州，宋时为襄阳府，旧治在今湖北襄樊市汉江南岸。

② 楚山：襄州为古代楚国属地，故附近之山称为楚山。

③ 仲宣楼：东汉末年文学家王粲曾作著名的《登楼赋》，后人为纪念他，

在襄阳修建了一座仲宣楼，楼已无存。

④ 习池：在襄阳城南，为襄阳侯习郁养鱼处，晋将山简镇襄阳时，常
来此饮宴，"习池饮"，即指此。

⑤ 庞陂钓：庞指东汉末年襄阳高士庞公，躬耕岘山。岘山面临汉江，
庞公曾垂钓于此。

⑥ 鹿门：山名，在襄阳南边，是唐代诗人孟浩然的家乡。

清平乐·泰山上作

金·元好问

江山残照，落落舒清眺。涧壑风来号万窍^①，尽入长松悲
啸。　　　井蛙瀚海云涛，醯鸡^②日远天高。醉眼千峰顶上，世间
多少秋毫。

【题解】

金朝灭亡后，元好问悲恸难抑，两年之后（1236）游泰山，登览所及，
哀感良多。由于心境悲凉，映入词人眼帘里的景物都涂上了一层凄清的
色彩。"江山残照"，国家兴亡，使他百感丛生。随着山涧山壑风起，
一切洞穴树窍都发出声响，使人的整个情感也融于其中。当年煊赫一时
的英雄，风流千古的将相，随着时间的推移，也烟消云散，不见踪迹，
于是最后词人由痛切的悲愤而走向超脱和旷达。

【注 释】

① 风来号万窍：典出《庄子·齐物论》，意谓大风一起，树木的大小

窟窿都发出号叫。

② 醯（xī）鸡：一种微小的酒虫。

登泰山

元·张养浩

风云一举到天关，快意生平有此观。
万古齐州烟九点①，五更沧海日三竿。
向来井处方知隘②，今后巢居亦觉宽。
笑拍洪崖咏新作③，满空笙鹤下高寒④。

【题解】

诗人将自己融入诗中，因为泰山的高大，反观到自己的渺小，提出要胸怀宽广，站到高处，去实现一种崭新的自我。这也是以诗言志。全诗充满一种新鲜、壮美的人生体验和昂扬进取的精神状态。

【注释】

① 齐州：济南。烟九点：形容泰山烟云缭绕中群峰罗峙。化用李贺《梦天》诗句："遥望齐州九点烟。"

② 井处：居处狭隘，即其下句所言巢居，眼界窄，活动区域小。

③ 洪崖：仙人名，也是山名，在江西省新建县西南，传说上古仙人洪崖得道于此，崖以仙名。

④ 满空笙鹤：传说仙鹤从空而降，仙人乘鹤在天上的笙乐声中升天而去。高寒：指天上仙人居处。

凭栏人·闺怨二首

元·王元鼎

其 一

垂柳依依惹暮烟，素魄娟娟当绣轩^①。
妾身独自眠，月圆人未圆。

其 二

啼得花残声更悲^②，叫得春归郎未知。
杜鹃奴倩伊，问郎何日归？

【题解】

　　两首诗均写怨妇的离别相思之情，意脉相连，步步深入。字斟句酌，含蓄蕴藉。

【注释】

　　① 素魄：月亮，洁白的月亮。娟娟：美好的样子。
　　② 啼得花残：辛弃疾《贺新郎》："更那堪鹧鸪声住，杜鹃声切。"
　　　　因为杜鹃啼声，如曰"不如归去。"又"此鸟鸣则芳菲歇。"故曰"啼得花残"，"叫得春归。"

念奴娇·登石头城

元·萨都剌 [①]

石头城上 [②]，望天低吴楚 [③]，眼空无物。指点六朝形胜地，惟有青山如壁。蔽日旌旗，连云樯橹，白骨纷如雪 [④]。一江南北，消磨多少豪杰。

寂寞避暑离宫 [⑤]，东风辇路 [⑥]，芳草年年发。落日无人松径里，鬼火高低明灭。歌舞尊前，繁华镜里，暗换青青发 [⑦]。伤心千古，秦淮一片明月 [⑧]！

【题 解】

词人抚今追昔，以苍凉的韵调，以富有悲剧意味的形象，咏出了风云易消、青山常在的感慨。这首词采用宋代苏东坡《念奴娇·赤壁怀古》的全部韵脚，词人采用工笔描写世事的变迁，抒发人生之感慨，使作品思路开阔，境界宽广，自然天成，堪为豪放派之大作。

【注 释】

① 萨都剌（1272—1355？），字天锡，号直斋，蒙古族人，元代诗人，晚年居浙东。他的诗词作品清新绮丽，自成一家。所著有《雁门集》。

② 石头城：即金陵城，在今南京清凉山。昔为六朝都城。

③ 吴楚：今江、浙一带地区。

④ 这三句话写战争的激烈场面。旌旗，泛指旗帜。樯橹，桅杆和划船工具，这里代指船只。

⑤ 避暑离宫：在离宫避暑。离宫，皇帝在京城以外的宫室。

⑥ 辇路：宫殿楼阁间的通道。

⑦ 暗换青青发：乌黑的头发变灰变白。

⑧ 这句话用刘禹锡《石头城》"淮水城头旧时月，夜深还过女墙来"，
　 说明淮河上明月依旧，六朝的繁华却早已消逝。秦淮，流过石头城
　 的秦淮河。

游岳麓寺①

明·李东阳

危峰高瞰楚江干，路在羊肠第几盘②？
万树松杉双径合，四山风雨一僧寒③。
平沙浅草连天远，落日孤城隔水看④。
蓟北湘南俱入眼，鹧鸪声里独凭栏⑤。

【题 解】

　　诗人描写了岳麓寺周围的景象：松树杉树满山，两条蜿蜒的盘山路
在寺前交会，四面山峦，风雨凄凄，一座寒寺。全是平实的记叙，选景、
用字，都是很下工夫的。"鹧鸪声里独凭栏"，原来是人在岳麓寺独倚
栏杆眺远，他是台阁大臣，想到天下事，心中泛起了伤愁。有这一联，
全诗就有了情感，有了生气。

【注 释】

　① 岳麓寺：在今湖南省长沙市岳麓山上。
　② "危峰"二句：从岳麓山顶峰俯瞰湘江岸边，山路弯曲盘旋而下。楚江，
　　 指湘江。干，岸边。羊肠，弯曲的小道。
　③ 万树松杉：形容松树和杉树满山。双径：两条山路从不同方向通向

寺前，在此交会。僧：代指僧寺。

④孤城：指长沙。隔水看：即隔江看，湘江在岳麓山与长沙城之间。

⑤蓟北：指河北省北部。湘南：指湖南省南部。

登金陵雨花台望大江 ①

明·高启

大江来从万山中，山势尽与江流东。

钟山如龙独西上②，欲破巨浪乘长风③。

江山相雄不相让，形胜争夸天下壮。

秦皇空此瘗黄金，佳气葱葱至今王④。

我怀郁塞何由开，酒酣走上城南台⑤。

坐觉苍茫万古意⑥，远自荒烟落日之中来。

石头城下涛声怒，武骑千群谁敢渡？

黄旗入洛竟何祥⑦，铁锁横江未为固⑧。

前三国，后六朝，草生宫阙何萧萧⑨！

英雄乘时务割据⑩，几度战血流寒潮。

我今幸逢圣人起南国⑪，祸乱初平事休息。

从今四海永为家，不用长江限南北。

【题 解】

此诗作于洪武二年（1369），明代开国未久之际。作者生当元末明初，饱尝战乱之苦。当时诗人正应征参加《元史》的修撰，怀抱理想，要为国家做一番事业。当他登上金陵雨花台，眺望荒烟落日笼罩下的长江之际，随着江水波涛的起伏，不禁触景生情，吊古思今，写下此诗表达了对国泰民安的向往。全诗气势豪放，音韵铿锵，舒卷自如，纵横随意。

【注 释】

① 金陵：今江苏省南京市。雨花台：在南京市南聚宝山上。

② 钟山如龙：形容山势如龙盘虎踞。钟山即紫金山。

③ "欲破"句：此句化用《南史·宗悫传》"愿乘长风破万里"语。

④ "秦皇"二句：《丹阳记》："秦始皇埋金玉杂宝以压天子气，故名金陵"。瘗，埋。葱葱，茂盛貌，此处指气象旺盛。

⑤ 城南台：即雨花台。

⑥ 坐觉：自然而觉。

⑦ 黄旗入洛：三国时吴王孙皓听术士说自己有天子的气象，于是就率家人宫女西上入洛阳以顺天命。途中遇大雪，士兵怨怒，才不得不返回。此处说"黄旗入洛"其实是吴被晋灭的先兆，所以说"竟何祥"。

⑧ 铁锁横江：三国时吴军为阻止晋兵进攻，曾在长江上设置铁锥铁锁，均被晋兵所破。

⑨ 萧萧：冷落，凄清。

⑩ 英雄：指六朝的开国君主。务：致力，从事。

⑪ 圣人：指朱元璋。

岳阳楼

明·杨基

春色醉巴陵①，阑干落洞庭②。
水吞三楚白③，山接九疑青④。
空阔鱼龙气⑤，婵娟帝子灵⑥。

何人夜吹笛，风急雨冥冥^⑦。

【题解】

明太祖洪武六年（1373），作者奉使湖广，登览岳阳楼，本诗即其纪游之作。

【注释】

① 巴陵：即今湖南省岳阳市。

② 阑干：同"栏杆"。落洞庭：是说楼外栏杆突出于洞庭湖中。

③ 三楚：古代楚地很广，有东楚、西楚、南楚，统称三楚。

④ 九疑：九疑山，又名苍梧山，在今湖南省宁远县南。

⑤ "空阔"句：形容洞庭湖景色奇异，气象万千。鱼龙，古代戏（杂技）的一种。

⑥ 婵娟：仪态美好的样子。帝子：指湘水女神湘夫人即娥皇和女英。

⑦ 冥冥：烟雨弥漫，看不清楚的样子。

九日登长城关楼^①

明·王琼

危楼百尺跨长城，雉堞秋高气肃清^②。
绝塞平川开堑垒，排空斥堠扬旗旌^③。
已闻胡出河南境^④，不用兵屯细柳营^⑤。
极喜御戎全上策，倚栏长啸晚烟横。

【题 解】

　　这是一首王琼写的长城诗，历史上称王琼和于谦、张居正为明代三重臣。长城关气势雄伟，登高远眺，朔方形势尽显眼底。此诗描写作者重阳节登上长城关楼时所见的雄阔景色，并以听到敌军已撤出黄河以南地区，军中不用再备戒森严的消息，来衬托修筑长城的作用和意义。全诗洋溢着豪迈兴奋的感情，这在众多的长城诗中并不多见。

【注 释】

①九日：指农历九月初九，也就是重阳节。长城关：又称"边防东关门"，位于花马池新城（今盐池县城）北门外六十步。关上建有关楼，高耸雄伟。上书"深沟高垒"、"朔方天堑"、"北门锁钥"、"防胡大堑"等字。登临远眺，朔方形胜，毕呈于下。

②雉堞（zhì dié）：古代城墙的内侧叫宇墙或是女墙，而外侧则叫垛墙或雉堞，是古代城墙的重要组成部分。

③排空：凌空；耸向高空。斥堠：亦作"斥候"。古代的侦察兵，有侦察、候望的意思。

④河南境：黄河以南的地方，指宁夏黄河平原。

⑤细柳营：是指周亚夫当年驻扎在细柳的部队。汉文帝年间匈奴侵犯大汉，汉文帝命周亚夫驻扎在细柳（今咸阳市西南），由于周亚夫治军有方最后取得了胜利，所以他的部队成为细柳营。此句是说有了河东墙的深沟高垒和高耸雄伟的长城关，可以少养兵丁，节省开支，以逸待劳，强化边防。

登庐山

明·唐寅

匡庐山高高几重，山雨山烟浓复浓。
移家欲往屏风叠^①，骑驴来看香炉峰^②。
江上乌帽谁涉水^③，岩际白衣人采松^④。
古句摩崖留岁月^⑤，读之漫灭为修容。

【题 解】

唐寅科场失意后，于弘治十三年(1500)开始了他的壮游，暮春时节，来到庐山，这首诗即作于此时。诗中表现了他那种为涤除心中郁闷，寄情山水的心情。

【注 释】

① 屏风叠：庐山九叠屏，在三叠泉东北。
② 香炉峰：在庐山双剑峰西南，顶部圆似香炉，云雾缭绕，故名。
③ 乌帽：戴着黑帽子的人。
④ 白衣：穿着白色衣服的人。
⑤ 摩崖：在岩石上镌刻文字。

登太白楼①

明·王世贞

昔闻李供奉②，长啸独登楼。
此地一垂顾③，高名百代留。
白云海色曙④，明月天门秋⑤。
欲觅重来者，潺湲济水流⑥。

【题解】

此诗写登太白楼所见所感。首联由太白楼起笔，遥想当年李白长啸登楼的豪放之举。颔联由此而畅想古今，表达了对李白的崇敬之情。颈联回到现实，以壮阔之笔描绘景色。海天一色，明月秋空，颇有李诗风味。尾联以委婉之言，抒发高士难求的情怀。而潺湲流淌、尽阅古今的济水，又何尝不为此而叹息呢？全诗融会古今，感情深挚而蕴藉。

【注释】

①太白楼：在今山东济宁。
②李供奉：即李白。
③垂顾：光顾，屈尊光临。
④曙：黎明色。
⑤天门，星名。此指天空。
⑥济水：古水名，源出河南王屋山，东北流经曹卫齐鲁之地入海，下游后为黄河所占，今不存。济宁为古济水流经地域，金代为济州治所，故由此得名。

登盘山绝顶

明·戚继光

霜角一声草木哀^①，云头对起石门开。
朔风边酒不成醉^②，落叶归鸦无数来。
但使雕戈销杀气^③，未妨白发老边才^④。
勒名峰上吾谁与^⑤，故李将军舞剑台^⑥。

【题 解】

这首诗是作者在蓟门总理练兵事务时，登上盘山顶峰时写的，诗中表达了为消除战祸，不妨守边到老的决心。只要能用武力制止外敌入侵，消除战争的祸根，诗人情愿终生到老戍守边疆。对有功的名将应刻石勒铭，谁有这样的资格呢？只有像名将李广、李靖这样制止外敌入侵的英雄，才配享有这种荣誉。

【注 释】

① 霜角：秋天吹起的号角。
② 朔风：北风。边酒：在戍边之地饮的酒。
③ 雕戈：泛指兵器。销杀气：消除战争的祸根。
④ 未妨：不妨。这句是表示不妨守边到老的意思。
⑤ 勒名：在石头上刻下姓名。吾谁与：我赞成谁。
⑥ 李将军：指汉代名将李广。舞剑台：代指唐将李靖。

登缥缈峰

明·吴伟业

绝顶江湖放眼明^①，飘然如欲御风行^②。
最高尚有鱼龙气^③，半岭全无鸟雀声。
芳草青芜迷近远^④，夕阳金碧变阴晴。
夫差霸业销沉尽^⑤，枫叶芦花钓艇横^⑥。

【题 解】

缥缈峰，又名杳缈峰，在江苏苏州洞庭西山中部，为西山诸峰之最，也是太湖七十二峰之最。山间常有云雾环绕，故名缥缈峰。这首诗写登上缥缈峰顶的所见所感，末二句则隐约透露了作者对明代覆灭的感慨和故国之思。

【注 释】

①"绝顶"句：说在缥缈峰山顶能清楚望见长江和太湖。江，指长江。湖，指太湖。

②御风行：乘风而行。

③"最高"句：指太湖水气之大，缥缈峰在太湖中，故云。

④近远：一作"远近"。

⑤"夫差"句：夫差是春秋时吴王，其父为越王勾践所伤而死，夫差嗣立，誓报父仇，大败越王，一度成为春秋霸主。后又为越王所败，亡国自杀。因太湖即在当年的吴地，故及之。

⑥枫叶芦花：语出唐白居易《琵琶行》："枫叶芦花秋瑟瑟。"艇：小船。

锦堂春·燕子矶①

明·归庄

半壁横江矗起，一舟载雨孤行。凭空怒浪兼天涌②，不尽六朝声。隔岸荒云远断，绕矶小树微明。旧时燕子还飞否③？今古不胜情。

【题解】

词人从空间和时间两方面拓展词境，大处着眼，虚处着笔，突兀跌宕。上片"不尽六朝声"和下片结语"今古不胜情"是全词题旨所在，写古而蕴今，感慨不尽。词人平生尚奇，故而将如此深远的时间、如此宏阔的空间和如此深沉的内容纳入一首短短的小词中。

【注释】

① 燕子矶：在江苏南京附近的观音山上。山上有石，俯瞰大江，形如飞燕，故名。

② 兼天涌：兼天，连天。形容波浪之高。

③ 郦道元《水经注》：石燕山相传其石或大或小，及有雷风则石燕群飞。词意本此。

卖花声·雨花台①

清·朱彝尊

衰柳白门湾②，潮打城还③。小长干接大长干④。歌板酒旗零落尽，剩有渔竿。

　　秋草六朝寒，花雨空坛。更无人处一凭阑。燕子斜阳来又去，
如此江山。

【题解】

　　这首词是作者在游览雨花台时写出来的，描写了清初战乱之后金陵
破败荒凉的景象，以此来表达自己满腔的伤感之情，从南京的萧条景象，
侧面反映出清兵南侵对这座名城的破坏。全词从头至尾都充斥着浓浓的
悲凉与伤感，每一字每一句皆是如此。

【注释】

　　①雨花台：在南京聚宝门外聚宝山上。相传梁云光法师在这里讲经，
　　　感天雨花，故称雨花台。雨，降落。
　　②白门：本建康（南京）台城的外门，后来用为建康的别称。
　　③城：这里指古石头城，在今南京清凉山一带。
　　④小长干、大长干：古代里巷名，故址在今南京城南。

晓登韬光绝顶①

清·厉鹗

　　入山已三日，登顿遂真赏②。
　　霜磴滑难践，阳崖曦乍晃③。
　　穿漏深竹光，冷翠引孤往④。
　　冥搜灭众闻，百泉同一响⑤。

蔽谷境尽幽，跻颠瞩始爽^⑥。

小阁俯江湖，目极但莽苍^⑦。

坐深香出院，青霭落池上^⑧。

永怀白侍郎^⑨，愿言脱尘鞅^⑩。

【题 解】

诗从游山写起，说入山已有三天，三日中饱览了山水的奇姿逸态，登临骋目，真正领略到了自然之美，满足了自己寻幽探胜的愿望。诗人对选字用词刻意求新，如诗中的"登顿"、"穿漏"、"灭众闻"、"同一响"、"跻颠"、"坐深"等词都是独造生新。全诗表现一种山间的幽寂之美，力求自辟蹊径，不做寻常铺叙，是诗人厉鹗的典型风格。

【注 释】

① 韬光：韬光寺，庙宇。在今浙江杭州西湖畔北高峰南，白居易在任杭州刺史时，曾和高僧韬光为诗友。绝顶：顶峰。

② 登顿：登临。遂真赏：了却真心游赏的愿望。

③ 霜磴：铺霜的石阶。践：踩、踏。阳崖：向阳的山崖。曦（xī）：晨光。乍：正。晃：闪耀。

④ 穿漏：穿通。冷翠：清冷的青翠色。孤往：独自前往。

⑤ 冥搜：探寻幽深的区域。灭：消失。众闻：各种声响。百泉：众多的泉水。

⑥ 蔽谷：被树林遮掩着的山谷。跻（jī）颠：登上山顶。瞩：注视。爽：清爽，明朗。

⑦ 但：只。莽苍：迷茫混沌。

⑧ 青霭：青色的烟气。

⑨ 白侍郎：指白居易。

⑩ 言：语助词。脱尘鞅（yāng）：鞅是套在马颈上的皮带。这里的意

思是摆脱尘世束缚。

乌夜啼·同瞻园登戒坛千佛阁①

清·朱孝臧

春云深宿虚坛，磬初残，步绕松阴双引出朱阑②。
吹不断，黄一线，是桑乾③。又是夕阳无语下苍山。

【题 解】

这首词除"无语"二字略带情绪色彩外，其余全是写作者眼中景观。视线随足迹从幽森处引向明朗处，由密境导向疏境。可是心情却反之，愈到高远开阔处，愈忧郁，愈感苍茫下沉。景语乃是情语，以情写景的文字构成的则是浑成的整体景观。这首词于不动声色处见殷忧、见悲凉。

【注 释】

①瞻园：张仲炘号，仲炘，字慕京，湖北江夏人。光绪三年（1877）进士，官至通政司参议，著有《瞻园词》。戒坛：寺名，在北京西郊门头沟马鞍山上。

②双引：指携手同行。

③桑乾：河名。源出山西马邑县桑乾山，流经河北西北部及京郊，下注永定河。此河又名浑河。

登万里长城二首

清·康有为

其　一

秦时楼堞汉家营，匹马高秋抚旧城。
鞭石千峰上云汉^①，连天万里压幽并。
东穷碧海群山立，西带黄河落日明。
且勿却胡论功绩，英雄造事令人惊。

其　二

汉时关塞重卢龙^②，立马长城第一峰^③。
日暮长河盘大漠^④，天晴外部数疆封^⑤。
清时堡堠传烽静^⑥，出塞山川作势雄。
百万控弦嗟往事^⑦，一鞭冷月踏居庸。

【题解】

　　这首诗先写景，赞美长城的雄伟壮丽，抒发诗人的壮志豪情。后吊古伤今，兼带议论，表达对国家衰败、民族危亡的关切，激励自己献身祖国，振兴中华。诗中景象宏伟，诗人自我的精神形象也异常高大。此诗的写作距康氏投身戊戌变法尚有多年，而以英雄自许、以历史创造者自命的豪气，已洋溢在这些诗行间了。

【注释】

　　①《三齐略记》："始皇作石桥，欲渡海看日出处。时有神人，能驱
　　　石下海，石去不速，神辄鞭之。"

② 卢龙：古塞名，在今河北省迁安县，为古代关防重地。曹操北征乌桓时，曾到过此地。

③ 第一峰：指八达岭。

④ 长河：黄河。盘：盘绕，弯曲。此句暗用王维《使至塞上》："大漠孤烟直，长河落日圆"诗句。

⑤ 外部：指长城以北的少数民族。数：历历可数。疆封：边界。

⑥ 堡堠：这里指烽火台。传烽：古时边境有敌入侵，即举烽火报警，一一相递，称传烽。传烽静：指没有战争。

⑦ 百万：指古代百万英雄战士。控弦：开弓，代指手持武器的士兵。

图书在版编目（CIP）数据

古代登临诗词三百首/萧少卿编著.—北京：中国国际广播出版社，
2014.9（2019.6 重印）
（中华好诗词主题阅读丛书）
ISBN 978-7-5078-3730-8

Ⅰ.①古… Ⅱ.①萧… Ⅲ.①古典诗歌－诗集－中国 Ⅳ.①I222

中国版本图书馆CIP数据核字（2014）第088121号

古代登临诗词三百首

编　　著	萧少卿	
责任编辑	杜春梅　张淑卫　张娟平	
版式设计	国广设计室	
责任校对	徐秀英	

出版发行	中国国际广播出版社（83139469　83139489 [传真]）	
社　　址	北京市西城区天宁寺前街2号北院A座一层	
	邮编：100055	
网　　址	www.chirp.com.cn	
经　　销	新华书店	
印　　刷	香河利华文化发展有限公司	

开　　本	640×940　1/16
字　　数	200千字
印　　张	21.25
版　　次	2014 年 9 月　北京第一版
印　　次	2019 年 6 月　第二次印刷
定　　价	45.00元